HEISSE TAGE AN DER FÖRDE

Hannes Nygaard ist das Pseudonym von Rainer Dissars-Nygaard. 1949 in Hamburg geboren, hat er mehr als sein halbes Leben in Schleswig-Holstein verbracht. Er studierte Betriebswirtschaft und war viele Jahre als Unternehmensberater tätig. Hannes Nygaard lebt auf der Insel Nordstrand.

Dieses Buch ist ein Roman. Handlungen und Personen sind frei erfunden. Ähnlichkeiten mit lebenden oder toten Personen sind nicht gewollt und rein zufällig.

HANNES NYGAARD

HEISSE TAGE AN DER FÖRDE

Hinterm Deich Krimi

emons:

Bibliografische Information der Deutschen Nationalbibliothek
Die Deutsche Nationalbibliothek verzeichnet diese Publikation in der Deutschen Nationalbibliografie; detaillierte bibliografische Daten sind im Internet über http://dnb.d-nb.de abrufbar.

MIX
Papier | Fördert gute Waldnutzung
FSC® C083411
FSC www.fsc.org

Umschlagmotiv: mauritius images/Blickwinkel/Alamy/Alamy Stock Photos
Umschlaggestaltung: Nina Schäfer, nach einem Konzept von Leonardo Magrelli und Nina Schäfer
Umsetzung: Tobias Doetsch
Gestaltung Innenteil: DÜDE Satz und Grafik, Odenthal
Lektorat: Dr. Marion Heister
Druck und Bindung: CPI – Clausen & Bosse, Leck
Printed in Germany 2023
ISBN 978-3-7408-1964-4
Hinterm Deich Krimi
Originalausgabe

Dieser Roman wurde vermittelt durch die Agentur Editio Dialog, Dr. Michael Wenzel (www.editio-dialog.com).

Für meine treuen Leserinnen und Leser

Die Menschheit befindet sich heute in einer Krise, deren katastrophaler Höhepunkt wahrscheinlich noch vor uns liegt. Deshalb ist entschlossenes Handeln nötig.

Carl Friedrich von Weizsäcker (1986)

EINS

Es war heiß. Nicht warm, sondern heiß. In den Straßen staute sich die Hitze. Sie strahlte vom Mauerwerk ab. Man mochte es einen Backofen nennen. Es gab nur wenige schattenspendende Bäume. Dafür dampfte der Asphalt. Träge schleppten sich die Menschen durch die Stadt, suchten den Schatten auf und waren froh, wenn sie der Hitze entkommen und sich in klimatisierte Räume flüchten konnten.

Die Landeshauptstadt Kiel lag auf einem Breitengrad, der in Kanada schon zu den unwirtlichen Gegenden wie Labrador gehörte. Über sechstausend Kilometer nördlich des Äquators erwartete man ein gemäßigtes, eher kühles Klima. Besucher waren oft überrascht, dass sich in den skandinavischen Metropolen in den kurzen Sommern ein mediterranes Lebensgefühl breitmachte. Kiel unterschied sich in diesem Punkt nicht von den Städten in den Nachbarländern. Man schrieb es dem Golfstrom zu, der eine wichtige Wärmequelle für Europa darstellte. Nach einer von einem britischen Marineoffizier aufgestellten These hielt sich hartnäckig der Mythos von »Europas Zentralheizung«.

In diesem Sommer hätten die Menschen diese *Heizung* gern abgestellt. In den Medien wurde empfohlen, die Sonne und körperliche Anstrengungen zu meiden, viel zu trinken und gesundheitlichen Beeinträchtigungen wie Sonnenbrand oder gar Hitzschlägen vorzubeugen. Wären die Schulferien nicht schon angebrochen, hätten sich die Schüler seit Tagen über Hitzefrei freuen können, während Menschen, die ihren Beruf im Freien ausübten, unter der unbarmherzig brennenden Sonne litten. Arbeiter im Straßenbau verrichteten ihren Job nur mit halber Kraft, und Dachdecker stellten ihre Arbeit am späten Vormittag ein, da sie sich sonst an den aufgeheizten Ziegeln verbrannt hätten.

Der Aufenthalt im Inneren bot auch nur geringe Erholung. Die Hauswände hatten sich aufgeheizt und strahlten die gespeicherte Wärme ab. Mit vierunddreißig Grad hatte das Thermometer eine für Kiel rekordverdächtige Temperatur erreicht. Ein aus dem Irak stammender Mitbürger hatte im Radio erklärt, dass er in seiner alten Heimat durchaus höhere Temperaturen erlebt hatte, es aber nicht als so belastend empfand wie hier, da die hier herrschende hohe Luftfeuchtigkeit das öffentliche Leben fast zum Erliegen brachte. Das Gesundheitswesen hatte Warnungen und Verhaltensregeln ausgegeben, die Getränkehersteller freuten sich über Rekordumsätze, und ganz Mutige stürzten sich in das brackige Wasser der Förde. Ihnen galt nicht die Mahnung, Kinder, Kranke und Ältere sollten bei diesen Temperaturen besondere Vorsichtsmaßnahmen einhalten.

Hermann Kronstücken hatte die Warnungen nicht mitbekommen. Der Achtundsiebzigjährige war seit sechs Jahren verwitwet. Fast fünfzig Jahre hatte Gertrud an seiner Seite gestanden, den Haushalt versorgt und die Kinder großgezogen. Der Sohn Harald lebte mit seiner vierköpfigen Familie in Nürnberg, Britta hatte sich in Kaiserslautern mit ihrem Freund niedergelassen. Beide schoben berufliche und familiäre Anforderungen vor, um die Distanz zu den Eltern zu begründen.

Gertrud hatte den Beschwerden im Unterleib zu wenig Beachtung geschenkt. Als sie sich schließlich einem Arzt anvertraute, hatte der Krebs schon zu sehr in ihr gewütet. Hermann Kronstücken, ungeübt in der Haushaltsführung und Pflege, hatte im Rahmen seiner Möglichkeiten versucht, ihr zur Seite zu stehen, bis ihr Leiden ein Ende fand. Schon damals erwies sich die Wohnung in der Damperhofstraße als nicht seniorengerecht. Nachdem die Kinder aus dem Haus waren, hatte ihnen der Vermieter den Tausch der Drei-Zimmer-Wohnung in der ersten Etage gegen die Wohnung im ausgebauten Dachgeschoss angeboten. Das Angebot war mit einem leichten Druck verbunden gewesen. Die alte Wohnung sollte saniert werden. Ein neues Bad, Fußböden, eine moderne Küche und energetische Maßnahmen hätten eine Mieterhöhung bedeutet, die für den ehemaligen Glasergesellen nicht tragbar gewesen wäre. Fast ein halbes Jahrhundert war Kronstücken für den Traditionsbetrieb Glas-Pförtner tätig gewesen. Er hatte noch Friedrich Pförtner gekannt, einen Handwerksmeister alten Schlages, der selbst noch auf den Baustellen tätig war. Sein Sohn Alfons hatte den Betrieb übernommen, aber schon einen anderen Umgang mit den Angestellten gepflegt. Immerhin hatte er noch seinen Einfluss gelten gemacht, als Eckardt Pförtner den Betrieb übernahm und sich von Kronstücken trennen wollte, der der schweren Arbeit auf den Baustellen nicht mehr gewachsen war. Bei einer Lohnkürzung fand Kronstücken in den letzten Berufsjahren eine Art Gnadenbrot als Hilfskraft. Das machte sich auch bei der Bemessung seiner Rente bemerkbar, und alle Pläne, den mit einfachen Mitteln zur Wohnung ausgebauten Dachboden wieder verlassen zu können, blieben unerfüllt.

Man hatte beim Ausbau »wirtschaftlich« gedacht und nicht nur am Dämmmaterial gespart. An kalten Wintertagen hielt sich Kronstücken ausschließlich im geheizten Wohnzimmer auf, an heißen Sommertagen staute sich die Wärme unter dem Dach. Es gab keine Fluchtmöglichkeit, insbesondere nicht für ihn, seit er vor vier Jahren einen leichten Schlaganfall erlitten hatte, der seine Mobilität zusehends einschränkte. Die früher geschätzte innenstadtnahe Lage, der nahe Schreventeich, die kleinen Parks und der überaus urbane Knooper Weg hatten zu Zeiten der uneingeschränkten Mobilität Lebensqualität bedeutet. Wer es mochte, konnte sich an den phantasievoll gestalteten hundertjährigen Fassaden sattsehen, sofern alliierte Bomben keine Lücken gerissen hatten, die durch profane Nachkriegsbauten geschlossen worden waren.

Kronstücken hatte nie ein Auto besessen. Das war nicht

erforderlich. Im »alten Kiel« konnte alles fußläufig erledigt werden. Urlaub hatte man sich nicht leisten können. Das hatten die Kinder den Eltern vorgeworfen. Und die Tagesausflüge an die Ostsee oder andere nahe Ziele waren für den Nachwuchs keine reizvolle Alternative.

Als Kronstückens Gesundheitszustand in zunehmendem Maße Anlass zur Sorge bereitete, hatte der Hausarzt die Anregung gegeben, eine Pflegestufe zu beantragen. Als der Medizinische Dienst ihn aufgesucht hatte, war Kronstückens Stolz entbrannt. Er hatte sich Mühe gegeben, der Gutachterin zu beweisen, dass er seinen Alltag noch allein bewältigen konnte. Das war auch getrieben von der Sorge, den Lebensabend in einer Seniorenunterkunft verbringen zu müssen, abseits seines gewohnten Umfelds und außerhalb seiner wirtschaftlichen Möglichkeiten. Sein Sohn hatte bei einem der seltenen Besuche verlauten lassen: »Komm uns nicht damit, dass du ins Altersheim gehst und Britta und ich zur Kasse gebeten werden. Wir haben schon genug damit zu tun, den Kindern ein akzeptables Dasein zu ermöglichen.«

Zweimal in der Woche suchte ihn Katarzyna Filipowicz vom Pflegedienst Schäfer auf. Viel Zeit blieb der jungen Frau nicht, sich um die notwendigen Dinge zu kümmern. Katarzyna opferte auch ihre Freizeit, um für Kronstücken einzukaufen, nachdem er seine Wohnung seit drei Monaten nicht mehr verlassen konnte und in seinem bescheidenen Reich im Dachboden gefangen war.

Vor vier Tagen hätte sie kommen sollen. Aus einem ihm unbekannten Grund war Katarzyna ferngeblieben. Das Wochenende hatte Kronstücken sich noch selbst behelfen können, aber als die Temperaturen weiter stiegen und auch nachts nicht unter zwanzig Grad fielen, was die Meteorologen als Tropennacht bezeichneten, hatte seine Kraft nicht mehr ausgereicht, das Bett zu verlassen.

Kronstücken hatte versucht aufzustehen, aber der Kreislauf hatte versagt. Er war von der Bettkante wieder zurückgesunken. Auch die folgenden Versuche scheiterten. Gern hätte er Hilfe angefordert, aber das schnurlose Telefon, eine der wenigen modernen Errungenschaften in seinem Haushalt, lag für ihn unerreichbar auf dem Wohnzimmertisch.

Kronstückens Herz begann, heftig zu schlagen, als das verzweifelte Bemühen, die Ausscheidungen zurückzuhalten, vergeblich war. Sein Gehirn war nur noch von dem Gedanken erfüllt, wie er Katarzyna das Geschehen in seiner Lagerstatt erklären sollte. Noch schlimmer war die aufkommende Scham, als er auch die Darmentleerung nicht mehr zu kontrollieren vermochte. Die physischen Folgen der Einnässung traten dagegen fast zurück.

Das war am Sonnabend geschehen. Am Sonntag hatte sich Kronstücken überwunden, um Hilfe zu rufen. Seine dünne Stimme drang nicht aus dem Zimmer. Unterm Dach gab es nur seine Wohnung. Und die Mieter unter ihm waren ihm unbekannt. Früher wohnten die Menschen häufig Jahrzehnte mit denselben Nachbarn unter einem Dach. Heute wechselten die Wohnungen gefühlt alle halbe Jahre den Mieter.

Die Flasche mit dem lauwarmen Mineralwasser war seit gestern leer. Das letzte Drittel des Inhalts hatte sich auf dem Fußboden ergossen, als ihm die Flasche aus der kraftlosen Hand gefallen war. Inzwischen war nicht nur die Hand kraftlos. Kronstücken wehrte sich nicht mehr gegen die Fliegen, die sich auf seinem Gesicht niederließen. Der geschundene Körper begann, mit dem verfügbaren Wasser zu haushalten. Die Fließgeschwindigkeit des Blutes wurde beeinträchtigt, die Sauer- und Nährstoffversorgung im Körper verminderte sich. Der alte Mann schwankte zwischen einem fast segensreichen Dämmerzustand und den Phasen, in denen er wach war. Er blickte zur Dachschräge über seinem Kopf und konnte doch nichts wahrnehmen. Die Luft war stickig. Er hatte Mühe, zu atmen. Den beißenden Geruch im Zimmer registrierte er nicht mehr. Es wäre segensreich gewesen, das kleine Dachfenster zu öffnen, an dem er früher gelegentlich gestanden hatte und doch nur auf die Dächer der umliegenden Häuser starren konnte. Wenn man sich streckte, konnte man noch einen Blick auf die oberste Fensterreihe des gegenüberliegenden Blocks erhaschen. Am Horizont begrenzten gesichtslose Zweckbauten die Sicht. Im Sommer fand das Auge im Grün der Spitze eines Baumes im Hinterhof ein Ziel, das von der Ödnis der anderen Aussichten ablenkte. Kronstücken hatte es seit Gertruds Tod übernommen, die Wohnung mit preiswerten Zimmerpflanzen zu dekorieren, deren Namen er nicht kannte. Hauptsache, sie waren bunt, grün und billig. Jetzt litten die Pflanzen ebenso wie er unter dem Wassermangel. Die Blätter hingen schlaff herab, die Blüten waren abgefallen. Gelegentlich dienten sie den Fliegen als Landeplatz.

Kronstücken plagten Kopfschmerzen. Dann begann das Zimmer um ihn herum zu kreisen. Er fühlte sich wie in einer Zentrifuge, die sich mit mäßiger Geschwindigkeit bewegte. Er hätte gern die Hand gehoben, sich irgendwo festgehalten, aber die Gliedmaßen gehorchten ihm nicht mehr. Die Zunge war geschwollen. Kronstücken hatte das Gefühl, als würde die Zunge den ganzen Mund ausfüllen und den Atemweg verschließen. Schon lange war sein Mund trocken. Der Speichelfluss war zum Erliegen gekommen. Auch der kalte Schweiß, der sein Gesicht bedeckte, war weniger geworden. Gierig hatten sich die Fliegen über das salzige Sekret hergemacht. Auch sie kämpften um das Überleben in der Gluthölle unter dem Dachboden.

In den wenigen lichten Momenten erinnerte sich Kronstücken an Gertrud und einige Begebenheiten aus seinem Leben. Es waren triviale Ereignisse. Das Frühstück auf der Baustelle. Man hockte auf einer Sitzgelegenheit, aß das von Gertrud zubereitete Brot aus der verbeulten Blechbüchse und nahm einen Schluck aus der Thermoskanne. Dann verschwamm dieses Bild. Er fiel in einen Dämmerzustand und verspürte Hunger, ohne zu wissen, dass dieses Bedürfnis eigentlich Durst war.

Plötzliches Herzrasen weckte ihn aus seiner Lethargie. Dann begann wieder das Karussell. Beides verstärkte seine Atemnot. Mit letzter Kraft versuchte Kronstücken, die stickige, verbrauchte Luft einzuatmen. Sein magerer Brustkorb hob und senkte sich. Die dünne Hand fuhr zum Mund, dann legte sie sich auf das Herz. Er keuchte. Weshalb hatte Gertrud ihm die Luft reduziert? Kurz kehrte die Erinnerung zurück. Seine Frau hatte die Dachfenster geöffnet. Klare, kühle Winterluft strömte in die Wohnung. So hatte er es gemocht, auch wenn Gertrud sich dagegen gewehrt hatte. Frauen mochten es warm. So wie jetzt. Es war aber nicht warm, sondern brütend heiß. Ein Gemisch aus stehender Luft, Gestank, Staub. Während Kronstücken erneut nach Luft rang, begann sein Herz zu stolpern. Der Kreislauf geriet aus dem Takt. Der Körper glühte.

Kronstücken hatte nie darüber nachgedacht, dass Wasser das Elixier des Lebens war. Die darin gelösten Elektrolyte benötigte der Körper für die Stoffwechselprodukte. Bei diesen extremen Temperaturen diente es der Kühlung, schmierte die Gelenke und erfüllte zahlreiche weitere Aufgaben.

Der alte Mann versuchte zu schlucken. Nichts. Kein Speichel benetzte die ausgetrocknete Schleimhaut in seinem Mund. Er versuchte zu rufen. Nicht einmal ein Krächzen kam über seine Lippen. Er spürte auch nicht mehr die Fliegen, die sich ungehindert an seinen Körperöffnungen aufhielten. Schließlich gelang es ihm nicht einmal mehr, den Kopf auch nur millimeterweise zu bewegen. Sein Körper kapitulierte und überließ den summenden Insekten das Revier.

Kronstücken breitete die Arme aus. Er war gereinigt von dem, was ihn am Vortag noch gequält hatte. Seine Gedanken waren frei von der Scham, dass man ihn im verschmutzten Bett finden könnte. Jemand hatte das Licht entzündet. Ein helles, freundliches Licht. Die brütende Hitze wandelte sich in eine angenehme Wärme. Der Schwindel wirkte wie ein Strudel, der ihn rotieren ließ und langsam in die Mitte zog. Er spürte, wie der Sog seine Beine packte und ihn langsam, aber unaufhörlich in die Tiefe zog.

ZWEI

Hätte er vor dreißig Jahren festgestellt: »Das war eine heiße Nacht«, wäre das mit einem hintergründigen Schmunzeln geschehen, dem kein weiterer Kommentar gefolgt wäre. Heute Morgen fühlte sich Lüder Lüders müde und zerschlagen. Es war eine weitere Tropennacht gewesen. Meteorologen definierten diese als eine Nacht, in der die Temperaturen nicht unter zwanzig Grad sanken. Seine Frau Margit hatte noch vor Mitternacht die Flucht angetreten und sich auf das Sofa im Wohnzimmer zurückgezogen. Dort war es unmerklich kühler als im Schlafzimmer im Obergeschoss des Einfamilienhauses am Kieler Hedenholz. Nur Sinje, Nesthäkchen und Teenager der Familie, schienen die Temperaturen nichts auszumachen. Wenn man ihren Aussagen Glauben schenken konnte, hatte sie ihren Lebensmittelpunkt in das Freibad verlegt und ernährte sich ausschließlich von Eiscreme.

Lüder hatte sich im Bett hin und her gewälzt, nach Mitternacht die Fenster geöffnet, im Glauben, der Luftzug würde für Abkühlung sorgen. Statt kühler Luft waren Geschwader von Mücken über ihn hergefallen und hatten ihn an Margits Bitte, den Insektenschutz am Fenster zu montieren, erinnert.

Er hatte ausführlich die lauwarme Dusche genossen. Als er die Küche im Erdgeschoss betrat, hatte sie schon das Frühstück zubereitet. Der Kaffeeduft war verlockend, wäre er nicht mit der Tatsache verknüpft, dass Kaffee ein *Heißgetränk* war.

»Womit ist der gedopt?«, fragte Lüder, nachdem er Margit mit einem Kuss begrüßt und sich an seinem Platz am Küchentisch niedergelassen hatte. Seine Frage galt dem Moderator im Radio, der munter und frisch drauflosplauderte, als käme er gerade von einem mehrwöchigen Urlaub mit Ausschlafgarantie.

»Heute dürfen wir uns wieder über einen wunderbaren Sommertag im schönsten Bundesland der Welt freuen«, verkündete der Plauderer. »Achtzehn Stunden Sonne stehen uns bevor. Und wer es warm mag … In Kiel erwarten wir heute erneut an die vierunddreißig Grad. Keine Wolke trübt die Freude an diesem Sommer. Also, ab in die Förde oder Ostsee, den Dorfteich oder wo Sie sich gerade aufhalten. Selbst die Nordsee hat traumhafte Badetemperaturen. Ihr könnt euch die Reise ans Mittelmeer sparen. Hier ist es genauso warm. Und viiiiiel schöner.«

»Du wohnst auch nicht unter der Dachschräge«, knurrte Lüder und wechselte das Programm.

Auch auf dem nächsten Sender war das Wetter ein Thema. Es liefen noch die Nachrichten, die Sprecherin wies auf die erhöhte Waldbrandgefahr hin und bat um Rücksichtnahme. Lüder schüttelte den Kopf. Seit Langem warteten die Menschen auf Regen. Die Trockenheit war allgegenwärtig. Und dennoch gab es Leute, die ihre Zigarettenkippen achtlos in das trockene Unterholz warfen oder gar im Wald grillten, ganz abgesehen von jenen, die mit Absicht Feuer legten. Die Feuerwehren standen mancherorts vor großen Herausforderungen. Die Landwirtschaft klagte und äußerte Befürchtungen, dass die Ernte geringer ausfallen könnte. Das wäre mit einem weiteren Preisanstieg verbunden. Seen und Flüsse führten Niedrigwasser. Die Sprecherin schloss den Beitrag mit einer allgemeinen Warnung. Die Menschen sollten körperlich anstrengende Tätigkeiten in die Abendstunden verlegen und die Sonne meiden. Es wurde empfohlen, viel zu trinken. Besondere Aufmerksamkeit sollte den Älteren und den Kindern geschenkt werden. Dann folgte Musik.

»Jetzt reicht es mit der Hitze«, sagte Margit. »Mir ist es zu warm. Acht bis zehn Grad weniger genügen. Ist das der Klimawandel?«

»Da gehen die Meinungen auseinander. Es gibt viele Anzeichen, die dafürsprechen.«

»Früher gab es auch heiße Sommer. Im Jahr ... ich weiß es nicht mehr so genau, aber da war es auch brütend heiß. Und neulich habe ich gelesen, dass 1959 schlimm war. Vermutlich spotten wieder alle, wenn der nächste Sommer kühl und verregnet ist.«

»Das ist der Unterschied zwischen Klima und Wetter«, meinte Lüder.

Margit stand auf und begann, das Geschirr zusammenzuräumen. »Wie gut, dass ich dich habe«, sagte sie lächelnd. »Da kann mir jemand die Welt erklären. Was liegt heute bei dir auf dem Amt an?«

»Bürokratie.«

Sie hauchte ihm einen Kuss auf die Wange. »Tage wie diese ... Da kommen selbst Beamte ins Schwitzen.«

»Du bist reichlich kess.« Lüder nahm sie in den Arm. Er war glücklich, dass sie ihre Krankheit überwunden hatte. Die Psyche war wiederhergestellt, nachdem sie lange unter den Folgen einer Entführung und den terroristischen Übergriffen auf ihn und die Familie gelitten hatte.

»Holst du dir wieder einen Stapel Zeitungen?«, wollte sie wissen.

Er bestätigte es.

»Weshalb liest du sie nicht auf dem Handy?«

»Ich brauche das Haptische. Das Papier muss rascheln.« Er schmunzelte. »Außerdem würden die Kollegen irritiert sein, wenn ich ohne Zeitungen ins Büro käme. Eine Zeitung auf dem Tisch ... das kennen sie. Würde man mich mit dem Handy sehen, könnte der Verdacht aufkommen, ich würde herumdaddeln.«

Sie lächelte. »Du hast recht. Es ist schön, beim Bewährten zu bleiben. Das gilt nicht nur für den Zeitungskauf.«

Er verabschiedete sich und trat vor die Tür. Schon um diese Zeit schien es, als würde er gegen eine Hitzewand prallen, als er hinaustrat. Es fehlten der Regen, die Luftbewegung, ein kräftiges Gewitter. Ein Taxifahrer hatte ihm vor ein paar Tagen erklärt, dass er aus dem Irak stamme. Dort hätte er schon sechzig Grad erlebt. Die Luft sei dort aber trocken und deshalb besser zur ertragen als die feuchte Schwüle in Kiel. »Nicht einmal das können die Deutschen«, hatte der Mann angefügt.

Lüder stieg in seinen betagten BMW 520. Er dachte mit Grausen an den Feierabend. Der Wagen würde den ganzen Tag über in der prallen Sonne stehen. Das Lenkrad würde heiß sein, die Polster wie ein Wärmekissen wirken und die herabgedrehten Fenster konnten keine Klimaanlage ersetzen. Der nächste Wagen würde mit einer Klimaanlage ausgestattet werden. Der nächste Wagen? Lüder lächelte und begann, die ersten Takte des Songs aus dem Musical »Anatevka« zu singen, mit dem Shmuel Rodensky weltberühmt wurde. »Wenn ich einmal reich bin …« Das würde auf ihn nicht zutreffen. Er hätte früher einen anderen Berufsweg einschlagen müssen. Seine zwischenzeitlichen Bemühungen, den Polizeidienst zu verlassen und sich als Anwalt niederzulassen, waren gescheitert. Aber im Grunde seines Herzens hing er an seiner Tätigkeit als Kriminalrat in der Abteilung 4 des Landeskriminalamts, dem Polizeilichen Staatsschutz.

Es war zu merken, dass die Schulferien begonnen hatten. Daher zwängten sich deutlich weniger Fahrzeuge über Kiels Straßen. Er erreichte das Polizeizentrum Eichhof, ein großes Areal, wo verschiedene polizeiliche Einrichtungen beheimatet waren. Auf dem Weg vom Parkplatz zum Dienstgebäude traf er einen Kollegen, der sofort nach der Begrüßung über das Wetter stöhnte.

Lüder erreichte sein Büro, startete seinen Rechner, legte mehrere Tageszeitungen auf den Schreibtisch und ging in das Geschäftszimmer, das Reich von Edith Beyer. Die Mitarbeiterin im Vorzimmer des Abteilungsleiters war sommerlich luftig bekleidet. Vor ein paar Jahren wäre es noch undenkbar gewesen, dass sich eine Frau in einer Amtsstube so zeigte. Bei der derzeitigen Witterung war es eine Selbstverständlichkeit. Beim Militär nannte man es wohl Marscherleichterung.

»Moin, Herr Dr. Lüders«, begrüßte sie ihn und sah auf die Armbanduhr. »Haben Sie es vergessen?«

Er sah sie fragend an. »Haben Sie Geburtstag?«

Sie lachte mädchenhaft. »Nein.« Dann zeigte Sie auf die Tür des Abteilungsleiters. »Er wartet auf Sie.«

»Auf mich?«

Dann fiel es ihm siedend heiß ein. Gestern Abend hatte Kriminaldirektor Dr. Starke noch eine Dienstbesprechung anberaumt. Sie sollte schon vor einer halben Stunde beginnen.

»Macht nichts«, stellte Lüder fest. »Die Welt da draußen hat sich trotzdem weitergedreht.« Er legte Daumen und Zeigefinger der rechten Hand aneinander und führte sie zum Mund, als würde er an einer Kaffeetasse nippen.

Edith Beyer nickte. »Ich bringe Ihnen einen Kaffee.«

Lüder klopfte pro forma an das Holz der verschlossenen Tür und trat sofort ein, ohne die Aufforderung dazu abzuwarten. Kriminaldirektor Dr. Starke und Kriminaloberrat Gärtner saßen am Besprechungstisch, auf dem Papiere ausgebreitet waren. Sie sahen Lüder an.

Während Gärtner es bei einem knappen »Moin« beließ, sagte Dr. Starke mit einem tadelnden Unterton: »Du kommst spät. Wir waren früher verabredet.«

»Moin, lieber Jens«, erwiderte Lüder, ohne auf den Vorwurf einzugehen, und setzte sich zu den beiden.

Gärtner trug ein sportliches Sommerhemd mit kurzen Ärmeln, das so weit aufgeknöpft war, dass die grauen Brusthaare am oberen Rand hervorlugten. Dr. Starke war, wie immer, perfekt gekleidet. Er trug ein blütenweißes Hemd, hatte aber auf eine Krawatte verzichtet. Der oberste Knopf war geöffnet. Das Sakko hing auf einem Bügel an einem Garderobenhaken. Dr. Starke wäre es nie in den Sinn gekommen, sein Sakko über der Stuhllehne aufzuhängen. Er zeigte auf ein

Schreiben, das zwischen ihm und Gärtner lag, und wollte es Lüder über den Tisch schieben.

»Danke, ich kann über Kopf lesen«, antwortete Lüder. Es war eine Notiz des Innenministeriums, die an die Leitung des LKA gerichtet war. Darin zeigte man sich besorgt über eine Drohung, die an die Geschäftsleitung der Nordic Energi GmbH in Rendsburg gerichtet war.

»Ihr zerstört unsere Welt. Die einzige, die wir haben. Ihr zerstört das Leben. Unser Leben. Das unserer Kinder. Wir haben euch zugerufen: Hört auf. Aber ihr seid blind für das, was ihr anrichtet. Das nur, um kurzfristig Profit zu schöpfen. Ihr zerstört die Natur. Ihr zerstört unsere Zukunft. Nun seid ihr dran. Wir werden euch zerstören. Euch und euer Teufelswerkzeug.«

»Briefe dieser Art tauchen oft auf«, sagte Lüder. »Es soll nicht zynisch klingen, aber manche Politiker oder in der Öffentlichkeit stehende Menschen haben schon viel drastischere Drohungen erhalten. Sachbeschädigungen waren noch die harmlose Variante. Weiblichen Personen wurde sexuelle Gewalt angedroht. Und Morddrohungen sind auch keine Seltenheit mehr. Leider. Manchmal wurden sie auch umgesetzt. Wir haben in Deutschland schon Opfer zu beklagen.«

»Das ist zutreffend«, bestätigte Gärtner, »aber wir sollten es nicht auf die leichte Schulter nehmen.«

»Wer sind die Absender?«, wollte Lüder wissen. »Oder ist es anonym?«

»AA«, antwortete Gärtner und sprach es englisch aus.

»Steht das für Anonyme Alkoholiker?«

»Für Anti Annihilators«, erklärte Gärtner. »Das heißt auf Deutsch: Anti-Vernichter.«

»Ich kenne den Verein. Nein«, relativierte Lüder. »Das wäre übertrieben. Ich habe davon gehört. Mir erscheint der Name ein wenig widersinnig. Annihilator – Vernichter. Das verstehe ich. Aber das ›Anti‹ vorweg … Die wollen etwas zerstören, vernichten.« Er hob den Zeigefinger in die Höhe. »Weshalb nennen sie sich nicht Destroyer?«

»Das ist komplizierter«, meinte Gärtner. »Mit Annihilator, also Vernichter, sind die anderen gemeint, jene, die nach Auffassung der Gruppe unsere Welt vernichten.«

»Ah, dann sind die Anti Annihilators jene, die die auf dem Kicker haben, die ›Vernichter‹ sind.«

Gärtner nickte. »So ungefähr. Und jetzt drohen sie. Zielscheibe ist in diesem Fall die Nordic Energi GmbH mit Sitz in Rendsburg. Es ist die Tochter der gleichnamigen A/S aus Skandinavien, die in Aarhus sitzt.«

»Ein dänisches Unternehmen?«

»Die sind in ganz Skandinavien mit Ausnahme von Finnland aktiv. Seit einigen Jahren auch bei uns, vorerst allerdings nur in Schleswig-Holstein. Ich gehe davon aus, dass sie über unser Bundesland hinaus expandieren werden. Sie kennen die Tankstellen, die sie bei uns betreiben.«

Lüder hob fragend die Schulter.

»Die ›Norden‹-Tankstellen. Das ist die Abkürzung von *Nord*ic *En*ergi.«

»Ach die«, bestätigte Lüder. »Ich habe mich schon oft gefragt, wer dahintersteckt. Die treten in Weiß auf mit einem roten Schriftzug. Im Hintergrund erscheint als Logo eine Kugel, eine Art Drahtkorb.«

Gärtner lächelte. »›Drahtkorb‹ ist gut. Das ist ein Abbild des Globus vom Nordkap, die aus Stahl geformte Skulptur auf dem Nordkapplateau in Norwegen. Sie versinnbildlicht den globalen Treffpunkt am Nordkap, wo sich Menschen aus der ganzen Welt begegnen.«

»Und weshalb greift man mit diesem Pamphlet«, Lüder tippte dabei auf das Schreiben des Innenministeriums, »ausgerechnet die braven Dänen an? Wenn man es auf vermeintliche Umweltsünder abgesehen hat, fallen mir andere Namen ein, die auf diesem Feld größere Sünden begehen.«

»Das kann ich auch nicht beantworten«, gestand Gärtner.

»Wir müssten dazu recherchieren, ob die wirklich so brav sind.«

»Und wer oder was verbirgt sich hinter Anti Annihilators?«, ergänzte Dr. Starke und sah auf seine Armbanduhr. »Wir treffen uns in einer Stunde zur nächsten Runde. Mit Ergebnissen.«

Lüder nahm sich vor, über das Unternehmen zu recherchieren.

Im Vorzimmer sah ihn Edith Beyer schuldbewusst an. »Ihr Kaffee steht dort.« Sie zeigte auf einen Becher neben der Kaffeemaschine. »Ich war mir nicht sicher, ob der Chef es gut gefunden hätte, wenn ich die Besprechung wegen des Kaffees gestört hätte.«

Lüder gab ihr recht, griff sich den Becher und kehrte in sein Büro zurück. Er schob den Stapel ungelesener Zeitungen zur Seite und begann mit der Recherche.

Die Nordic Energi war in Dänemarks zweitgrößter Stadt aus der Aarhus Tank Aps hervorgegangen, einer kleinen Gesellschaft, die zunächst eine Reihe von Tankstellen betrieb und Heizöl lieferte. Das war in den fünfziger Jahren. Das Geschäft florierte, und der Aktionsradius dehnte sich zunächst auf Jütland, dann auf ganz Dänemark aus. Ein großer Mineralölkonzern übernahm das Tankstellennetz, änderte den Namen in Nordic Energi, weitete das Geschäftsgebiet auf Schweden und Norwegen aus und vertrieb unter diesem Namen seine eigenen Produkte.

Lüder hatte sich in der Vergangenheit oft über den Unterschied zwischen Managern und Unternehmern gewundert. Unternehmer hatten Betriebe gegründet, sie mit innovativen Ideen und der Unterstützung einer treuen und durch sie versorgten Arbeitnehmerschaft ausgebaut und über einen langen Zeitraum Konzerne von Weltgeltung geschaffen. Nach den Unternehmerpersönlichkeiten kamen, Lüders Meinung nach, Manager an die Macht, denen es nur um kurzfristige Erfolge ging. Langfristige Prosperität, Verantwortung für die

Menschen im Betrieb, Kontinuität – das waren vergessene Tugenden. Die Manager folgten oft Modeerscheinungen. Unter dem Motto »Konzentrieren auf die Kernkompetenz« wurden Tochterunternehmen verkauft. Autobauer schraubten nur noch zusammen, was Subunternehmer anlieferten. Händler unterhielten kein eigenes Lager und hatten die Logistik abgegeben. Dann folgte die nächste Phase. Unter dem Schlachtruf »Diversifikation« wurde plötzlich wahllos dazugekauft. Daimler-Benz baute Waschmaschinen, Schiffe, Flugzeuge und glaubte, sich auf dem Softwaremarkt etablieren zu können. Alle Versuche dieser Art scheiterten.

Diesen Trends war auch Nordic Energi gefolgt. Der dahinterstehende Ölmulti hatte sich anders ausgerichtet. Es klang wie eine Schmähung gegenüber den Mitarbeitern, als man verlautbaren ließ, dass man sich vom lokalen Engagement trennen und mehr global aufstellen wolle. Das Unternehmen ging in die Hände von Finanzinvestoren über, denen das Ölbusiness fremd war.

Lüder las eine kritische Notiz, in der ein Insider behauptete, die Hedgefonds, die sich hier engagiert hatten, seien nur an kurzfristigen Gewinnen interessiert. Deshalb wechselten bei Nordic Energi auch regelmäßig die Eigentümer. Derzeit lag der überwiegende Kapitalanteil in Händen eines Hedgefonds, der sich vorwiegend im Energiesektor engagierte. Man suchte wie jene Autofahrer, die im Stau über jeden Parkplatz fuhren, um ein paar Fahrzeuglängen Vorsprung zu gewinnen, die Lücken im System. Dank einer guten Lobbyarbeit und manchmal fragwürdiger Kontakte zur politischen Führung gelang es, die eigenen Interessen denen der Menschen überzuordnen. So lautete manche Kritik, auf die Lüder stieß. Er selbst runzelte die Stirn und dachte, dass die UE Universal Energy Private Equity mit Sitz auf der Kanalinsel Jersey sicher nie etwas vom kürzesten Satz im Grundgesetz gehört hatte. Im Artikel 14 stand kurz und prägnant: »Eigentum verpflichtet.« Im Konzert der Großen war Nordic Energi nur ein kleines Licht, das auf einem begrenzten Markt spielte. Noch. Noch? Weshalb hatte man ausgerechnet dieses Unternehmen ausgewählt und bedrohte es? Das zu ergründen sollte die Aufgabe der Abteilung sein, so wünschte es das Innenministerium. Und auch das Wirtschaftsministerium zeigte an der Aufklärung Interesse.

Er kehrte mit seinen Rechercheerkenntnissen ins Büro des Kriminaldirektors zurück. Kriminaloberrat Gärtner war auch anwesend. Lüder trug seine Ergebnisse vor und wurde dabei mehrfach von seinem Vorgesetzten unterbrochen, der Lüders kritische Wortwahl nicht guthieß.

»Auch wenn man durchaus eine persönliche Meinung zum Auftreten und Agieren von Hedgefonds haben dürfe, sollte man Begriffe wie ›Heuschrecken‹ in dieser Runde nicht verwenden«, mahnte Dr. Starke an.

Gärtner folgte stumm Lüders Worten. Bei seinem Vortrag vermied er es, irgendwelche Wertungen einfließen zu lassen. Das war professionell, befand Lüder und lauschte Gärtners Ausführungen. Die Anti Annihilators wurden den verfügbaren Quellen zufolge vor sieben Jahren in Birmingham in England gegründet. Der lockere Protest ging von Soziologiestudenten aus und richtete sich zunächst im kleinen Kreis, eher spaßhaft, gegen Studierende der Wirtschaftswissenschaften. Die Sache gewann schnell eine eigene Dynamik und verlagerte sich nach London, dem größten Finanzplatz der Welt. In der City of London und den Docklands gab es die größte Konzentration an Niederlassungen von Banken und Finanzdienstleistern. Als sich in den Medien Berichte über die sagenhaften Einkommen der Händler häuften und die Yuppies sich nicht scheuten, diese öffentlich zur Schau zu stellen, etablierte sich eine Untergrundszene, die übergriffig wurde. Als die Behörden gegen sie vorgingen, wanderte der harte Kern in den Untergrund ab und weitete seine Aktionen gegen Unternehmen der Finanzwirtschaft aus. Diese Bewegung hielt sich lange im Untergrund und wurde durch weitere Skandale wie die Panama Papers oder die Cum-ex-Geschäfte genährt. Neu war, dass jetzt unter dem Deckmantel von Umweltaktivismus Drohungen gegen Unternehmen der Energiewirtschaft ausgestoßen wurden.

»Wie ernst sind die zu nehmen?«, fragte Lüder.

»Wir haben zu wenig Erfahrungen mit denen«, bekannte Gärtner. »Bisher sind sie durch lautes Getöse aufgefallen. Es gab Sachbeschädigungen an Einrichtungen aus dem Energiesektor, namentlich an jenen, die sich mit fossilen Stoffen beschäftigen. Erdöl und Derivate. Erdgas. Kohle«, zählte Gärtner auf und steckte bei jedem Begriff einen weiteren Finger in die Höhe.

»Gibt es Verbindungen zu anderen Gruppierungen, die auf diesem Feld agieren?«

Gärtner überlegte kurz. »Sie meinen, zu BUND, Umwelthilfe, Greenpeace und so weiter. Es ist ja nicht alles schlecht, was von dort ausgeht.«

»In der Demokratie soll jeder seine Meinung vortragen. Das zensieren wir nicht«, sagte Lüder.

Dr. Starke nickte zustimmend.

»In Ihrer Aufzählung vermisse ich Fridays for Future«, fuhr Lüder fort.

»Meine Liste erhebt keinen Anspruch auf Vollständigkeit. So habe ich zum Beispiel den WWF nicht genannt oder Robin Wood.«

»Um Fridays for Future ist es ruhiger geworden«, meinte Lüder. »Die nennen sich ja selbst eine basisdemokratische Graswurzelbewegung. Die früheren Aktivisten haben zum Teil die Schule verlassen und stellen sich jetzt anderen Herausforderungen. Sie haben den Führerschein gemacht, eilen im SUV von Termin zu Termin und suchen im Urlaub Entspannung auf fernen Kontinenten.«

»Lüder!«, erfolgte ein Ordnungsruf des Abteilungsleiters.

Lüder winkte ab. »Es sind idealistische Forderungen, die dort gestellt werden. Man kann drüber diskutieren, ob alles machbar ist. Natürlich müssen die Treibhausemissionen gesenkt werden. Wer will leugnen, dass Tage wie jene, die wir im Augenblick erleiden müssen, mit durch den Klimawandel verursacht werden? Aber schaffen wir es bis 2035 auf null? Wenn wir uns keine Ziele setzen, kommen wir der Sache allerdings auch nicht näher. Der komplette Kohleausstieg … Na ja. Selbst wenn es eine technisch machbare Lösung wäre, tut sich hier der Widerstand jener auf, die wirtschaftlich von der Kohle profitieren. Dagegen wehren sich Leute wie Anti Annihilators. Und wenn man Tage wie diese erlebt … Selbst bei uns in Kiel stöhnen die Leute wegen der Temperaturen. Ich kann mich mit meinem halben Jahrhundert Gegenwart auf diesem Planeten nicht daran erinnern, dass wir eine so lang anhaltende Hitzeperiode hatten.«

»Die Klimaaktivisten haben noch mehr Forderungen aufgestellt«, warf Gärtner ein. »Sie wollen eine komplette Energieversorgung aus erneuerbarer Energie, auch wenn das inzwischen auch Teil des Regierungsprogramms ist. Ich habe meine Zweifel, ob wir das mit dem Energiehunger unserer Industrie hinbekommen. Und für Unternehmen wie Nordic Energi bedeutet es den schleichenden Tod, es sei denn, sie richten sich neu aus und investieren in neue Techniken.«

»Genau darin liegt die Krux«, bestätigte Lüder. »Das ist es, was ich vorhin meinte. Früher haben die Unternehmer so etwas erkannt und den Betrieb neu ausgerichtet. Die Hedgefonds sind daran nicht interessiert. Sie wollen hier und heute Kasse machen. Wenn die Forderungen der Aktivisten durchschlagen, werden die Kohle- und Gaskraftwerke abgeschaltet und alle Subventionen für fossile Energien abgeschafft.«

»Ich habe nirgendwo eine Aussage darüber gefunden, dass Anti Annihilators solche Ideen aufgeworfen hat«, gab Gärtner zu bedenken. »Die drohen nur. Aber nicht nur das. Sie werden auch übergriffig.«

»Aber noch nicht bei uns«, sagte Dr. Starke. »Allerdings

ist es unsere Aufgabe, zu analysieren, ob eine reale Gefahr von ihnen ausgeht.«

Lüder fuhr sich nachdenklich mit der Zunge über die Lippen. »Sind es Idealisten, die zur Durchsetzung ihrer Ziele auch vor Gewalt nicht zurückschrecken?«, überlegte er laut. »Wie finanzieren die sich?« Er sah Gärtner an.

»Das frage ich mich auch«, sagte der Kriminaloberrat. »Ich habe in unseren Unterlagen nichts dazu gefunden. Manche terroristischen Gruppierungen begehen Straftaten, meistens Raub. Die RAF hat Banken überfallen oder Geiseln genommen. Dank ausgeklügelter Sicherungssysteme sind Banküberfälle heute selten. Im politischen Bereich werden Terrorgruppen auch von Staaten oder großen ideologischen Gemeinschaften finanziert. Die fünfte Kolonne, wie man sie damals nannte, hat heute ein anderes Gesicht. Aber welche der uns bekannten und global agierenden Terrororganisationen sponsert eine Truppe wie Anti Annihilators?«

»Und aus welchem Grund? Mich würde interessieren, ob die gegen Nordic Energi gerichtete Drohung nur singulär ist oder der Anfang von weiteren Kampagnen, die andere Teilnehmer auf diesem Feld zum Ziel haben. Wie ernst sollen wir es nehmen? Reicht es, wenn wir zunächst einen Beobachterstatus einnehmen?« Lüder sah Dr. Starke an. Nach vielen Jahren der früher durchaus nicht ungetrübten Zusammenarbeit verstand er es, in der Mimik des Vorgesetzten zu lesen. Über das Gesicht huschte kein Schatten, aber die Augen Dr. Starkes wanderten zwischen Lüder und Gärtner hin und her, als suche er bei seinen Mitarbeitern die Antwort.

»Wir sollten die Drohung ernst nehmen. Du, Lüder, solltest der Sache einmal nachgehen.«

Lüder seufzte. »Prima. Ich habe also den Auftrag, einmal eine Ecke der Decke des Schweigens zu lüften, um darunter zu blinzeln, ob sich Böses tut. Nur: Wo finde ich die Decke?«

Jens Starke verzog keine Miene, nicht einmal zu einem angedeuteten Lächeln. Das war der kleine Unterschied zwischen dem Kriminaldirektor, der hoffte, noch nicht am Ende seiner Karriere angekommen zu sein, und ihm, Dr. Lüder Lüders, dem ewigen Kriminalrat. Ausgerechnet Dr. Starke hatte ihm lange Zeit das Leben schwer gemacht, ihn negativ beurteilt, ja – er wollte ihn auf unbedeutende Dienstposten abschieben. Diese Beurteilungen klebten wie Pech an Lüders Hacken. So wartete er immer noch auf die eigentlich lange fällige Routinebeförderung zum Kriminaloberrat. Andererseits fand er Bestätigung in seinem Aufgabenbereich, der ihn immer wieder mit Sonderaufgaben betraute. Eine ausschließliche Schreibtischtätigkeit wie bei den beiden anderen mochte er sich – noch nicht – vorstellen.

Er kehrte in sein Büro zurück und nahm am Schreibtisch Platz. Seine Hand griff automatisch zum Kragen und lüftete ihn ein wenig. Als Kind hatte er sich immer auf den Sommer gefreut, später schätzte er den Wechsel der Jahreszeiten. Selbst der nebelige November, in Kiel oft begleitet von nasskaltem Wetter und Sprühregen, hatte seine Reize. Die Melancholie dieser Jahreszeit, die kurzen Tage, das Anheimelnde im häuslichen Umfeld … Auch dieser Kontrast gehörte für Lüder dazu. Und in diesen extrem heißen Tagen hätten viele Mitbürger manches dafür gegeben, würden ein paar ungemütliche Stunden das »schöne« Wetter ablösen. Nein. In einer Region wie Kalifornien mit ständigem Sonnenschein mochte er nicht leben. Überhaupt. Er konnte sich keine schönere Gegend als Kiel vorstellen. Aber das würden andere Menschen zu Recht von ihrer Heimat auch behaupten. Allerdings heute …

Lüder lächelte. Er sollte die »Decke suchen«, unter der sich das Geheimnis der gegen Nordic Energi gerichteten Drohung verbarg. Aber wie und wo? Früher hätte man bei Ratlosigkeit am Bleistift geknabbert. Das war heute nicht mehr möglich. Die Tastatur seines Rechners gab es nicht mehr her. Er griff zum Telefon und rief Thomas Vollmers an. Der Hauptkommissar war Leiter des K11, des für Straftaten gegen Leib und Leben zuständigen Kommissariats der Bezirkskriminalinspektion Kiel. Im Volksmund nannte man diese Einheit »Mordkommission«.

Nach ein paar einleitenden Worten fragte Lüder, ob Vollmers schon einmal etwas von Anti Annihilators gehört habe.

»Anti – was? Das hört sich nach einem Deodorant an«, erwiderte Vollmers. »Nein. Das ist mir unbekannt. Was soll das heißen?«

Lüder erklärte es ihm und den Hintergrund der Frage.

»Das ist nicht unsere Welt. Wir beschäftigten uns heute mit einem Grenzfall unserer Gesellschaft. Es ist in diesem Jahr schon das zweite Mal, dass wir einen Todesfall dieser Art zu untersuchen haben. Eigentlich ist es Routine. Ein natürlicher Todesfall. Der achtundsiebzigjährige Hermann Kronstücken wurde in seiner Dachgeschosswohnung tot aufgefunden. Er ist dehydriert.«

»Das ist tragisch, dass es alte Menschen gibt, um die sich niemand kümmert. Und wenn sie zudem noch krank und gebrechlich sind, sterben sie einsam.«

»In diesem Fall gibt es noch ein paar Verstrickungen. Kronstücken ist verwitwet. Er war auf Hilfe angewiesen. Ob die ihm zuerkannte Unterstützung ausreichend war, vermag ich nicht zu beurteilen. Das gehört auch nicht zu unseren Aufgaben. Ein Pflegedienst hat sich um ihn gekümmert, genau genommen eine polnische Mitarbeiterin namens …« Vollmers unterbrach kurz seine Ausführungen. Lüder vermutete, der Hauptkommissar suchte in seinen Notizen nach dem Namen. »… Katarzyna Filipowicz«, fuhr Vollmers fort, »war für Kronstücken zuständig. Sie hat sich am letzten Donnerstag kurzfristig mit Kreislaufbeschwerden krankgemeldet, sagte ihre Chefin, mit der wir Kontakt aufgenommen haben. Wir haben Ferienzeit. Die Personaldecke ist ausgedünnt. Es gab keinen Ersatz.«

»Niemand hat sich um den alten Herrn gekümmert?«

»So ist es«, bestätigte Vollmers. »Keiner hat bemerkt, dass

er in der Gluthitze seiner Dachgeschosswohnung dehydriert ist. Mitten unter uns. Mitten in Kiel. Einfach so.«

»Da stellt sich die Frage, ob unterlassene Hilfeleistung vorliegt«, dachte Lüder laut nach.

»Das macht Hermann Kronstücken nicht wieder lebendig. Darüber hinaus wird die Staatsanwaltschaft zu prüfen haben, ob beim Ausbau des Dachs gepfuscht wurde. Hat man, um Kosten zu sparen, auf eine ausreichende Isolierung verzichtet? Das wird ein Sachverständiger klären.«

»Hm.«

Vollmers wartete einen Moment. »Wollen Sie noch etwas sagen?«, fragte er schließlich.

»Wenn man den Gedanken sehr weit fasst, könnte man doch behaupten, der alte Herr ist ein Opfer des Klimawandels geworden.«

»Wenn Sie es so sehen … Ja. Indirekt schon. Aber wen wollen Sie dafür strafrechtlich zur Verantwortung ziehen? Petrus, weil der angeblich für das Wetter zuständig ist?«

»Wohl eher unsere Gesellschaft. Wir alle haben durch unsere Sorglosigkeit zu dieser Situation beigetragen.«

»Tja«, ließ Vollmers hören. »Diese Diskussion führt uns nicht weiter. Bleiben wir bei den Fakten. Und die bereiten uns genug Kopfzerbrechen.« Dann wünschte er Lüder einen schönen Tag.

Lüders Gedanken schweiften kurz zur jüngsten Tochter Sinje ab. Das sechzehnjährige Nesthäkchen lieferte ihm im Hause Lüders harte Rededuelle. Hatte Lüders Generation wirklich zu sorglos gelebt? Mussten die Jüngeren es jetzt ausbaden? War die Sorge um die Zukunft der Nährboden, auf dem ausufernde Gewalt à la Anti Annihilators heranwuchs?

Lüder suchte sich die Adresse des bedrohten Unternehmens heraus und nahm Kontakt auf. Er wurde mehrfach verbunden, bis er auf einen Gesprächspartner traf, der sich mit »Sönke Appelhoff« vorstellte und vorgab, Leiter der Betriebsorganisation sein.

Appelhoff war vorsichtig und zögerte zunächst, Lüder am Telefon Auskünfte zu erteilen. Er rief zurück und verzichtete darauf, sich von Lüder die Durchwahl geben zu lassen. Danach war er bereit, mit Lüder zu sprechen.

Ja, bestätigte er, die Drohung sei eingegangen. Man sei nicht besorgt. Solche Worte würden sie nicht ernst nehmen. »Nordic Energi ist ein aufstrebendes Unternehmen, prosperierend, das innovativ in seinem Bereich agiert und mit innovativen Ideen auch Maßstäbe setzt. Überhaupt – das junge und dynamische Team steckt voller Tatendrang. Diese Innovation gefällt dem etablierten Mitbewerber sicher nicht.«

Lüder schmunzelte im Stillen. Ob Appelhoff für jede Verwendung von »Innovation« einen Bonus bezog? Laut sagte er: »Weshalb haben Sie sich an das Innenministerium gewandt, wenn Sie im Unternehmen kein Gefahrenpotenzial in diesem Drohbrief erkennen können?«

»Natürlich haben wir im Leitungskreis darüber gesprochen. Wer sich heute in dem Umfeld betätigt, in dem wir agieren, steht im Fadenkreuz von Aktivisten.«

»Umweltaktivisten«, meinte Lüder.

»So nennen es viele in der Öffentlichkeit. Ich will nicht in Abrede stellen, dass es Menschen gibt, die sich ernsthaft um unsere Umwelt sorgen. Es gibt bestimmt auch zahlreiche Ansätze, die Anlass für ein intensives Nachdenken geben.«

Lüder staunte über die komplizierte Formulierung. Er übersetzte es: »Trotz der Erkenntnis, dass wir unsere Lebensgrundlagen zerstören, machen wir munter weiter. Und dagegen protestieren manche Leute.«

»Sie müssen immer zwei Seiten sehen«, entgegnete Appelhoff. »Aber das sollte nicht unser Thema sein. Wir sind ein engagiertes und innovatives Team und erobern derzeit erfolgreich den deutschen Markt. Das gefällt nicht jedem. Auf dem Mineralölmarkt geht es nicht um die Generierung zusätzlicher Mengen. Was wir verkaufen, fehlt dem Mitbewerber. Es ist ein Verdrängungswettbewerb.«

»Wollen Sie vorsichtig andeuten, dass die Drohung von einem anderen Tankstellenbetreiber kommen könnte? Von einem der großen Mineralölkonzerne, die seit Jahrzehnten bei uns den Markt beherrschen?«

»Ich sagte schon, dass wir diesen Brief nicht ernst nehmen.«

»Sie haben meine Frage nicht beantwortet, weshalb Sie sich an das Innenministerium gewandt haben.«

Appelhoff druckste herum. »Unser Geschäftsführer hielt es für erforderlich, unsere Konzernzentrale zu informieren.«

»In Aarhus?«

»Ja. Und die Dänen haben darauf gedrungen, die Behörden zu verständigen.«

»Aber gleich das Ministerium? Ich hätte mich an die Polizei gewandt.«

»Dänemark ist ein kleines Land. Da funktioniert vieles unkomplizierter. Wenn ein Unternehmer etwas auf dem Herzen hat, greift er zum Telefon und ruft den Minister an. So ist die Sache in Bewegung geraten. Bei uns geht alles über den Dienstweg. Nehmen Sie es mir nicht übel, aber eine Nachricht ans Innenministerium landet bei Ihnen, Herr, ähhh …? Wie gesagt – ich sehe keine Gefahr für unser Unternehmen.«

Lüder hinterließ seine Kontaktdaten. »Falls sich die Leute noch einmal melden sollten, können Sie mich direkt ansprechen.«

»Danke«, sagte Appelhoff und ließ es klingen wie »Ich sagte schon – kein Bedarf«.

Nachdem Lüder aufgelegt hatte, überlegte er kurz, ob er den Abteilungsleiter informieren sollte. Er beließ es bei einer kurzen Notiz via Mail. Dann nahm er seine Routinetätigkeit wieder auf.

***

Tawfiq Beyrouti wischte sich mit dem stämmigen Unterarm den Schweiß von der Stirn. Er hatte das Wollhemd unter der blauen Latzhose bis zum unteren Ende des Brustbeins aufgeknöpft. Die Ärmel waren bis weit über die Ellenbogen hochgerollt. Die Hitzewelle dauerte schon seit Tagen an. Er hatte sich vorgenommen, hinsichtlich der Bekleidung darauf zu reagieren. Bekime hatte es ihm auch nahegelegt. Sie hätte sicher darauf geachtet, wenn sie heute früh nicht schon vor ihm die gemeinsame Wohnung verlassen hätte, um die Tochter zur Kita zu bringen und anschießend zur Arbeitsstelle als Pickerin in einem Online-Shop zu fahren.

Seit fünf Jahren waren sie verheiratet, Bekime, aus dem Norden Albaniens stammend, und Tawfiq Beyrouti aus Syrien.

Er beugte sich vor, angelte nach der Zigarettenschachtel, fischte sich einen Glimmstängel heraus und setzte ihn mit dem Feuerzeug in Brand. Er kniff kurz das Auge zusammen, als ihm Asche hineinwehte. Rauchen war streng verboten. Es würde ihn sofort den Job kosten. Aber Beyrouti glaubte sich sicher. Beide Seitenscheiben waren heruntergekurbelt. Der Fahrtwind brachte ein wenig Abkühlung. Tawfiq Beyrouti machte sich keine Gedanken, dass er sich mit dem Durchzug eine Erkältung oder andere Unpässlichkeiten einhandeln könnte. Nach jedem zweiten Zug schnippte er die Asche aus dem offenen Fenster.

Vor drei Wochen war sein Kollege Mateusz fristlos entlassen worden. Er hatte sich mit einer Zigarette erwischen lassen. Das wollte er nicht riskieren, aber Beyrouti war leidenschaftlicher Raucher. Er glaubte, ohne seine geliebten schwarzen Zigaretten den Tag nicht überstehen zu können. Es war sein einziges Laster, wenn man von der gelegentlichen Flasche Bier nach Feierabend absah. Das Rauchverbot war sinnvoll, auch wenn er sich an die fast dreißigtausend Liter Benzin in seinem Rücken gewöhnt hatte. Sein Tankwagen fasste diese über mehrere Kammern verteilte Menge. Er war stolz, dass er den Führerschein einschließlich des Gefahrgutscheins machen durfte und man ihm einen Tanklastzug mit dieser brisanten Ladung anvertraute.

Er war 2015 mit dem großen Flüchtlingsstrom nach Deutschland gekommen. Die Kanzlerin hatte ihn und eine große Zahl weiterer Bürgerkriegsflüchtlinge ins Land geholt. Es war vielleicht dem Massenzustrom damals zu verdanken, dass Beyrouti, ohne Papiere ankommend, in Deutschland bleiben durfte. Zu grauenvoll waren die Bilder, die die Medien aus Aleppo verbreiteten. Man hatte Verständnis dafür, dass er dem Chaos und Elend, das in Aleppo herrschte, den Rücken zugekehrt hatte. Heute war er integriert, eine willkommene Arbeitskraft und seit fünf Jahren als Kraftfahrer für Harmsen und Söhne aus Erfde tätig, einen Familienbetrieb, der mit sechs Tanklastwagen Mineralölprodukte aus der einzigen Raffinerie Schleswig-Holsteins in Heide abholte und damit die Tankstellen im nördlichen Landesteil versorgte. Darüber hinaus betrieb sein Arbeitgeber noch einen Handel mit Heizöl in der Eider-Treene-Sorge-Region.

Tawfiq Beyrouti aus Syrien hatte fast schon selbst vergessen, dass er eigentlich Moustapha Al Werfali hieß und aus Ägypten stammte. Nicht einmal seine Ehefrau Bekime, die er in einer Flüchtlingsunterkunft kennengelernt hatte, wusste um sein Geheimnis. Von der Landesunterkunft in Boostedt, in der er nach der Ankunft in Deutschland gelandet war, waren die beiden nach Flensburg weitervermittelt worden. Dort hatten sie ein neues Zuhause gefunden.

Beyrouti sah gewohnheitsmäßig in den Rückspiegel. Es war ein vertrautes Bild, dass sich hinter ihm eine lange Schlange bildete, wenn er mit sechzig bis siebzig Stundenkilometern sein schweres Fahrzeug über die Bundesstraße lenkte. Laien konnten sich nicht vorstellen, welche Kräfte sich entwickelten, wenn die flüssige Ladung beim scharfen Bremsen, aber auch bei der Beschleunigung, in Bewegung geriet und hin und her schwappte.

Die A23 war von Hamburg bis zu den Orten mit großer Einwohnerdichte, dem sogenannten Speckgürtel, stark frequentiert. Danach ließ sie sich gut fahren. Am Ende der Autobahn bei Heide ging sie in eine Bundesstraße über, die durch die flache Marsch führte. Beyrouti kannte den Anblick. Diese Route befuhr er fast täglich. Hier konnte das Auge ausruhen, wenn es in die unendlich erscheinende Ferne abschweifte und am Horizont bei den dicht an dicht stehenden Windenergieanlagen hängen blieb.

Er ließ den schweren Sattelzug über den Asphalt rollen. Der nächste größere Ort war Tönning. Die Stadt lag aber wie alle anderen Orte neben der Bundesstraße, sodass er seinen Tanklaster ohne behindernde Ortsdurchfahrten gen Norden lenken konnte. Er wusste, dass auf geraden Abschnitten die Pkw hinter ihm auf die Gegenfahrbahn ausscherten, um ihn in waghalsigen Manövern zu überholen. Einheimische und Touristen, die mit dieser Strecke vertraut waren, wussten, dass es hinter Tönning kaum noch eine Überholmöglichkeit gab. Die Straße schlängelte sich zweispurig durch die Ebene, in kurzen Abständen durch enge Kurven die Aufmerksamkeit des Fahrers einfordernd. Die Westküste war von Maßnahmen zur Verbesserung der Infrastruktur abgehängt, und wenn wirklich einmal etwas in Angriff genommen wurde, scheiterten die Vorhaben oft an einer mangelhaften Planung.

Für Beyrouti war es Alltag. Wenn sich eine Schlange gebildet hatte, war er meistens an der Spitze. Selten musste er das Tempo drosseln, weil ein landwirtschaftliches Fahrzeug noch langsamer fuhr. Auch an die Beeinträchtigung durch Regen, Nebel oder den von Auswärtigen häufig unterschätzten Wind hatte er sich gewöhnt. Noch gefährlicher als diese Witterungsbedingungen waren die ungeduldigen Autofahrer, die glaubten, ihn überholen zu müssen, seien es PS-starke Fahrzeuge oder die Ortsfremden, die in dieser Jahreszeit ihre Fähre in Schlüttsiel oder Dagebüll erreichen wollten. Er schüttelte häufig den Kopf über Wohnmobile, die manchmal nur kurz vor dem herannahenden Gegenverkehr an ihm und seinem Tanklaster vorbeiziehen wollten. Ganz brisant wurde es, wenn andere Lkw oder sogar Wohnwagengespanne den Überholvorgang starteten. Deshalb galt sein routinierter Blick auch stets der Kontrolle dessen, was hinter ihm geschah.

In Bruchteilen von Sekunden sah er den dunklen SUV auf die Gegenfahrbahn ausscheren. Sein Kontrollblick richtete sich wieder nach vorn. In der Ferne kam ihnen ein großer Truck entgegen, entweder ein Milchlaster oder ein Kollege, der mit dem leeren Tankzug zur Raffinerie nach Heide wollte. Das entgegenkommende Fahrzeug zog eine Schlange von anderen Autos hinter sich her. Hoffentlich war keiner darunter, der überholen wollte. Beyrouti sah abwechselnd in den Außenspiegel und nach vorn. Als Berufskraftfahrer kannte er solche Situationen. Sie waren auf dieser Straße nahezu alltäglich. Und nicht immer hatten die Beteiligten Glück. Davon legten die hölzernen Kreuze Zeugnis ab, die den Straßenrand säumten und von Angehörigen oder Freunden oft liebevoll gepflegt wurden.

Der gut motorisierte BMW X5 beschleunigte und hätte Beyroutis Laster schnell überholt, wenn er nicht die Geschwindigkeit reduziert und ein Stück neben dem Tankwagen hergefahren wäre. Dann gab der Fahrer wieder Gas und reduzierte sein Tempo erneut, als der SUV auf Höhe des Führerhauses war. Beyrouti sah kurz zur Seite. Das Fenster auf der Beifahrerseite war geöffnet, eine Frau beugte sich ein wenig hinaus, streckte den Arm aus und zeigte in Richtung der Hinterachse von Beyroutis Auflieger. Sie wiederholte es mehrfach. Dann gab der BMW X5 Gas und setzte sich vor Beyroutis Volvo Truck. Der Fahrer hielt Abstand, bremste in Intervallen. Zusätzlich tauchte wieder der Frauenarm auf und bewegte sich auf und ab.

Beyrouti konnte die Geste nicht deuten. Offenbar wollten

ihn die Insassen des SUV auf etwas aufmerksam machen. Er umklammerte das Lenkrad mit beiden Händen. Automatisch checkte er die Kontrollleuchten seines Armaturenbretts. Es war weder etwas zu sehen noch zu spüren. Nachdem der BMW erneut eine Stotterbremse andeutete und kurz die Warnblinkanlage aktivierte, nahm Beyrouti den Fuß vom Gas und ließ seinen Tanklastzug langsamer laufen. Er überlegte, ob er anhalten und nachsehen sollte. Das würde auf der zweispurigen Bundesstraße möglicherweise zu Komplikationen führen. Worauf mochte die Frau aus dem BMW hingewiesen haben? Eine Reifenpanne würde ihm durch eine Kontrollleuchte angezeigt werden. Er zuckte kurz zusammen. Sollte eine Achse heiß gelaufen sein? Sein Fahrzeug war mit allen denkbaren Sicherheitseinrichtungen ausgestattet, aber seine Fracht war brisant.

Die Straße machte einen sanften Bogen nach rechts, dann wieder nach links. Kurz darauf gab es einen kleinen Rastplatz. Den würde er ansteuern. Mit reduzierter Geschwindigkeit folgte er dem BMW, der unter Einhaltung des Abstands vorwegfuhr. Offenbar kannten die Insassen die Strecke und hatten die gleiche Idee wie Beyrouti. Er verdrängte alle Gedanken an die Flüche der Fahrer der nachfolgenden Autos, als er seine Geschwindigkeit weiter auf vierzig Stundenkilometer reduzierte. Er kroch mit seiner Ladung mehr, als dass er fuhr. Es war nicht nur die Hitze, die für zusätzliche Schweißausbrüche sorgte. Zu gern hätte er jetzt eine weitere Zigarette geraucht, aber er traute sich nicht. Die diffusen Hinweise, die von den aufmerksamen BMW-Insassen ausgingen, hatten ihn verunsichert. Er überlegte, ob er nicht doch anhalten sollte. Seine Hand tastete sich vor und betätigte die Warnblinkanlage. Beyrouti hoffte, durch dieses Zeichen den folgenden Fahrzeugen einen Hinweis geben zu können, dass er Probleme hatte. Dieses würde hoffentlich die aufkeimende Aggression über seine Schleichfahrt dämmen.

Der Gegenverkehr rauschte an ihm vorbei. Wie er vermutet hatte, folgte dem langsamen Milchtransporter mit Anhänger eine lange Reihe weiterer Fahrzeuge. Pkw, Kleintransporter, Wohnmobile und weitere Lkw. Es war ein gewohntes Bild auf dieser Straße.

Beyrouti atmete tief durch. Der durch Büsche abgegrenzte Parkstreifen näherte sich. Hier in der Marsch war alles auf große Distanz erkennbar. Und doch schien sie menschenleer zu sein, sah man von den Insassen der Autos ab. Selten stand ein Haus in der Einsamkeit, und der nächste kleine Ort lag einen gefühlten Tagesmarsch entfernt. Weit vor der Zufahrt zum Parkstreifen setzte er den Blinker und ließ seinen Lastzug fast ausrollen. Die Tachonadel fiel weiter herab. Mit nur noch zwanzig Stundenkilometern bog er von der Bundesstraße ab. Nachdem er den Blinker betätigt hatte, zeigte auch der vor ihm fahrende SUV an, dass er den Parkplatz ansteuern würde. Beyrouti war froh, dass die aufmerksamen und hilfsbereiten Insassen ihn unterstützen und darauf hinweisen wollten, was ihnen aufgefallen war.

Wer häufig diese Straße befuhr, wusste, dass hier oft die Verkehrspolizei ihre Radaranlage aufbaute, um die auf der geraden Strecke dahinrasenden Fahrzeuge zu kontrollieren. Der BMW hielt ziemlich am Anfang des Parkplatzes, so, dass Beyrouti seinen Sattelschlepper noch dahinter abstellen konnte. Er wunderte sich, dass der SUV nicht weiter vorgefahren war. Trotz Sommer und Ferienreiseverkehr war die Anlage kaum belegt. Weiter vorne stand ein Pkw, dessen Fahrer sich durch die Büsche quetschte und dabei seinen Hosenschlitz wieder schloss. Mit einem schuldbewussten Blick auf die Neuankömmlinge stieg er in sein Auto. Noch etwas weiter entfernt parkte ein Wohnmobil, dem die Gebrauchsspuren vieler Jahre anzusehen waren. Neben dem Gefährt hatte ein älteres Ehepaar einen kleinen Klapptisch und zwei Stühle aufgebaut. Aus der Distanz sah es aus, als würden sie die Fahrtunterbrechung für eine gemütliche Kaffeepause nutzen. Vielleicht galt sie auch dem dackelgroßen

Mischlingshund, der träge um den Tisch herum im Gras schnüffelte.

Beyrouti schaltete den Motor seines Volvos aus. Seine Hände lagen noch auf dem Lenkrad. Er atmete tief durch. Dann beugte er sich etwas vor. Das schweißnasse Hemd löste sich von der Rückenlehne. Er fuhr sich mit dem Unterarm über die Stirn, anschließend wischte er sich das Gesicht ab. Noch einmal holte er tief Luft, bevor er die Tür öffnete und aus der Höhe seines Sitzes auf den Asphalt herunterkletterte. Die Frau aus dem BMW war ebenfalls ausgestiegen. Weitere Insassen konnte er durch die getönten Scheiben des Wagens nicht erkennen. Er wunderte sich, dass sie trotz des heißen Wetters hochgeschlossen ganz in Schwarz gekleidet war. Die eng anliegende Kleidung ähnelte einer Bikerkluft, brachte aber ihre attraktive Figur hervorragend zur Geltung. Vermutlich war das teure Fahrzeug mit einer komfortablen Klimaanlage ausgestattet, die Beyroutis Chef sich für den Truck gespart hatte.

Die dunkle Kombination der Frau lag fest um den Hals an. Das Gesicht war nur wenig geschminkt. Die Augen waren betont, die Lippen blassrot angemalt. Die Ohrstecker glitzerten in der Sonne. Der locker frisierte Kurzhaarschnitt passte hervorragend zu ihr. Mit wiegendem Schritt kam sie näher. Beyrouti wurde kurz von der Zeitung abgelenkt, die sie vor sich hertrug.

»Moin«, sagte er freundlich und kam ihr einen Schritt entgegen. »Hab'n Sie was an mein Tkw gemerkt? Is was nich in Ordnung?«

»Guten Tag«, erwiderte sie mit einer angenehmen dunklen Stimme. »Uns ist etwas bei Ihrem Fahrzeug aufgefallen. Sie sollten es sich ansehen.«

Beyrouti sah sich um. »Wo denn?«

Die Frau ging an ihm vorbei und umrundete das Heck des Aufliegers. Sie streckte die linke Hand vor und zeigte auf eine Stelle unterhalb des Fahrzeugs. »Da.«

Beyrouti war ihr gefolgt und beugte sich vor. Er konnte nichts erkennen. »Ich seh nix.«

Sie antwortete nicht. Er stützte sich an der Rückwand des Tanks ab und neigte sich noch ein wenig tiefer. »Da ist nix. Wo denn nun?«

Nachdem die Frau immer noch nichts sagte, kam er mit einem Ächzen wieder in die Höhe. »Ich kann nix erkenn–« Er brach mitten im Satz ab und starrte verdutzt in den Lauf einer Pistole. Die Frau hatte die Waffe bis hierher durch die Zeitung verdeckt. Jetzt hatte sie den rechten Arm ausgestreckt, leicht im Ellenbogen gebeugt und die Zeitung wieder angehoben. Ihr Kopf war geneigt, das linke Auge zugekniffen. Beyrouti starrte sie irritiert an. Was sollte der Scherz? Hatten die Leute aus dem BMW den Zauber veranstaltet, um ihn zu ärgern? War das eine Art Rache dafür, dass er mit seinem schweren Tanklaster so langsam fuhr und für die nachfolgenden Fahrzeuge einen Stau verursachte? Er wurde gelegentlich angepöbelt, gefragt, weshalb er nicht an den Randstreifen fuhr und die schnelleren Verkehrsteilnehmer vorbeiließ.

Die Frau machte einen halben Schritt vorwärts. Die Mündung der Waffe zeigte jetzt auf seine Stirn, genau über der Nasenwurzel. Der Abstand betrug wenige Zentimeter. Er verdrehte die Augen und sah von unten gegen den Lauf der Waffe und auf die gepflegte Hand der Frau. Die Hand und die schlanken Finger hatten den Griff der Pistole umklammert. Der Zeigefinger ruhte am Abzug. Beyrouti reichte es. Was hatten die Leute an seinem Fahrzeug gesehen? Und was sollte diese dumme Pistole? Wie kindisch war das? Er stand reglos vor der Frau und überlegte, was er ihr sagen sollte. Sie wirkte nicht unfreundlich. Langsam, in Zeitlupe, krümmte sich der Zeigfinger. Er sah ihr kurz in die braunen Augen. Und bekam einen warmen, freundlichen Blick zurück. Dann kniff er seine Augen zusammen. Es war ein blöder Scherz, ihm jetzt aus der Wasserpistole eine Ladung Flüssigkeit ins Gesicht zu spritzen. Trotz dieser Erwartung war er unfähig, sich zu rühren oder etwas zu sagen. Ihm schien es wie eine Ewigkeit, bis der Finger am Abzug den Druckpunkt erreichte. Den trockenen Knall hörte Beyrouti nicht mehr. Die Knie gaben nach, der Körper machte eine kleine Pirouette, bis der Trucker in verrenkter Haltung zum Liegen kam. Seine starren Augen blickten leblos zum blauen Dithmarscher Himmel. Aus dem Loch in seiner Stirn troff nur wenig Blut.

DREI

Es war eine weitere sogenannte Tropennacht, in der die Temperatur nicht unter zwanzig Grad sank. Der Wetterbericht in den Nachrichten verhieß auch für die nächsten Tage keine Abkühlung. Der lang ersehnte Regen war nicht in Sicht. Nicht nur die Landwirtschaft wartete auf den Wetterumschwung. Sinje hatte sich gestern Abend zu ihren Eltern gesellt. Sie hatte ein leidenschaftliches Plädoyer über die Notwendigkeit, das Bewusstsein in Sachen Umweltschutz zu schärfen, gehalten. Es klang nahezu wie eine Anklage, dass die Generation ihrer Eltern und Großeltern aus dem Vollen geschöpft und erst viel zu spät an die Konsequenzen für die Umwelt gedacht hatte. Sinje argumentierte, dass die derzeitige Hitzewelle durchaus ihren Ursprung im Klimawandel hatte, und sie verwies auf die früher nicht in dem Maße aufgetretenen verheerenden Stürme an der Ostküste der USA und in der Karibik. »Und auch bei uns werden die Folgen des Klimawandels bald bedrohliche Ausmaße annehmen«, hatte sie ihren Vortrag geschlossen.

Lüder hatte nicht erwähnt, dass Hauptkommissar Vollmers ihm von dem alten Mann erzählt hatte, der unterm Dach eines Kieler Mietshauses verdurstet war. Nun suchte man nach einem Schuldigen. Die Mitarbeiterin des Pflegedienstes? Der Verantwortliche für die unzureichende Isolierung der Wohnung? Niemand verschwendete einen Gedanken an die Verursacher des Klimawandels.

Beim Frühstück hatte er Margit ermahnt, sie solle es ruhig angehen lassen und sich möglichst wenig im Freien aufhalten. Er hatte sich vorgenommen, diese Empfehlung auch für sich selbst umzusetzen, auch wenn er den heißen Kaffee, den er sich bei Edith Beyer besorgte, nicht missen wollte. In der Zeitung fand sich kein Hinweis auf den Todesfall. Es wurde von munteren Bürgern erzählt, die sich in die Badegewässer stürzten und die Eisbuden stürmten.

Lüder hatte seinen Kaffee ausgetrunken, als er zum Abteilungsleiter gerufen wurde. Dr. Starke berichtete von einem Vorfall an der B 5 im nördlichen Dithmarschen. Dort war gestern am späten Nachmittag der Fahrer eines Tanklastzuges erschossen worden. Die ersten Anzeichen sprachen für einen vorsätzlichen Mord, der einer Hinrichtung glich. Die zuständige Bezirkskriminalinspektion Itzehoe hatte die Ermittlungen aufgenommen.

»Das klingt merkwürdig«, gab Lüder zu. »Aber das ist ein Fall für das K1 aus Itzehoe. Ich kenne den Leiter. KHK Schwälm ist ein erfahrener und erstklassiger Kollege.«

»Ich kenne ihn auch«, fügte Dr. Starke an. »Wir sollten uns aber an diese Sache dranhängen. Der Tanklaster gehört einer kleinen Spedition aus Erfde. Das Interessante daran ist, dass diese für Nordic Energi tätig ist.«

»Bitte?« Lüder erhob sich aus seinem Stuhl. »Der Fall an sich ist schon außergewöhnlich. Und dann ergibt sich eine solche Querverbindung. Ich kümmere mich darum.« Er kehrte in sein Büro zurück und nahm Kontakt zu der Itzehoer Dienststelle auf. Hauptkommissar Schwälm war nicht erreichbar, aber eine hilfsbereite Mitarbeiterin seines Kommissariats versicherte, dass das K1 am Ball sei. Man habe Zeugen ausgemacht, ein älteres Ehepaar, das mit seinem Wohnmobil auf dem Rastplatz eine Pause eingelegt hatte. Deren Aussage war allerdings sehr dürftig. Die beiden hatten von dem Vorfall nichts mitbekommen. Sie konnten sich nur vage an einen dunklen Pkw erinnern, vermutlich ein SUV, hatten aber weder auf die Marke noch das Kennzeichen geachtet. Die Itzehoer hatten einen Aufruf in der Presse und auf den sozialen Medien gestartet und fragten nach Zeugen, die den Tanklastzug und etwaige damit im Zusammenhang stehende Auffälligkeiten beobachtet hatten. Die Spurensicherung hatte das Areal gesperrt und weiträumig abgesucht. Der

Fahrer war, so berichtete die Beamtin aus Itzehoe, mit einem einzigen Schuss hingerichtet worden. Der Mörder hatte die Patronenhülse liegen lassen.

Lüder schloss daraus, dass es sich um einen Profi handelte, der wusste, dass die Forensik und die forensische Medizin das Geschoss im Kopf des Opfers finden und analysieren würden und damit Rückschlüsse auf die verwendete Waffe ziehen könnten. Die Patronenhülse würde es nur bestätigen. Lüder bat darum, dass Schwälm ihn zurückrufen sollte.

Lüder machte sich auf den Weg nach Erfde, dem rührigen ländlichen Zentralort in der Landschaft Stapelholm. Urlauber besuchten Schleswig-Holstein wegen der traumhaften Küstenstriche an Nord- und Ostsee, vielleicht schätzten sie auch die ruhige und erholsame Holsteinische Schweiz. Wer die Natur und Ruhe liebte und dem Wassersport verbunden war, konnte die Region Stapelholm mit der unendlichen Weite der Moore und den drei Flüssen Eider, Treene und Sorge als Geheimtipp entdecken. Mittendrin lag Erfde.

Das Navi führte ihn nach einer erholsamen Anreise zum südlichen Ortsausgang. Ein Stück weiter schlängelte sich Schleswig-Holsteins längster Fluss, die Eider, durch das Land. Eine Freie Tankstelle, ein kleines Verwaltungsgebäude, Heizöltanks und eine Fahrzeughalle bildeten das Areal von »Harmsen und Söhne«. Lüder parkte vor dem kleinen Anbau und betrat ihn durch eine mit »Büro« gekennzeichnete Tür. Ein winziger Windfang war den hier häufigen Luftbewegungen geschuldet. Dahinter befand sich ein kleiner Raum, der durch einen Tresen zweigeteilt war. Am Schreibtisch hinter dem Tresen saß ein kräftig gebauter Mann mit weißem Bart und einer runden Brille inmitten von Papierstapeln. Vor ihm standen zwar Bildschirm und Tastatur, aber die mit Ordnern vollgestellten Regale zeugten von der in diesem Betrieb vorherrschenden Dominanz der Papiere. Der Mann erwiderte mit sonorer Stimme Lüders »Moin«.

Lüder stellte sich vor.

»Graf«, sagte der Mann, stand auf und trat an den Tresen. »Ich bin der Disponent, mache den Verkauf und fast alles andere.« Er zeigte ein schwaches Lächeln. »Bernd Reinhard Graf. Aus Bernd und Reinhard haben die Jungs hier den Bernhard gemacht. So bin ich zum Grafen Bernhard geworden.«

»Sie kannten Tawfiq Beyrouti?«

Graf nickte unmerklich. »Wir sind ein kleiner Betrieb. Hier kennt jeder jeden. Das gilt auch für das Dorf.«

»Aber Beyrouti wohnte nicht in Erfde?« Lüders Blick schweifte zu einer Sammlung von Modellautos ab, die auf dem Tresen standen. Lauter VW-Bullis.

»Nein. Er hatte eine Wohnung in Flensburg und kam jeden Tag von dort hierher zur Arbeit. Seine Frau hat in Flensburg gearbeitet.« Graf zeigte aus dem Fenster. »Wir haben ihn unterstützt, indem er günstig tanken konnte. Das sind immerhin über sechzig Kilometer pro Strecke.« Der Disponent schluckte heftig. »Das hat uns alle tief getroffen. Tawfiq war ein feiner Kerl. Ruhig. Besonnen. Zuverlässig. Er war immer pünktlich. Stets hilfsbereit. Nicht nur die Kollegen, auch die Kunden mochten ihn. Und wenn es einmal eng wurde, weil jemand kurzfristig ausgefallen ist, war Tawfiq immer bereit, einzuspringen. Ich weiß nicht, wie … wie …« Graf unterbrach seinen Satz. »Wie seine Familie ohne ihn auskommen soll. Wir werden ihn jedenfalls vermissen. Als Menschen. Als Mitarbeiter. Überhaupt.« Er suchte Lüders Blick. »Wer macht so etwas? Und weshalb?«

»Das versuchen wir zu ergründen. Hatte er Feinde?«

»Wer? Tawfiq? Undenkbar. Er war zu allen nett und freundlich.«

»Hatte er Probleme?«

»Wie meinen Sie das? Was für Probleme? Er war froh, in Deutschland eine neue Heimat gefunden zu haben.«

»Hat er etwas über sein früheres Leben erzählt?«

»Nein. Nie. Aber das wundert mich auch nicht. Tawfiq

war ohnehin schweigsam. Er hat nicht viel gesprochen. Insofern passte er gut in den Norden. Und dass er nicht über früher sprechen wollte, kann ich verstehen.«

»Was wissen Sie über ihn?«

Graf spitzte die Lippen. »Nicht viel. Er stammte aus Aleppo. Da muss es schlimm zugegangen sein. Aufständische gegen die Regierungstruppen, hinzu kamen russische Luftangriffe. Jeder gegen jeden. Und die Zivilbevölkerung mittenmang. Da würde ich auch jede Erinnerung in mir auslöschen wollen.«

»Er kam mit der Flüchtlingswelle 2015?«

»Ja.«

»Und hat unterwegs alle Papiere verloren?«

»Soweit ich weiß – ja. Aber ... Was sollen diese Fragen?«

»Reine Routine«, beschwichtigte Lüder. »Hat Beyrouti einmal Bilder aus seiner Vergangenheit gezeigt? Von Verwandten oder der Familie gesprochen?«

»Ich sagte schon – er hat sich nicht über diese Dinge ausgelassen. Das hat hier jeder respektiert.«

Sie wurden durch einen kleinen Mann mit einer drahtigen Figur unterbrochen, der durch eine Nebentür eintrat und Lüder fragend ansah. »Das ist Herr ... äh ... von der Polizei aus Kiel. Er kommt wegen Tawfiq«, stellte Graf vor.

»Lüders«, ergänzte Lüder.

Graf zeigte auf den Mann. »Unser Chef, Herr Harmsen.«

»Boy Harmsen«, nannte der Unternehmer seinen Namen. »Ich bin der Sohn vom Sohn.« Als Lüder ihn fragend ansah, lächelte er leicht. »Auf den Fahrzeugen steht ›Harmsen und Söhne‹. Ich bin der Sohn von einem der Söhne. Es würde nicht passen, stünde dort ›Harmsen seine Enkels‹«, kalauerte er norddeutsch. Dann wurde er ernst. »Wir verstehen es nicht. Was ist dort passiert? Haben Sie schon eine Spur?«

»Ich möchte mir ein Bild von Beyrouti machen. Wer war er? Was hat ihn hierhergeführt? Welche Kontakte hatte er? Früher und heute?«

»Wir haben ihn –«

»Das habe ich schon gesagt«, fiel Graf seinem Chef ins Wort. »Mehr wissen wir nicht über ihn.«

»Wir können ihm nur das allerbeste Zeugnis ausstellen«, bestätigte Harmsen. »Wir sind ein kleiner Familienbetrieb mit knapp zwanzig Mitarbeitern. Da kennt man sich, auch wenn wir zu Tawfiqs persönlichen Verhältnissen nichts sagen können. Welchen privaten Umgang er pflegte?« Harmsen zuckte mit den Schultern. »Keine Ahnung.« Er sah Graf an. »Oder weißt du etwas darüber?«

Graf schüttelte den Kopf.

»Er kam über die Vermittlung des Arbeitsamtes zu uns. Ich war zunächst ein wenig skeptisch. Lkw fahren ist schon eine Herausforderung. Und mit Gefahrgut eine besondere. Aber Tawfiq hat seine Arbeit vom ersten Tag gut ausgeführt. Es gab nie einen Grund zur Klage. Uns fehlt jeder gute Mann.« Er zeigte auf Graf. »Wenn Graf Bernhard in zwei Jahren in Rente geht, weiß ich nicht, wer ihn ersetzen soll. Und mit Tawfiq ist uns eine zuverlässige Kraft ausgefallen. Uns fehlt ein Fahrer. Verstehen Sie mich bitte nicht falsch. Es soll nicht pietätlos klingen. Aber es hängen Existenzen an dieser Firma. Wir fahren für Nordic Energi –«

»Auch für andere?«, warf Lüder ein.

»Wir haben die Tankstelle da draußen.« Harmsen zeigte aus dem Fenster. »Und zwei Achtzehntonner mit einem Fassungsvermögen von vierzehntausend Litern. Mit denen versorgen wir Endkunden in der Region mit Heizöl. Unsere sechs Tanklaster fahren Benzin und Diesel, also Treibstoffe, von der Raffi in Heide. Wir fahren fast ausschließlich für Nordic Energi.«

»Ist es nicht gefährlich, nur einen großen Kunden zu haben? Macht man sich da nicht abhängig?«

»Ja, schon. Aber die Konkurrenz ist hart. Und wir sind auf Mineralöle spezialisiert. Der Opa hat einen Kohlenhandel betrieben. Dann kam Heizöl hinzu. Kohle war tot. Und nun strampeln wir uns ab. Mineralölprodukte sollen vom Markt genommen werden. So wollen es die Ideologen. Für uns bedeutet es den Tod unserer Existenz. Sollen wir mit unseren Fahrzeugen Strom durch die Gegend fahren? Oder ein paar Ladesäulen aufstellen? Wir können unsere Autos da draußen nicht mit Spüli reinigen und dann Milch durch die Landschaft kutschieren. So versuchen wir, uns, solange es noch geht, durchzulavieren. Irgendwann wird Nordic Energi die Tankstellen dichtmachen. Dann sterben auch wir. Bis dahin stehen wir unter Druck und müssen die Tankstellen unseres Auftraggebers versorgen. Wie – das ist unser Problem. Die haben uns harte Verträge aufs Auge gedrückt. Wenn wir die nicht einhalten – wie, ist ihnen egal –, drohen uns existenzvernichtende Konventionalstrafen.« Harmsen nickte nachdenklich. »Ja, so sieht es aus. Als kleines Unternehmen haben wir nur zwei Möglichkeiten: Friss oder stirb.«

»Es gibt doch auch andere Mineralölkonzerne und Tankstellenbetreiber«, meinte Lüder.

Harmsen lachte bitter auf. »Ja. Natürlich. Aber auch andere Speditionen.«

»Und was macht Nordic Energi, wenn das Tankstellengeschäft tot ist?«

»Die haben ihre Finger doch schon längst in andere Bereiche getaucht. Strom als globales Geschäft geht nicht. Da fehlt ihnen die Infrastruktur, das Netz. Sie haben deshalb ihre Nase in die Stromproduktion gesteckt und sich in Windparks engagiert. Und das Gasgeschäft ist nach wie vor lukrativ. Da mischen die auch mit. Ich bin am Überlegen, wie wir uns da engagieren können. Hier auf dem platten Land können Sie nicht jede abgelegene Siedlung oder jedes Einzelgehöft mit einer Gasleitung versehen. Das könnte eine Möglichkeit sein. Aber im Verhältnis zum Big Business ist das nur Kleinschiet.«

»Noch einmal zu Beyrouti«, wechselte Lüder das Thema. »Sie haben nie irgend–«

»Nein!«, unterbrach ihn Harmsen unwirsch. »Das habe ich schon gesagt. Und zwar deutlich. Und nun wartet wieder der Alltag auf uns. Wir müssen unser Geld verdienen. Jeden Tag aufs Neue. Es wird nicht wie bei Beamten am Ende des Monats aufs Konto überwiesen. Guten Tag.«

Lüder war über den Hinauswurf erster Klasse überrascht. Graf hob und senkte wie zur Entschuldigung die breiten Schultern. Mit einem »Tschüss denn« verließ Lüder das Büro. Vor der Tür fiel sein Blick auf die beiden Heizöltanks auf dem Hofplatz. Bei diesen tropischen Temperaturen wurde dieses Produkt sicher nicht nachgefragt.

Er setzte sich in seinen schon betagten Fünfer-BMW und wünschte sich zum wiederholten Male, dass der Wagen eine Klimaanlage besessen hätte.

Auf dem Rückweg nach Kiel beschäftigte er sich mit der Frage, weshalb niemand etwas über Tawfiq Beyroutis Vergangenheit wusste.

Von der Dienststelle aus nahm er Kontakt zu Geert Meenchen auf. Der Regierungsamtmann war im Innenministerium für den Verfassungsschutz zuständig, der in Schleswig-Holstein keine eigene Behörde, sondern eine Abteilung des Ministeriums war. Nach ein paar allgemein gehaltenen Floskeln privater Natur kam Lüder zum Thema. »Das Opfer heißt Tawfiq Beyrouti. Der Mann ist 2015 ohne Papiere nach Deutschland gekommen. Er stammt angeblich aus Aleppo in Syrien. Liegen Ihnen Informationen vor?«

Meenchen versprach, sich um die Angelegenheit zu kümmern.

»Wer bist du?«, fragte Lüder sich selbst, während er auf seinen Bildschirm starrte.

»Friedjof«, erklang die Antwort von der Tür.

Lüder sah erschrocken auf. Er hatte die Annäherung des mehrfach behinderten Büroboten nicht mitbekommen. »Friedhof«, sagte er erfreut, stand auf und umarmte Friedjof herzlich. Seit vielen Jahren verband beide eine herzliche Freundschaft, die über die kollegiale Verbundenheit hinausging. Friedjof war mit Franzi zusammengezogen. Die junge Frau mit dem Downsyndrom war eine begnadete Köchin und hatte das bei gegenseitigen Besuchen schon öfter unter Beweis gestellt.

»Die Frage galt nicht dir«, erklärte Lüder. »Gestern wurde ein Kraftfahrer erschossen, der aus Syrien stammt. Der Mord ergibt keinen Sinn. So frage ich mich, welches Motiv dahintersteckt.«

»Lass mal sehen«, sagte Friedjof und steuerte den Bildschirm an.

Lüder rief das Foto Beyroutis auf.

»Der sieht nicht wie ein Ganove aus«, urteilte Friedjof mit Kennerblick. »Kann das ein Zufall gewesen sein? Ballert ein Verrückter dort wahllos auf Unschuldige?«

»Nein. Das können wir ausschließen. Wir haben bisher aber keine Anhaltspunkte. Der Geschädigte ist wie aus dem Nichts aufgetaucht.«

»Manno. Wir sind in Deutschland. Da wird alles dokumentiert.«

»Du hast ja recht, Friedhof. Aber Beyrouti ist durch die Maschen geschlüpft. Irgendwie.« Lüder knuffte Friedjof in die Seite. »So wie du.«

»Wieso ich?« Friedjof klimperte kunstvoll mit den Augenlidern.

»Weil du der größte Spitzbube im ganzen LKA bist.«

Friedjof lachte herzhaft. »Ich hatte einen genialen Lehrmeister. Einen kriminellen Rat, der seine Bewährung auf diesem Amt ausübt.«

»Und was hat der ratlose Kriminelle verbrochen?«

»Er interessiert sich nicht für Fußball.«

Lüder streckte den Daumen in die Höhe. »Doch. Deine Störche sind ein toller Verein. Wie gut, dass sie damals nicht in die erste Liga aufgestiegen sind. Wenn kleinere Clubs, die durchaus viel Sympathien genießen, sich in das Haifischbecken verirren, steigen sie sehr häufig wieder ab und werden nicht selten noch weiter nach unten durchgereicht.«

»Und woher kommt das?«, fragte Friedjof.

Lüder zuckte mit den Schultern. »Ich weiß es nicht.«

Friedjof lächelte. »Du hast also null Ahnung. Was bist du hier? Wie nennt man das? Ein Kriminalratlos.«

»Du musst das Wort richtig trennen. Kriminalrat mit einem besonders schweren Los.«

»Wieso das denn?«

»Ich muss dich ertragen. Und das täglich.«

»Dann gehe ich wieder«, sagte Friedjof und wandte sich zur Tür. Dort blieb er zögernd stehen und zog den Kopf zwischen den Schultern ein, als Lüder eine Handvoll Büroklammern nahm und nach ihm warf.

»He, he, he«, beklagte sich Kriminaloberrat Gärtner, der neben Friedjof auftauchte und einen Teil der Ladung abbekam.

»Da hat es mit Ihnen den Zweiten erwischt«, sagte Lüder lachend.

Gärtner winkte ihm mit dem Zeigefinger. »Können Sie mal mit zum Chef kommen?«

»Wegen der Büroklammern?«

Gärtner hatte die Frage nicht mehr mitbekommen, sondern eilte in Richtung Dr. Starkes Büro. Lüder folgte ihm. Der Abteilungsleiter schien sie schon zu erwarten.

»Der Fall nimmt konkrete Formen an«, begann Dr. Starke ohne Umschweife. »Die Drohungen werden massiver.« Als Lüder ihn fragend mit einer hochgezogenen Augenbraue ansah, ergänzte er: »Nordic Energi.«

»Ist eine zweite Drohung eingetroffen?«, wollte Lüder wissen.

»Ja und nein«, wich Jens Starke aus. »Nicht bei uns. Die Polizeistation Leck in Nordfriesland hatte heute früh einen merkwürdigen Einsatz. Die Streife wurde zu einer Tankstelle nach Klanxbüll gerufen. Das ist ein kleiner Ort an der Bahnstrecke nach Sylt. Dort befindet sich der letzte Bahnhof auf dem Festland.«

»Ich weiß«, bestätigte Lüder. »Da steigen viele Pendler ein, die auf Sylt arbeiten, sich aber das Leben auf der Insel nicht mehr leisten können.«

Ein böser Blick des Kriminaldirektors streifte ihn. »Das hat nichts mit unserem Fall zu tun. In Klanxbüll gibt es eine Tankstelle.«

»Welche Marke?«, unterbrach Lüder seinen Vorgesetzten erneut.

»Eine Norden-Tankstelle. Die gehört zu Nordic Energi. Die Station ist verpachtet. Jedenfalls kreiste heute früh eine Drohne über der Tankstelle. Die Drohne stürzte, nachdem sie eine Weile über der Station ihre Kreise gezogen hatte, aus niedriger Höhe auf ein Fahrzeug, das dort tankte, und verursachte eine Beule auf dessen Dach.«

»Könnte das ein übler Scherz gewesen sein?«, fragte Lüder.

»Kaum«, meinte Dr. Starke. »Die Drohne transportierte einen kleinen schwarz lackierten Holzklotz, auf dem mit weißer Farbe ›Bomb‹ aufgetragen war.«

»Ui«, sagte Lüder. »›Bomb‹ auf Englisch oder ›Bombe‹?«

»Bomb!«

»Lässt das Rückschlüsse auf ausländische Täter zu?«, fragte Lüder in die Runde. »Und wieder richtet sich die Aktion gegen Nordic Energi. Hängt der Mord an dem Kraftfahrer auch damit zusammen? Galt es gar nicht Beyrouti? Musste er nur sterben, weil er Kraftstoffe für Nordic Energi fuhr?«

Gärtner schüttelte den Kopf, als könne er Lüders These nicht folgen. »Es fällt mir schwer, zu glauben, dass hier ein Kreuzzug gegen ein Unternehmen gestartet wird. Weshalb? Hat die Polizei vor Ort etwas gefunden? Wurde jemand beobachtet beim Betätigen der Drohne? Die Gegend ist nicht dicht besiedelt. Da könnte der Drohnenpilot aufgefallen sein.

Wie weit entfernt von der Tankstelle kann er gestanden haben?«

Diese Frage musste geklärt werden.

»Die Aktion sollte Aufmerksamkeit erregen«, vermutete Lüder. »Der Absturz war kein Zufall. Das war Absicht. Auch die Beule auf dem Autodach. Was erregt des Deutschen Gemüt mehr, als seinem Auto eine Beule zuzufügen?«

Sie beschlossen, die zuständige Kriminalpolizeistelle in Niebüll mit den Ermittlungsarbeiten zu betrauen. »Eigentlich würdest du dich gern selbst vor Ort umsehen«, vermutete Dr. Starke. »Es hat aber mehr Sinn, wenn du mit der Geschäftsleitung von Nordic Energi sprichst.« Er musterte Gärtner. »Sollten Sie zu zweit dort aufkreuzen?«

Der Oberrat verzog säuerlich das Gesicht. Jeder wusste, dass Gärtner ungern seinen Schreibtisch verließ.

»Wir sollten unsere Ressourcen splitten«, schlug Lüder vor. »Der Kollege bringt sein Wissen hier vor Ort ein, und ich versuche, das Management aus der Reserve zu locken.«

Dr. Starke erteilte sein Einverständnis mit einer Handbewegung.

Im Anschluss versuchte Lüder, die Geschäftsführung von Nordic Energi zu kontaktieren. Angeblich war niemand erreichbar. Er ließ sich mit Appelhoff verbinden. Der Zuständige für Organisation und Sicherheit zeigte sich überrascht. Er gab vor, noch nichts von dem »Dummejungenstreich«, wie er es nannte, gehört zu haben.

»Klanxbüll?«, fragte er mit spitzer Zunge. »Das liegt so weit abseits. Da haben sich ein paar Bauernlümmels einen Jux erlaubt.«

»Immerhin sind die *Bauernlümmels* technisch so versiert, dass sie punktgenau eine Drohne ins Ziel steuern können«, sagte Lüder. »Auch wenn Sie es abzuwiegeln versuchen, gibt es ernsthafte Anzeichen, dass gegen Ihr Unternehmen vorgegangen wird. Ich will mit Ihrer Geschäftsleitung sprechen.«

»Die ist mit wichtigen Dingen befasst«, erwiderte Appelhoff schnippisch.

»Okay«, sagte Lüder und ließ eine längere Pause folgen. »Haben Sie eine Kaffeemaschine im Hause?«

»Bitte? Ja?«

»Das ist gut. Seeehr gut«, stellte Lüder fest und dehnte seine Worte.

»Ich verstehe nicht«, zeigte sich Appelhoff leicht verunsichert.

»Ich komme jetzt zu Ihnen nach Rendsburg und werde von der Kaffeemaschine so lange Gebrauch machen, bis jemand aus der Unternehmensleitung ansprechbereit ist.«

Dann legte er auf.

Seine Worte schienen Widerhall gefunden zu haben. Man erwartete ihn im modernen Bürogebäude in der lebhaften Stadt mit der geschichtsträchtigen Historie am Nord-Ostsee-Kanal. Die Stadt in der Mitte des Landes verband die beiden Landesteile, nachdem sie früher die südliche Grenzfeste des dänischen Reiches gewesen war. Noch heute erinnerten Einrichtungen und Plätze an die Zeit, als Rendsburg Garnisonsstadt war. Die Altstadt mit dem Zentrum und dem Altstädter Markt, die Neustadt mit der barocken Stadterweiterung um den Paradeplatz und dem Arsenal sowie die historisierend angelegten Straßenzüge mit Kasernenanlage und Bürgerhäuser aus der Kaiserzeit.

Nach dem Abzug der Bundeswehr und der NATO hatte die Stadt sich neu erfinden müssen. Mittlerweile hatten sich in Rendsburg und Umgebung Unternehmen verschiedener Branchen etabliert, die Werft, ein Wohnwagenwerk, der Maschinenbau, Windenergieanlagenbau und die Verwaltung von Nordic Energi, die in einem skandinavisch geprägten Gebäude am Obereiderhafen untergebracht war.

Lüder musste ein wenig lächeln. Die Dänen waren in dieser Hinsicht schmerzfrei. Sie setzten ihre von schlichter und zeitloser Funktionalität geprägten Gewerbebauten ohne Skrupel inmitten von Industrieanlagen, aber auch in Wohngebiete. Arbeiten und Wohnen – die beiden Komponenten gehörten bei ihnen zusammen.

Vor dem Haus hing träge eine Reihe von Flaggen: der Dannebrog, der einst der Sage nach vom Himmel gefallen war, und die drei Flaggen der skandinavischen Nachbarn mit dem ihnen eigenen Philippuskreuz, das die Vereinigung von Himmel und Erde symbolisierte. Die Parade wurde ergänzt um die Landesflagge Schleswig-Holsteins, die Europaflagge und die des Unternehmens mit dem Emblem des Globus vom Nordkap.

Die frühere Leichtigkeit im Auftritt war auch den Skandinaviern abhandengekommen. In Mehrfamilienhäusern kannte man früher keine Türschlösser, und selbst Prominente wie Regierungsmitglieder oder Angehörige des Königshauses bewegten sich ohne Personenschutz unter den Bürgern. Die Morde an Olof Palme und der schwedischen Außenministerin Anna Lindh waren traurige Beispiele dafür, wie diese damalige Bürgernähe von Attentätern missbraucht wurde.

Lüder fand einen Parkplatz vor dem Haus und betätigte die Klingel am gläsernen Eingang. Es dauerte einen Moment, bevor eine junge Frau in salopper Sommerkleidung erschien, öffnete und ihn nach seinem Wunsch fragte.

»Lüders. Aus Kiel. Ich bin mit Ihrem Geschäftsführer verabredet«, behauptete Lüder und war verwundert, dass die junge Frau zur Seite trat und ihn aufforderte, ihr zu folgen. Sie durchquerten das lichte Atrium und erklommen die offene Treppe zur ersten Etage. Alles war hell und transparent gestaltet. Die Mitarbeiter erweckten den Eindruck, als seien sie hier auf Urlaub. Nichts wies auf die manchmal miefige Büroatmosphäre in anderen Betrieben hin. Das galt auch für Kleidung der Angestellten.

Das Büro des Geschäftsführers war durch Glaswände abgegrenzt. Die Tür zum Flur stand offen. Ein Vorzimmer gab es nicht. Stahlrohrmöbel und eine Arbeitsfläche aus Glas schienen zu symbolisieren, dass man nichts zu verbergen habe. Als sie sich dem Büro näherten, stand der kleine, zur Rundlichkeit neigende Mann auf und kam ihnen entgegen. Er streckte Lüder die Hand hin.

»Lutz Fink«, sagte er. »Moin. Sie kommen aus Kiel?«

Lüder nannte seinen Namen und überreichte dem Geschäftsführer eine Visitenkarte. Fink warf einen Blick darauf.

»*Doktor* Lüders«, überbetonte er und ergänzte: »Kriminalrat. Soso.« Dann zeigte er auf bequeme Sitzmöbel und einen ebenfalls gläsernen Tisch. »Nehmen Sie Platz, Herr Lüders.« Dänischem Brauch folgend verzichtete er auf akademischen Grad und Amtsbezeichnung. Er lächelte. »Sie haben bei der Ankündigung Ihres Besuchs um einen Kaffee gebeten. Haben Sie spezielle Wünsche?«

»Danke. Normaler Kaffee. Schwarz.«

Fink nickte zustimmend. »So mag ich ihn auch. Wir haben hier eine Maschine, die Kaffeespezialitäten in allen Varianten produziert. Ich kann nur den schwarzen Kaffee zaubern. Moment.« Zu Lüders Überraschung verschwand er und balancierte kurz darauf persönlich zwei Tassen herbei, statt eine Assistentin damit zu beauftragen. Lüder registrierte belustigt, wie Fink dabei seine leicht herausgestreckte Zunge wie zu Wahrung des Gleichgewichts zu Hilfe nahm. Nachdem er sich auch gesetzt hatte, fragte Fink nach Lüders Besuchsgrund.

Lüder erklärte, dass die Behörden die Drohungen ernst nehmen würden, zumal es auch das Attentat gegen den Tanklastzug gegeben hätte.

Fink fuhr sich mit Zeige- und Mittelfinger der rechten Hand am offenen Hemdkragen entlang. »Es hat uns tief getroffen, dass man den Fahrer des Tkw ermordet hat. Aber welche Verbindung besteht zu unserem Unternehmen? Gemessen am Mitbewerb sind wir ein kleiner Player auf dem großen Markplatz.«

»Weshalb richten sich die Drohungen dann ausgerechnet gegen Sie?«

Fink zuckte mit den Schultern. »Das frage ich mich auch. Zufall? Unsere dänische Konzernmutter zeigt sich überbesorgt.«

»Sie stapeln tief«, erwiderte Lüder. »Nordic Energi ist in Skandinavien sehr aktiv. Sie haben ein großes Tankstellenetz, spielen aber auch auf den anderen Plätzen der Energieversorgung eine bedeutende Rolle.«

»Ach.« Fink fuhr mit der Hand durch die Luft. »Überall in der westlichen Welt spricht man davon, die Verbrennungsmotoren zu verbieten. Wir verwalten hier eine Auslauftechnologie. Sie wissen vermutlich, dass Nordic Energi von einem Private Equity Fund übernommen wurde. Die UE«, er sprach es deutsch aus, »Universal Private Equity, ist ein britisch-amerikanisches Unternehmen, aber nicht eines von der Sorte, in dem Pensionsfonds ihr Vermögen anlegen. Ich würde sie eher zu den Heuschrecken zählen.«

Lüder war über die freimütige Äußerung sehr überrascht und tat es durch ein Hochziehen der Augenbraue kund.

Fink lächelte matt. »Irritiert es Sie? Mein Job ist die Geschäftsführung des deutschen Ablegers. Wir konzentrieren uns auf das Mineralölgeschäft. Übertrieben klingt es so, als würden die Eigentümer unserer Muttergesellschaft wöchentlich wechseln. Das ist nicht meine Welt.« Er breitete die Hände aus. »Vielleicht liegt es auch an meiner Herkunft. Mein Vater war Handwerker. So lernte ich auch Maschinenschlosser. Nach der Hauptschule quälte ich mich auf der Abendrealschule und absolvierte anschließend ein Ingenieursstudium an einer Fachhochschule. Weil die Bezahlung damals überdurchschnittlich gut war, ging ich zu einem Mineralölkonzern und ackerte mich die Karriereleiter langsam empor.« Er breitete erneut die Hände aus. »Heute sitze ich hier.«

Lüder musterte den rotblonden Geschäftsführer. Die Haare waren licht, der Stoppelbart gepflegt, das runde Gesicht mit Sommersprossen übersät, die Fingernägel gepflegt, auch wenn die Spuren einer harten körperlichen Arbeit noch nicht gänzlich gewichen waren. Lüder überlegte, ob sein Gegenüber ein menschliches Gesicht in diesem harten Job gewahrt hatte oder es dank hervorragender Schauspielkunst vorzuspiegeln vermochte.

»Haben Sie Kontakt zu den ... äh ... Heuschrecken?«, fragte Lüder.

Fink lachte fast jugendhaft auf. »Ich? Wo denken Sie hin. Wir sind hier Marionetten der Dänen. Die wiederum hängen an Drähten, die an anderer Stelle gezogen werden. Das gilt sicher auch für Sir William.«

»Sir William?«, wiederholte Lüder fragend.

»Sir William Walsh, Chairman der UE. Wer letztendlich dahintersteckt ... Keine Ahnung. Es sind ganz sicher gewiefte Strategen. Unsere dänische Mutter hat sich im Energiesektor gut aufgestellt. Insgesamt werden die Wikinger im Wirtschaftsleben oft unterschätzt. Sie können aber mehr als Legosteine herstellen, Schnaps brennen und Möbel designen. Wussten Sie, dass die weltgrößte Reederei aus Dänemark stammt?« Ein Lächeln umspielte seine Lippen. »Die zweitgrößte aus der Schweiz. Ja, Sie haben richtig gehört. Dann folgen die Chinesen. Aber das nur so nebenbei. Die Skandinavier sind pfiffiger als wir. Sie haben die Energiewende früher eingeleitet. In der Nordsee vor Dänemarks Küsten finden Sie zahlreiche Windparks, während bei uns diskutiert wird, wo man einen Mast aufstellen und welche Töne er absondern darf. Der Norden, aber auch der Westen Deutschlands hat die Jahre nach Kriegsende verschlafen. Na schön. Die Bayern hatten Glück, dass nach Kriegsende vieles aus den zerstörten Regionen, zum Beispiel aus Berlin, in den weniger stark mitgenommenen Süden abgewandert ist. Eine hemdsärmelige Politik, die sich am eigenen Kirchturm orientierte, hat im Süden aber zu energiepolitischen Versäumnissen geführt. Man benötigt Strom, will aber keine

Leitungen dulden. Ja, was denn? Glauben die Bajuwaren, dass man Strom demnächst per Internet über eine App nach Süden schicken kann? Und den teuren Leitungsausbau müssen die Menschen hier vor Ort tragen. Gerecht ist das nicht.«

»Hat Nordic Energi den Anschluss verpasst?«, fragte Lüder.

»Ganz im Gegenteil. Nördlich der Grenze gehören wir … Nein!« Fink schüttelte energisch den Kopf. »*Gehörten* wir mit zu den führendsten …« Er hielt kurz inne. »Führendsten? Sagt man das so? Ist ja egal. Also: Wir haben die Zeichen der Zeit rechtzeitig erkannt. Das wurde auch von Kapitalanlegern goutiert. Viele wollten ihr Geld anlegen und an diesem Boom teilhaben. Das hatte auch UE registriert. Man sammelte Kapital und investierte kräftig in die Zukunft. Nun fragen Sie mich nicht, wie trickreich man es eingefädelt hat. Alles, was zukunftsträchtig war, wurde in eine andere Gesellschaft überführt. Das geschah auf geheimnisvolle Art und Weise. Klammheimlich entstand neben Nordic Energi ein neuer Konzern, dem alle neuen Technologien gehörten. Niemand durchblickt die Eigentumsverhältnisse. Wir, als deutscher Ableger, sind wie die dänische Mutter für das, was wir noch haben, überkapitalisiert. Einfach gesagt: Wir haben nicht mehr die Substanz, die ein so großes Investment rechtfertigen würde. Oder für Laien verständlich formuliert: Wir sind unser Geld nicht mehr wert.«

»Und weshalb werden Sie als Unternehmen bedroht?«

»Tjäääää«, ließ Fink hören. »Wie soll ich Ihnen diese Frage beantworten? Wir sind doch klein im Unterscheid zu den großen Playern am deutschen Markt. Wir verkaufen nur, produzieren nichts selbst. Es macht eigentlichen keinen Sinn, es auf Nordic Energi abgesehen zu haben. Deshalb halte ich es auch für übertrieben, das große Rad zu drehen. Natürlich ist es tragisch, dass der Lkw-Fahrer ermordet wurde. Aber wer sagt, dass es im Zusammenhang mit dem Ölgeschäft steht? Ich habe aber gehört, dass der Tote ein Migrant unklarer Herkunft war.«

»Wer hat Ihnen das gesagt?«

»Das tut nichts zur Sache. Es sind ja auch nur Gerüchte.«

»Es gibt noch die Aktion mit der Drohne in Klanxbüll«, gab Lüder zu bedenken.

»Ach die«, wiegelte Fink ab. »Das ist für mich nicht mehr als ein Streich. Wie gesagt – wer unsere Branche ernsthaft treffen will, muss sich andere Gegner aussuchen.«

»Sagen Ihnen die AA, die Anti Annihilators, etwas?«

»Antivernichter – komischer Name. Ich habe von dieser Handvoll Spinner gehört. Die spielen aber bei uns keine Rolle. Hier gibt es andere, die an der Realität vorbei unsinnige Forderungen stellen.« Fink schlug sich mit der flachen Hand gegen die Stirn. »Selbst wenn wir Deutsche uns über Nacht in Erdlöcher zurückziehen würden, hätte das keinen Einfluss auf das Weltklima. Es ist schon richtig, dass man überlegen muss, wie es weitergeht. Mehr als jeder vierte Erdenbürger ist ein Chinese oder ein Inder.« Fink fuchtelte mit der Hand in der Luft herum. »Erzählen Sie diesen Leuten: ›Wir haben seit einhundertfünfzig Jahren alle Vorzüge der Mobilität genossen. Nun ist Schluss damit. Ihr habt in eurem Kral zu bleiben.‹ Die erklären uns doch für verrückt. Weshalb sollen die Menschen dort nicht das erleben dürfen, was für uns selbstverständlich war? Selbst die gegen alles protestierenden Kids unserer Region fliegen in den Ferien wie selbstverständlich rund um die Welt. Es ist immer sehr einfach, von anderen den Verzicht zu fordern.«

»Die Folgen des Klimawandels sind aber nicht zu leugnen«, sagte Lüder.

Fink nickte nachdenklich. »Ich fürchte, Sie haben recht. Aber eine Lösung habe ich nicht. Ganz bestimmt bin ich als Treibstoffverkäufer nicht objektiv. Aber wollen wir mangels anderer Energiequellen wirklich alle verfügbare Braunkohle aus der Erde kratzen, um daraus Strom für die E-Autos zu generieren? Und wohin mit dem bei der Verbrennung erzeugten CO_2? Eine geniale Idee, es den Menschen an der Westküste unter die Füße zu pumpen. Dann können Sie den Atommüll, den die Bayern erzeugen und bei sich nicht endlagern wollen, gleich danebenpacken. Nein!« Jetzt bewegte Fink seinen Kopf fast hektisch. »Das Energiethema wird uns noch viel mehr beschäftigen, als wir es uns heute vorstellen können. Wir werden aber keine Lösung finden, solange die Menschheit vom Egoismus geprägt ist.« Er tippte sich an die Stirn. »Ein Jungdynamiker kann einfach fordern, die Leute sollen vom Auto auf das Fahrrad umsteigen. Aber solche Leute wohnen auch nicht in der Marsch, zehn Kilometer vom nächsten Supermarkt, Arzt oder von der nächsten Apotheke entfernt. Und wer fährt einen solchen Knaben zur Schule? Zur Demo? Sie glauben doch nicht im Ernst, dass solche Typen zu Fuß unterwegs sind oder auf den Bus warten, der zweimal am Tag fährt. Aber nur an Schultagen«, schob Fink mit bewegtem Zeigefinger nach. »Alle Nobelpreise dieser Welt dem, der eine Lösung findet.« Er stand auf. »Wenn Sie noch Fragen haben, sprechen Sie mich an. Ich möchte gern behilflich sein, auch wenn ich überzeugt bin, dass wir nichts mit dem feigen Mord am Lkw-Fahrer zu tun haben. Hatte der Mann Familie?«

Lüder bestätigte es.

»Wie kommen wir an deren Namen und Adresse? Es ersetzt nicht den Vater oder Ehemann, aber eine kleine finanzielle Unterstützung unsererseits könnte hilfreich sein.«

Dann verabschiedete er Lüder. Der begab sich auf den Rückweg nach Kiel.

Die Autobahn ab dem Kreuz Rendsburg bis kurz vor die Landeshauptstadt bezeichnete Lüder intern oft als Wegstrecke zweiter Klasse. Sie reichte für den hier herrschenden Verkehr aus, auch wenn Merkmale stark frequentierter Schnellstraßen wie Randstreifen fehlten. Ein Stück führte die

Eisenbahn neben der Autobahn entlang. Wer den Verkehr von der Straße – und damit auch vom Verbrennungsmotor – auf die Schiene umlenken wollte, müsste sich gewaltig anstrengen, dachte Lüder. Schleswig-Holstein war von der Entwicklung abgekoppelt. Selbst auf den Hauptstrecken gab es noch die Dieseltraktion. Darüber hinaus rollten die Züge auf wichtigen Strecken, zum Beispiel zwischen den drei größten Städten des Landes, auf eingleisigen Schienensträngen, wenn sie überhaupt fuhren und nicht der Misswirtschaft der Betreiber zum Opfer fielen. Wie sollte die Zukunft eines hoch entwickelten Industrielandes gestaltet werden, wenn die Mobilität nicht mehr gegeben wäre?

Gedanklich schlug sich Lüder selbst gegen die Brust. Sein mittlerweile betagter BMW 520 war auch kein Aushängeschild für Umweltbewusste.

Auf seinem Rechner in der Dienststelle fand er einen vorläufigen Bericht des Kriminaltechnischen Instituts vor. Das Sachgebiet »Schusswaffen und Schusswaffenspuren« hatte das Geschoss aus dem Kopf des Lkw-Fahrers und die am Tatort gefundene Geschosshülse analysiert. Die Spuren wiesen auf eine den Behörden bekannte Waffe hin. Sie war schon für mehrere schwere Straftaten eingesetzt worden.

Vor drei Jahren waren zwei Beamte der Schutzpolizei bei einer Schießerei in Rheinland-Pfalz mit dieser Waffe ermordet worden. Die Streife hatte in einem Waldgebiet ein verdächtiges Fahrzeug überprüfen wollen. Dann war der Kontakt zur Leitstelle abgebrochen. Mit derselben Waffe war auch ein ziviler Wachmann bei einem Überfall auf ein Waffenlager der US-Streitkräfte ermordet worden. Dieser Vorfall lag zwei Jahre zurück und ereignete sich im Hunsrück. Im selben Jahr wurden im Kölner Stadtteil Mülheim zwei türkischstämmige Geschäftsleute erschossen. Zu allen konnte bisher noch kein Täter ermittelt werden.

Bei der Waffe handelte es sich um eine Glock 17 aus österreichischer Produktion. Die Pistole erfreute sich dank ihrer perfekten Konstruktion großer Beliebtheit bei Sicherheitsbediensteten und Armeeangehörigen. Sie wurde bei der Deutschen Marine und bei Spezialeinheiten der Bundespolizei, der GSG9, und mehreren Landespolizeien eingesetzt.

Lüder fragte sich, auf welchem Weg die Täter in den Besitz der Waffe gekommen waren. Das hatte man bisher noch nicht ermitteln können. Man ging aber davon aus, dass sich die Pistole zumindest zeitweise im Besitz einer rechtsterroristischen Organisation befunden hatte. Darauf wiesen auch die Morde hin, die vordergründig in keinem Zusammenhang zu stehen schienen.

Welchen Sinn ergibt es, fragte er sich, jetzt einen Lkw-Fahrer zu erschießen? Lag Fremdenfeindlichkeit vor? In Köln mussten zwei Türken sterben, jetzt ein syrischer Flüchtling. Geert Meenchen vom Verfassungsschutz zeigte sich leicht genervt, als Lüder ihn kontaktierte und fragte, ob es Neuigkeiten bei den Nachforschungen zu Tawfiq Beyrouti gebe.

»Ich hätte mich umgehend bei Ihnen gemeldet«, antwortete der Regierungsamtmann unwirsch.

Lüders Rückfrage bei der Ausländerbehörde blieb auch ohne verwertbares Resultat. Dafür erreichte er Markus Schwälm von der Itzehoer Kripo.

»Wir wissen nicht, ob es eine Spur ist«, sagte der Hauptkommissar, »aber die Kollegen haben auf dem Parkplatz, auf dem Beyrouti ermordet wurde, eine Zeitung gefunden. Das besagt zunächst einmal gar nichts. Am Tattag war es windstill. Solche Bedingungen treffen wir selten bei uns an. Die Zeitung fand sich in der Nähe des Tanklasters, aber nicht in einem Papierkorb. Nun ist es keine Seltenheit, dass Reisende ihren Müll irgendwo in der Landschaft oder am Straßenrand liegen lassen. Mit Verlaub – Schweine gibt es überall. In der Regel werden aber Zeitungen in die dafür vorgesehenen Abfallbehälter entsorgt. Deshalb haben wir diesem Fund eine besondere Aufmerksamkeit zugewandt.«

»Was für eine Zeitung war es?«

»Die Westfälischen Nachrichten aus Münster.«

»Hm«, überlegte Lüder laut. »Das kann Zufall sein. Welche Schlüsse sollten wir daraus ziehen?«

»Ich weiß es auch nicht«, gestand Schwälm ein. »Es ist kaum anzunehmen, dass der Mörder uns damit einen Hinweis auf seine Identität geben will.«

»Es ist aber gut, dass die Kollegen diesem Fund Aufmerksamkeit zugewandt haben«, lobte Lüder.

»Sonst sind wir noch nicht weitergekommen. Die Suche nach Zeugen hat keine brauchbaren Ergebnisse gebracht. Weder in der Presse noch im Radio noch in den sozialen Medien. Der konkreteste Kontakt bestand zu einem Autofahrer, der sich lebhaft darüber beschwerte, dass auf der B 5 zwischen Heide und Husum *immer* Lkw, insbesondere Tanklaster, unterwegs seien. Gegen diese Verkehrshindernisse, meinte er, müsse die Polizei endlich etwas unternehmen. Es sei dringend erforderlich, dass sie einschreite. Dafür zahle er schließlich die Kraftfahrzeugsteuer, und das nicht zu knapp. Aber weiterführende Hinweise für unseren Fall – leider Fehlanzeige.«

Sie versprachen einander, den Kontakt zu wahren. Lüder wischte sich den Schweiß von der Stirn. Dann beschloss er, diesen heißen Sommertag mit dem Besuch einer Eisdiele abzuschließen. Margit würde dem sicher zustimmen. Kinder, die ebenfalls für ein solches Vorhaben zu begeistern waren, hatten das Haus Lüders mittlerweile verlassen.

VIER

Er wusste nicht, wie er nach Kiel gekommen war. Doch. Eigentlich schon. Josef Schmitz, den alle nur das Schiffer-Jüpsche nannten, hatte sich in Duisburg in einen Regionalzug gesetzt, der ihn quer durchs Ruhrgebiet und durchs Münsterland bis Osnabrück gebracht hatte. Der nächste Zug ging bis Bremen. Er nahm nur im Unterbewusstsein die am Fenster vorbeiziehende Landschaft wahr. Der Zug hielt an ihm nichts sagenden Bahnhöfen. Bohmte. Twistringen. Kirchweyhe. Am lebhaften Bremer Hauptbahnhof ließ er sich kurz vom Strom der Dahineilenden mitreißen, bis er den Aufgang zum Bahnsteig Richtung Hamburg fand. Metronom nannte sich der Zug, der gefühlt an jedem Bahnübergang anhielt, um Fahrgästen den Zustieg zu ermöglichen. Unterwegs waren Schmitz die Augen zugefallen.

Er war todmüde. Es war lange her, dass er erholsamen Schlaf gefunden hatte. Kaum war er eingenickt, schreckten ihn die kreisenden Gedanken wieder auf. Was er auch immer unternommen hatte, sie waren da und zermarterten sein Hirn. Unablässig. Sie raubten ihm den Schlaf, quälten ihn und hatten sich in seinem Inneren, in Hirn und Herz, Seele und überall festgesetzt. Sie hatten von ihm Besitz ergriffen und fraßen ihn von innen auf. Warum? Weshalb er? Wieso? Er fand keine Antwort auf die Fragen. Niemand konnte ihm dabei behilflich sein.

In Hamburg verließ er den gut gefüllten Zug und ließ sich Zeit. Er hatte alles verloren, aber alle Zeit der Welt gewonnen. Nutzlose Zeit. Mehrfach wurde er angerempelt, gestoßen, zur Seite gedrängt. In dieser hektischen Gegenwart waren Leute wie er Hemmnisse, die Zeit raubten. Nicht seine Zeit. Für ihn tickte die Uhr im gleichen Rhythmus. Aber die Zeit war nicht unendlich.

Der nächste Zug mit dem Ziel Kiel war sehr voll. Schmitz fand keinen Sitzplatz. Dicht gedrängt stand er zwischen den Türen, bis in Elmshorn viele Fahrgäste ausstiegen und er sich einen Fensterplatz sichern konnte. Er blickte hinaus, ohne zu sehen, was an ihm vorbeizog. Flaches Land. Grün. Vieh auf den Weiden. Und zwischendurch kleine Bahnhöfe. Endlich hatte der Regionalexpress seinen Endbahnhof Kiel erreicht. Weshalb Kiel? Schmitz wusste es nicht. Bremen. Hamburg. Kiel. Das waren Hafenstädte. Sie waren ihm fremd, auch wenn sein Leben der Schifffahrt galt. In Duisburg lag sein Schiff, die »Helga«, benannt nach seiner Mutter. Es war Tradition in der Schifferfamilie Schmitz, dass die Schiffe nach Frauen aus der Familie benannt wurden.

Schmitz verließ den Zug und trottete den Fahrgästen hinterher. Ortskundige eilten zum Quersteig des Kopfbahnhofs, liefen die Treppe zum Bahnhofsvorplatz hinab oder bogen nach links ab. Schmitz blieb an der Filiale einer Bäckerei stehen, kramte etwas Kleingeld aus der Hosentasche und kaufte ein Croissant. Er hatte den Hunger kaum gespürt. Seit Langem nahm er nur noch wenig Nahrung zu sich. Er warf einen Blick auf das Wechselgeld. Das Croissant hatte für seine Verhältnisse ein Vermögen gekostet. Fast gierig biss er hinein. Zorn überfiel ihn, als ein Teil des lockeren Backwerks sich löste und zu Boden fiel. Gern hätte er sich auch eine Schinkenwurst gekauft, deren verlockender Duft seine Nase streifte. Aber er verzichtete auf die Ausgabe. Der Preis erschien ihm zu horrend. War es wirklich sinnvoll, das Geld für Fast Food auszugeben?

Zwei Stunden später hockte Jüpsche Schmitz auf der Kante eines schäbigen Betts in einem schäbigen Zimmer. Alles war schäbig in dieser Pension. Ihn hatte der Preis hierhergeführt. Die Unterkunft bestand aus drei normalen Etagenwohnungen in einem renovierungsbedürftigen Altbau. Die Zimmer waren dürftig möbliert. Sie teilten sich das altertümliche Bad mit der Toilette. Die Duschwanne war verspakt, der Plastikvorhang eingerissen. Schmitz vermutete, dass auch die Küche als Schlafraum vermietet wurde.

Der Pensionswirt passte zum Ambiente. Seine Korpulenz war nicht zu verbergen. Die fleckige Hose wurde durch breite Hosenträger gehalten. Einen Gürtel schien es in dieser Passform nicht mehr zu geben. Unter dem Achseln hatten sich übel riechende Schweißflecken ausgebreitet. Schmitz wurde aufgefordert, den Übernachtungspreis im Voraus und bar zu entrichten. »Nur Pennen«, hatte der Mann erklärt. »Frühstück gibt es für ein paar Euro bei einem Bäcker in der Nachbarschaft.« Schmitz hatte das Geld zusammengesucht. Danach blieben ihm noch ein Euro siebzehn im Portemonnaie.

»Kein Gepäck?«, hatte der Wirt misstrauisch gefragt.

»Notfall«, hatte Schmitz wortkarg geantwortet.

Er riss den Ringverschluss einer Bierdose auf und nahm einen Schluck des lauwarmen Gesöffs, das er bei einem Discounter erstanden hatte. Sein Blick fiel auf die drei weiteren Dosen, die auf dem abgeschrammten Holztisch standen. Der Magen knurrte. Zu gern hätte er eine Kleinigkeit gegessen. Aber dafür reichte sein Geld nicht mehr. Unbewusst nickte er. Hier also war er gestrandet. In der Hafenstadt Kiel. In einer schäbigen Unterkunft. Er hätte sich nicht träumen lassen, dass an einem solchen Platz einmal sein Leben enden würde.

Seine Finger tasteten seitlich von ihm über die Bettdecke und spielten mit der Papiertüte. In der waren die Medikamente verstaut, die er für teures Geld in einer Apotheke beschafft hatte. Das Thema war ihm fremd. Er hatte nach Schmerzmitteln, Beruhigungs- und Schlaftabletten gefragt. Der Cocktail war ihm ohne kritische Nachfrage oder Hinweis auf mögliche Risiken verkauft worden. Nun sollten ihm die Mittel helfen, in ein besseres Leben hinüberzugleiten. Besseres Leben? Welch ein Blödsinn. Er wollte dem Dasein auf Erden ein Ende setzen. Sein Leben endete in einer Sackgasse – hier, in diesem schmuddeligen Kieler Zimmer.

Er hatte überlegt, ob er sich vor einen Zug werfen oder von einem Turm springen sollte. Der Selbstmord auf den Schienen würde Spuren beim Lokführer hinterlassen. Ein Todessprung bot keine Garantie auf Vollendung. Wäre ein Dahinvegetieren als bewegungslose Masse in einem Pflegebett eine Option gewesen? Nein, hatte er beschlossen. Schmitz hatte gehört, dass man sich in eine warme Badewanne legen und die Pulsadern aufschneiden soll. Hier gab es keine Wanne. Erhängen? Wie fertigte man den Knoten an? Die beste Option schien ihm die Einnahme von Medikamenten zu sein. Hoffentlich wirkte der zusammengesuchte Cocktail.

Er kramte in seiner Hosentasche und zog die zerknitterte Zigarettenpackung hervor. Es befand sich noch genau ein Glimmstängel darin. Hatte nicht irgendjemand einmal gesungen: »Noch eine Zigarette«? Schmitz setzte sie in Brand und inhalierte den Rauch tief in seine Lungen. Tausend Bilder jagten dabei durch seinen Kopf. Die letzte Zigarette, die man einem zum Tode Verurteilten reichte. Der Cowboy, der mit dem Strick um den Hals auf einem Pferd saß und noch einmal an einem Zigarillo zog. Der tödlich getroffene Soldat, dem die Kameraden etwas Rauchbares zwischen die Lippen schoben. So heruntergekommen dieses Quartier auch war – hier gab es kein Rauchverbot.

Weshalb hatte er nicht daran gedacht? Er hätte sich ein besseres Hotel suchen sollen, dort im Restaurant gut speisen und die Rechnung »aufs Zimmer schreiben« lassen sollen. Wie hätte er dagestanden, wenn man beim Einchecken seine Kreditkarte verlangt hätte? Die war gesperrt. Und seine Girokarte war beim letzten Versuch, Geld abzuheben, vom Automaten eingezogen worden. Schmitz war pleite.

Sein Blick streifte das fleckige Blatt Papier auf dem Schreibtisch. Er hatte angefangen, seinen beiden Töchtern eine Nachricht zu schreiben, eine Erklärung für sein Handeln zu liefern. Mehr als die Namen hatte er nicht zustande gebracht. Was hätte er ihnen mitteilen sollen? Dass er ein Versager war?

In Duisburg lag sein Schiff, die »Helga«. Ein stolzes großes Rheinschiff, modern ausgestattet und erst wenige Jahre alt. Die Schmitzens waren eine alteingesessene Rheinschifferfamilie. Sein Großvater hatte nach dem Krieg mit einem Binnenschiff den Rhein befahren, von Basel bis Holland. Jüpsche erinnerte sich an den urgemütlichen Kahn, die engen Verhältnisse. Die Unzulänglichkeiten wurden mit Romantik überdeckt. Sein Vater hatte das Schiff übernommen, es modernisiert und aufwendig vergrößern lassen, war damit den Rhein hinauf- und hinabgeschippert. Die »Helga I« hatte Bulk transportiert, Massengut. Darunter war alles Transportgut zu verstehen, das unverpackt als Schüttgut vorlag. Dazu gehörte auch Ladung, die der Laie als Stückgut ansah, sofern sie den größten Teil der Ladung einnahm, zum Beispiel Automobile, Kaffee in Säcken, lebende Tiere oder Baumstämme. Die Bulkware umfasste oft Halbfertigfabrikate oder Produktionsgut. Dann änderten sich die Zeiten. Das Verladen war zeitaufwendig. Binnen kurzer Zeit setzten sich Container durch. Für die alte »Helga« gab es immer weniger Ladung. Jüpschens Vater setzte sich zur Ruhe, der Sohn blieb der Schifffahrt treu und investierte in ein neues Schiff, das für den Containertransport konstruiert war. Es war eine gewagte Investition, in die als Sicherheit alles das eingebracht werden musste, was die Schmitzens in vielen Jahren erarbeitet hatten. Man riet Jüpsche Schmitz zu einem großen Schiff, mit dem die Investition wirtschaftlicher wieder eingefahren werden konnte. Die Bank weigerte sich sogar, ein kleineres Objekt zu finanzieren. Es würde sich betriebswirtschaftlich nicht rechnen. Und die Fördermittel würden nur mit einem großen Objekt optimal ausgeschöpft werden.

Schmitz war mit dem Strom verwachsen. Der Opa hatte ihm das Ruder überlassen, bei seinem Vater hatte er den Rhein und seine Tücken kennengelernt. Auch bei widrigen Verhältnissen verstanden es die erfahrenen Binnenschiffer, ihr Schiff sicher ans Ziel zu bringen. Selten mussten sie eine Fahrt unterbrechen, sei es, weil Eisgang, Hoch- oder Niedrigwasser herrschte. Das änderte sich mit dem großen Schiff. Der Tiefgang war so bemessen, dass die »Helga« öfter von den Gegebenheiten am Strom abhängig war.

Mit der Containerverladung wuchsen die Anforderungen an die Schiffer. Die Termine wurden enger, Verspätungen mit Konventionalstrafen geahndet, und die Frachtraten konkurrierten mit den Anbietern auf Schiene und Straße. Es war ein hartes Ringen. Jüpsche Schmitz zog in Erwägung, das Geschäft aufzugeben, aber unter den gegenwärtigen Bedingungen fand sich kein Käufer für das Schiff. Dann flossen immer mehr früher in dem Maße nicht gekannte Behinderungen ein. Im Frühjahr führte der Rhein immer öfter Hochwasser, weil durch den Klimawandel die Schneeschmelze zu früh und in zu kurzer Zeit erfolgte. Dafür lag sein Schiff im Sommer oft wegen Niedrigwasser fest.

Solche Auszeiten mehrten sich. Er konnte nur Teilladungen aufnehmen, um sich und das Schiff überhaupt zu beschäftigen. Solche Fahrten brachten Verluste ein. Sie deckten nicht die Kosten, schon gar nicht die Bedienung der Kreditraten. Schmitz war trotzdem gezwungen, sie zu unternehmen, um an liquide Mittel zu gelangen, nachdem man seine laufenden Konten gesperrt hatte. Auch das Finanzamt zeigte kein Verständnis für seine Lage. Es war ein Katz-und-Maus-Spiel, das er nicht gewinnen konnte. »Sie sind ein Opfer des Klimawandels«, hatte man ihm versichert. »Pech für Sie, dass der Rhein diesem Wandel unterliegt.« Unter der Hand warf man ihm auch vor, dass er sich beim Bau des neuen Schiffes übernommen habe. Es war zu groß ausgefallen. Andere, kleinere Schiffe schafften es auch bei niedrigerem Wasserstand, den Rhein zu befahren.

Nun saß er hier und hatte alles verloren. Seine Frau, die

sich vor drei Jahren von ihm getrennt hatte, die Töchter, die sich kaum noch zu Weihnachten meldeten, das Schiff und den seit Generationen aufgebauten guten Ruf der alten Schifferfamilie. Jüpsche hatte es verbockt.

Schmitz schlug mit der geballten Faust in die offene linke Handfläche. Nein!, dachte er trotzig. Die Umstände hatten ihn gezwungen. Wenn der Rhein – wie früher – an wenigen Tagen nicht schiffbar gewesen wäre, hätte er es auch mit dem großen Schiff verkraften können. Aber diese Situation trat immer öfter auf. Er war ein Opfer des Klimawandels geworden. Ein namenloses Opfer. Kaum jemand, von den Gläubigern abgesehen, würde sich an ihn erinnern. Schon gar nicht würde man sein Versagen dem Klimawandel zuschreiben.

Schmitz trank den Rest des lauwarmen Bieres aus der Dose und schüttelte sich. Sein Blick fiel auf den dunklen Fleck auf dem abgetretenen Stück Teppich zu seinen Füßen. Es sah aus wie Blut. Er stellte die leere Dose neben das Bett und angelte sich die nächste, riss den Verschluss auf und nahm widerwillig den nächsten Schluck. Ihm wurde übel von dem Getränk. Dann wischte er sich über die schweißnasse Stirn. Es war stickig und brütend warm. Seine stille Hoffnung, dass es an der Küste erträglicher sein würde, hatte sich nicht erfüllt.

Ob er sich mit dem Schiff, nachdem es auf dem Rhein schwierig geworden war, ein anderes Fahrtgebiet hätte suchen sollen? Nein, dachte er. Der Rhein war sein Lebensraum. Er hätte die Küstengewässer mit der »Helga« nicht befahren können. Erneut fuhr er sich mit der Hand über die Stirn. Der Schweiß war in seine Augen getropft und brannte dort.

Schmitz stand auf und öffnete die Fenster. Der Verkehrslärm der beiden Hauptverkehrsstraßen, die durch die kleine Straße verbunden wurden, drang zu ihm herauf. Nur wenige Menschen waren zu Fuß unterwegs. Ob denen etwas mehr Abkühlung als den Kölnern zuteilwurde, überlegte er. Selbst hier war das Thermometer wieder auf über dreißig Grad geklettert.

Schmitz kehrte zum Bett zurück und legte die Tablettensammlung neben sich, nachdem er den Plastikbecher, der für das Zähneputzen gedacht war, ebenfalls aufs Bett gestellt hatte. Er nahm einen weiteren Schluck Bier zu sich und begann, die Tabletten aus der Blisterpackung zu drücken und in den Becher zu bröseln.

»Noch kannst du es sein lassen«, murmelte er im Selbstgespräch. »Und dann?«, gab er sich selbst die Antwort. Was würde geschehen, wenn er die Tabletten zu sich nahm? Würde ihm übel werden? In welcher Weise? Müsste er sich übergeben? Schmerzen?

Er stand erneut auf und stellte den Papierkorb neben das Bett. Dahinein könnte er sich übergeben. Er füllte Bier in den Zahnputzbecher. Es schäumte. Schmitz tauchte den Finger hinein und rührte um. Enttäuscht stellte er fest, dass es keine Wirkung zeigte. Achselzuckend griff er zu den nächsten Arzneimitteln und zerdrückte sie mit seinen schwieligen Fingern. Zwischendurch trank er aus der Dose. Nachdem sich der Schaum im Zahnputzbecher aufgelöst hatte, füllte Schmitz Bier nach.

Als er feststellte, dass das Volumen des Bechers nicht ausreichen würde, trank er hastig den Inhalt der Dose aus, nahm sich die nächste zur Hand und leerte sie mit großen Schlucken. Zwischendurch stopfte er sich Tabletten in den Mund, zerkaute sie und spülte sie mit dem Bier hinunter. Es war ekelhaft. Er würgte, aber widerstand dem Reiz, sich zu übergeben. Anschließend folgte der Inhalt des Zahnputzbechers. Schmitz hatte das Gefühl, als würde das warme Bier auf nüchternen Magen Wirkung zeigen. Er kaute auf dem Rest der Tabletten, riss die letzte Dose Bier auf und setzte sie an die Lippen. Die Flüssigkeit schoss aus der Öffnung, lief an der Mundöffnung vorbei den Hals hinab und troff ins Hemd.

Nachdem die Dose geleert war, ließ Schmitz sie fallen. Er lachte lauthals auf. Was mochte man denken, wenn man ihn hier fand? Was würde man mit ihm machen? Es war ihm egal. Zu Lebzeiten hatte sich auch niemand an seinem Wohlergehen interessiert gezeigt. Wanja, den bulgarischen Bootsmann, der die letzten zwei Jahre mit ihm gefahren war, hatte er abgefunden, und der Afrikaner, der vor drei Monaten in Rotterdam an Bord gekommen war und dessen Namen sie nie erfahren hatten, war bei Nacht und Nebel mit der kleinen Bordkasse wieder verschwunden.

Jüpsche Schmitz blieb niemandem etwas schuldig. Nur den Gläubigern. Die würden den Verlust achselzuckend abschreiben, so wie die Welt ihn abgeschrieben hatte. Schmitz ließ sich auf das Bett fallen. Ihm wurde schummerig vor Augen.

Josef Schmitz wurde vierundsechzig Jahre alt.

FÜNF

Lüder hatte erneut schlecht geschlafen. Das Mauerwerk des Hauses hatte sich aufgeheizt. In einer weiteren tropischen Nacht war kein durchgängiger erholsamer Schlaf möglich gewesen. Er hatte einen Insektenschutz vor dem Schlafzimmerfenster angebracht, aber auch das nächtliche Lüften ergab keine schlaffördernde Kühle. Zudem hatte sich eine Mücke auf unerklärliche Weise Zugang zum Zimmer verschafft und mit ihrem lästigen Tssstsss die Nachtruhe zusätzlich gestört. Nicht nur er erfuhr, dass man nachts wach lag und von dem Gedanken, Schlaf finden zu müssen, da man sonst am nächsten Morgen wie gerädert die Arbeit aufnehmen würde, geplagt wurde. Dieser Gedanke hielt ihn zusätzlich wach.

Als er seinen Dienst im LKA antrat, dachte er kurz an die Menschen, die den Arbeitstag nicht in einem Büro verbringen konnten, sondern sich der schon am frühen Morgen spürbaren Hitze aussetzen mussten. Die Straßenbauer, Bauhandwerker, Dachdecker, Briefträger und Paketboten und viele mehr. Sie konnten sich nicht auf ein »Hitzefrei« berufen. Und der Brauch der Südeuropäer, mittags eine längere Pause einzulegen, wurde hier auch nicht gepflegt.

Kriminaloberrat Gärtner hatte sich krankgemeldet. Der Kollege gehörte nicht zu denen, die sich bei den geringsten Anzeichen einer Unpässlichkeit von der Arbeit fernhielten. Es musste wirklich etwas Ernsthaftes sein.

Lüder fand eine Nachricht aus Itzehoe vor und rief die dortige Kripo an. Hauptkommissar Schwälm hatte Neuigkeiten für ihn.

»Es geht um die Zeitung, die auf dem Parkplatz gefunden wurde.«

»Die Westfälischen Nachrichten«, warf Lüder ein.

»Wir sind ein bisschen weitergekommen. Die Zeitung wird

in fünfzehn verschiedenen Lokalausgaben gedruckt. Wir hatten Glück, dass wir dem gefundenen Exemplar entnehmen konnten, dass es sich um die Hauptausgabe handelt. Die erscheint aber in einer Auflage von über einhunderttausend Exemplaren.«

»Puuhh«, stellte Lüder fest. »Man könnte –«

»Haben wir«, unterbrach ihn Schwälm. »Auf die Idee sind wir auch gekommen. Aber! Weit über achtzig Prozent sind Abonnenten. Wir können diese kaum dahingehend durchforsten, ob sich jemand an einem bestimmten Tag auf Mordtour in Norddithmarschen aufgehalten hat.«

»Immerhin könnte es ein Anhaltspunkt sein, dass der oder die Täter aus dem Verbreitungsgebiet der Zeitung stammen könnten.«

»Das ist eine Option. Deshalb wollen wir auch diese Spur weiterverfolgen. Wenn wir davon ausgehen, dass die Mörder nicht mit dem eigenen Wagen zum Tatort unterwegs waren, wollen wir mit Unterstützung der Münsteraner Polizei die Autoverleiher befragen. Die dortige Kripo sollte auch prüfen, ob passende Fahrzeuge kurz vor der Tat gestohlen wurden. Wir bleiben am Ball«, versicherte Schwälm.

Als nicht weiterführend erwiesen sich die Ermittlungen in Sachen der Drohne mit dem Holzklotz »Bomb«, die man auf die Tankstelle in Klanxbüll gelenkt hatte. Es gab keinen Hinweis auf den Drohnenpiloten. Niemand schien ihn bemerkt zu haben.

Die Drohne selbst war ein Artikel, der über diverse Quellen im Internet angeboten wurde. Der Aufwand, diesen nachzugehen, stand in keinem Verhältnis zum Gewinn an Erkenntnissen. Man konnte auch nicht nachweisen, dass es einen unmittelbaren Zusammenhang zwischen dieser Tat und dem Mord an Tawfiq Beyrouti gab. Der Holzklotz mochte irgendwoher stammen. Es würde auch nichts bringen, wüsste man, welche Holzart sich dahinter verbarg. Das galt auch für die verwendete Farbe.

Lüder rief in Rendsburg bei der Nordic Energi an. Lutz Fink war nicht im Haus, aber Sönke Appelhoff bekam er nach längerem Warten an den Hörer.

»Was kann ich für Sie tun?« Die Stimme des Leiters der Betriebsorganisation klang unfreundlich.

»Alles, was der Polizei bei den Ermittlungen dienlich ist«, erwiderte Lüder in schneidender Tonlage.

»Machen Sie Ihren Job, wir unseren.«

»Wir sind dabei. Und zwar erfolgreich. So möchte ich von Ihnen wissen, ob noch weitere Tankstellen geschlossen werden sollen, und wenn ja – wie viele?«

»Ich sehe nicht, was diese Betriebsinterna mit Ihren Ermittlungen zu tun haben.«

»Das ist das große Problem, dass Sie mit Ihrer Blindheit vieles nicht sehen. Beantworten Sie einfach meine Frage.«

»Haben Sie schon einmal etwas von Geschäftsgeheimnissen gehört?«

»Wenn Ihre Kompetenz nicht ausreicht, verbinden Sie mich mit einer Führungsperson aus Ihrem Betrieb.«

»Ich bin Mitglied der Geschäftsleitung«, sagte Appelhoff pikiert.

»Das behauptet der Hausmeister auch.«

Lüder vernahm, wie am anderen Ende der Leitung hörbar nach Luft gerungen wurde.

»Das Geschäft mit fossiler Energie ist mittelfristig tot. Weshalb sollte ausgerechnet Ihr Unternehmen nicht dem Beispiel erfolgreicher Mitbewerber folgen und Stationen schließen, namentlich kleinere, die auch nicht vom Folgegeschäft wie Wagenpflege oder dem angeschlossenen Minimarkt profitieren?«

»Ich diskutiere mit Ihnen nicht unsere Geschäftspolitik.«

»Okay.« Lüder legte eine längere Pause ein. »Ich bekomme die Information auch von der Presse.« Er nannte den Namen der Zeitung, für die Leif Stefan Dittert schrieb. »Darf ich in diesem Zusammenhang Ihren Namen nennen?«

»Meinen Namen? Unterstehen Sie sich. Das widerspricht dem Datenschutz.«

»Mitnichten. Ich werde also diesen Weg einschlagen.«

»Warten Sie.« Appelhoff klang gehetzt. »Ich kann mir immer noch nicht vorstellen, was diese Information Ihnen bringen soll. Und – ja. Die ganze Branche muss ihr Angebot den Marktverhältnissen anpassen. Die Kosten für den Betrieb einer Tankstelle steigen immens. Im Übrigen nicht nur die. Getrieben von einer unwissenden Meute selbst ernannter Umweltgurus werden auch die Anforderungen für eine Tankstelle immer größer und realitätsfremd. Die Bevölkerung wird vermutlich erst aufwachen, wenn es nur noch wenige zentrale Tankstellen geben wird und man weite Strecken bis zur nächsten Station zurücklegen muss. Der Aufwand für solche Versorgungsfahrten ist aberwitzig und zudem alles andere als umweltfreundlich. Vergessen Sie auch nicht, dass im ländlichen Bereich davon auch die Landwirtschaft, ältere Bewohner und zum Beispiel auch die freiwillige Feuerwehr betroffen sind.«

»Genug des Lamentierens«, unterbrach ihn Lüder.

»Sie wissen, dass überall Geschäfte geschlossen werden. Große Ketten machen es uns in den Innenstädten vor. So bleibt uns auch nichts anderes übrig. Ja. Es stimmt, dass die kleineren Stationen aus betriebswirtschaftlichen Gründen geschlossen werden. Wir werden das Netz etwa um die Hälfte reduzieren. Dazu gehört auch Klanxbüll. Der Kostendruck zwingt uns dazu.«

»Auch die Politik?«

»Mittelfristig – ja. Wer betreibt noch Tankstellen, wenn der Verbrennungsmotor verschwinden soll? Aus nostalgischen Gründen? Und mit dem Verbrennungsmotor werden auch die Raffinerien sterben. Die Umweltpropheten übersehen dabei aber, dass damit auch viele andere Mineralölprodukte nicht mehr hergestellt werden können. Die Chemie ist darauf angewiesen. Wie sollen Senioren ihren Altbau heizen? Sie werden neue Technologien kaum finanzieren können. Auch die Pharmaindustrie benötigt Mineralöl. Was bringt uns das, wenn wir diese Produkte dann in China teuer einkaufen müssen? Oder in Russland? Wohin die Abhängigkeit führt, haben wir an vielen Stellen gesehen oder teuer erfahren müssen. Es ist nicht unsere Welt, aber nehmen Sie die Kernkraft. Bei uns hat man in einer unüberlegten Kurzschlussreaktion die Kernkraft abgeschafft. Wie gut, dass die Strahlen wissen, sie dürfen die Bundesgrenze nicht überschreiten, wenn es in einem nicht nach unseren Sicherheitsvorschriften betriebenen Atomkraftwerk direkt hinter der Grenze zu einem Störfall kommt. So blöd können auch nur die Deutschen sein.«

Lüder verzichtete darauf, mit Appelhoff in eine Diskussion zu diesem sicher diffizilen Thema einzusteigen. Wo lag hier die Wahrheit? Er selbst vermochte sie nicht zu definieren. Das Thema war viel zu komplex. Er schloss das Gespräch mit einem knappen Gruß.

War das Emblem der Nordic Energi ein Sinnbild für die allgemeine Sorge der Menschen um die Zukunft? Der stilisierte Globus, dem am Nordkap gezeigten nachempfunden, versinnbildlichte den globalen Treffpunkt der Menschen aus der ganzen Welt, die sich dort begegneten. Wie mochte es werden, wenn sich die Völker um das Recht der Energienutzung und -ausbeutung stritten? Die einen würden auf die Nutzung fossiler Energie zum eigenen Vorteil bestehen, andere würden sich auf eine Völkerwanderung begeben müssen, weil ihre Heimat unbewohnbar geworden war.

Lüder mochte diesen Gedanken nicht zu Ende führen. Es schien ihm unerträglich, dass seine Generation nicht in der Lage und nicht willens war, über Lösungen nachzudenken.

Henning Hansen war es gewohnt, unterwegs zu sein. Jahrzehnte hatte er die Menschen im ländlichen Bereich zuverlässig mit Post und Paketen versorgt. Zunächst mit dem Fahrrad, später bei einem immer größer werdenden Zustellbezirk mit dem Auto. Seit ein paar Jahren war er pensioniert. Die Freude an der Bewegung war ihm geblieben. Während seine Frau den Haushalt im kleinen Siedlungshäuschen in der Dörpstraat, das er von den Eltern übernommen hatte, versorgte, unternahm er von Büttjebüll aus lange Spaziergänge.

Dabei begleitete ihn Lusche. In dem Hund vereinigten sich alle Rassen, die jemals auf einem Dorf vorgekommen waren. Lusche trug in seinem Namen seine wesentlichen Eigenschaften. Sicher hinter der Hausecke versteckt, verteidigte er das Areal seines Herrchens mit lautem Bellen. Das galt auch des Nachbars Katzen, die Luschens Aufstand nicht einmal mehr eines Blickes würdigten.

Hansen hatte sich auf seinen gewohnten Weg gemacht. Fast täglich marschierte er von seinem Haus aus über Wachbargen und den Heideweg in Richtung der Bundesstraße. Der Weg führte ihn an Baumgruppen und einer kleinen Heidelandschaft vorbei. Lusche ließ er freien Lauf. Falls in seinem vierbeinigen Begleiter der Jagdinstinkt durchbrach, bestand für das Wild keine Gefahr. Lusche würde es nie erwischen.

Jetzt schnüffelte sich der Hund durch die Botanik. Im Süden war der Funkturm zu sehen, der auf einer der höchsten Erhebungen Nordfrieslands, dem Stollberg, stand. Anderenorts mochten die stolzen vierzig Meter nur als Messfehler gelten. Zur linken Hand dehnte sich ein Waldgebiet aus. Auch hierüber mochten Fremde lächeln. Aber in der waldarmen Region war es eine willkommene Grünfläche. Ein paar hundert Meter entfernt vernahm Hansen das Rauschen des Verkehrs auf der B 5. Der Landkreis war einer der wenigen Deutschlands ohne einen eigenen Autobahnanschluss. So wälzte sich der ganze Verkehr über diese Straße, die im Sommer auch noch die Fahrzeuge mit dem Ziel Nordseeinseln und dänische Feriengebiete aufnehmen musste. Dazu der örtliche Lieferverkehr und Versorgungsfahrzeuge, Einheimische und Fernverkehr, der nicht über die Autobahn an der Ostküste rollte. Und zwischendurch auch die Tanklaster, die die Tankstellen in diesem Landesteil mit Treibstoffen versorgten.

Die Fahrzeuge verschwanden in einem kleinen Wald, bevor die Straße eine leichte Kurve machte und unter den Gleisen der Marschbahn hindurchtauchte. Im Wald befanden sich zwei Randstreifen, die um diese Jahreszeit oft belegt waren. Der Grund war eine öffentliche Toilette, die den Fernreisenden auf einer längeren Strecke als einzige Erleichterungsmöglichkeit bot. Gelegentlich stand dort auch ein Einsatzfahrzeug. Deshalb nannten manche Einheimischen diesen Ort auch »Polizei-Klo«.

Hansen dehnte seinen Spaziergang nicht bis zur Bundesstraße aus. Der Verkehrslärm und der Gestank der Abgase waren ihm zuwider. Ein paar hundert Meter vorher blieb er stehen, sah sich nach seinem im Gelände herumstöbernden Hund um und rief: »Lusche. Komm. Wir wollen zurück zur Mami. Da gibt's feines Happi-Happi. Für dich und für mich.«

Gedankenverloren sah er noch einmal Richtung Bundesstraße, dann drehte er sich um. In diesem Augenblick ertönte ein lauter Knall. Hansen erschrak. Instinktiv zog er den Kopf tief zwischen die Schulterblätter. Es war, als würde der Donnerschlag über das Land rollen. Ihm war es nicht möglich, die Herkunft zu orten. Der Schall kam aus allen Richtungen, schien über ihm zusammenzustoßen und auf ihn niederzufahren. Er benötigte ein paar Atemzüge, bis er seine Wahrnehmung sortiert hatte.

Was war das? Sein Blick suchte den Himmel ab. Blassblau. Hitzeflirrend. Gewitter konnte es nicht sein. Der infernalische Knall hatte Ähnlichkeit mit einem trockenen Kanonenschlag, der direkt vor ihm gezündet wurde. Hier gab es keine Felsen, Wände oder Bauwerke, in denen sich der Schall brechen konnte. Er hielt den Kopf immer noch zwischen den Schultern und sah sich vorsichtig um.

»Komm, Lusche«, sprach er auf seinen Hund ein, der winselnd seine Nähe gesucht hatte.

Hansen drehte langsam den Kopf und ließ den Blick über die Ebene gleiten. Hier gab es nichts. Das war wörtlich zu nehmen. Was hätte hier explodieren sollen? Das Militär war schon lange aus der Region abgezogen, wenn man von den in Husum stationierten Einheiten absah. Und die Zeiten, als Kampfflugzeuge aus dem nahen Leck mit lautem Knall die Schallmauer durchbrachen, waren auch Vergangenheit. Der verirrte Schuss eines Jägers war es auch nicht.

Beim zweiten Blick Richtung Nordost sah er über den Baumwipfeln einen gigantischen Feuerball aufsteigen, dem eine etwas hellere Rauchwolke folgte, die sich ins Dunkle veränderte. Es sah grau und unheimlich aus. Bedrohlich. Er vermutete den Standort ungefähr auf Höhe des Polizei-Klos. Ein Lächeln huschte über sein Gesicht, als ihm durch den Kopf schoss, dass dort jemand mit gewaltigen Verdauungsproblemen …

Der schräge Gedanke wurde sofort wieder verdrängt von der Frage, was dort geschehen sein mochte. Ein Verkehrsunfall? Der würde kaum eine so mächtige Explosion auslösen, und um eine solche handelte es sich. Dessen war er sich sicher. Einen Moment befiel ihn die Neugier, und er überlegte, ob er noch ein wenig näher herangehen sollte, entschied sich aber dagegen.

»Komm, Lusche, ab nach Hause. Nach Mama.«

Der Hund lief in Richtung Büttjebüll, als hätte er die Worte verstanden. Es war einer der seltenen Momente, in denen Hansen es bedauerte, nicht eines jener modernen Geräte zu besitzen, mit denen man im Internet unterwegs sein konnte. Aber was hätte es ihm genutzt? Umgehen konnte er damit nicht. Sein Klapphandy, das er für Notfälle bei sich trug, war auch keine Hilfe. Hier gab es keinen Empfang.

Eilig machte er sich auf den Heimweg. Unterwegs hielt er immer wieder an und drehte sich um. Aus der schwarzen, steil aufsteigenden Rauchwolke war ein bedrohlicher Pilz erwachsen. Dicke Schwaden waberten gen Himmel. Ein wenig später sah er sogar den Schein von Flammen. Ein kalter Schauder kroch trotz der sengenden Hitze über seinen Rücken. Obwohl er nicht betroffen war und sich außerhalb der Reichweite der Qualmwolke befand, spürte er die Bedrohung. Es war unheimlich. Er sehnte sich nach der schützenden Obhut seines Hauses. Einem inneren Zwang folgend, warf er immer wieder einen Blick zurück zur schwarzen Wolke, die sich ausbreitete und den Himmel in dieser Richtung verdunkelte.

Erst im letzten Moment gewahrte er den dunklen Geländewagen, der sich von der Bundesstraße her näherte. Das Fahrzeug verminderte nicht die Geschwindigkeit. Um Haaresbreite raste es an ihm vorbei und preschte dann mit hohem Tempo über den Sterdebüller Drift davon.

»Idiot«, fluchte Hansen und beeilte sich. Er verfiel fast in eine Art Dauerlauf und war außer Atmen, als er sein Zuhause erreichte.

Er sah eine Gruppe von Nachbarn, die sich am Gartenzaun versammelt hatten und in Richtung des Rauchpilzes blickten.

»Was ist da denn passiert?«, fragte ihn der weißhaarige Thees, dessen schwarze Hände davon zeugten, dass ihn das Ereignis während der Arbeit im Garten überrascht hatte. Thees zeigte in alle Himmelsrichtungen. »Überall hört man die Feuerwehr.« Er wandte sich Uwe zu, der mit seinem Handy beschäftigt war. »Sag mal, was ist da los?«

Uwe hob das Gerät kurz in die Höhe. »Dor steiht nix drin.«

»Wieso das nich?«, antwortete Thees. »Du kannst da nich mit umgeh'n. Die jungen Lüüd, die wüssten das schon.«

»Klugschieter.«

»Das war 'nen ordentlichen Wumms«, meinte Uwe, jetzt Henning Hansen ansprechend. »Sag mal. Du bist da doch gewesen. Nach der B 5 rüber. Du musst doch was mitgekriegt haben.«

»Das war weiter rüber. Da beim Polizei-Klo«, erwiderte Hansen. »Ich hab auch nur den Knall gehört. Mann. Das war heftig.«

»Was kann das nur sein?«, fragte Uwe in die Runde, ohne eine Antwort zu erhalten.

Diese Frage wurde an vielen anderen Stellen auch gestellt. Im Netz kursierten die ersten Vermutungen. Es gab Handyfotos von der Unfallstelle. Man vermutete eine Explosion. Die ersten überstürzten Meldungen sprachen von vielen Toten und Verletzten. Seriösere Medien äußerten sich vorsichtiger. Die Situation war unklar. Und unübersichtlich. Der NDR unterbrach die laufende Sendung und bemühte sich, Informationen zu gewinnen. Im Fernsehen wurden Nachrichten in einem Lauftext ins aktuelle Programm eingeblendet. Journalisten versuchten, aus den wild durcheinander ins Netz gestellten Posts das herauszufiltern, was nach verwertbaren Fakten aussah. Ein Sprecher ließ einen leichten Vorwurf durchklingen, dass weder die Polizei noch der Landrat in Husum für ein Statement zu erreichen waren.

Die Nachricht war auch in Kiel aufgenommen worden. Im Innenministerium lief der für Katastrophen vorgesehene Plan an. Im Landeskriminalamt hatte der stellvertretende Leiter, Jochen Nathusius, Mitglieder des Stabes zu sich gerufen. Unter ihnen befanden sich Kriminaldirektor Dr. Starke und Lüder Lüders. Nathusius erklärte, dass zu diesem Zeitpunkt noch vieles unklar sei. Immerhin lagen ihm erste vage Berichte der Einsatzkräfte vor Ort vor.

»Insgesamt ist die Lage noch unübersichtlich. Es sieht so aus, als sei ein auf der B 5 geparkter Tanklastzug explodiert.«

»Könnte es ein Verkehrsunfall gewesen sein?«, fragte ein Beamter.

»Derzeit ist die Gesamtlage unklar. Denkbar ist vieles. Die Einsatzkräfte konzentrieren sich derzeit auf das Bergen von

Verletzten. Es gibt auch Tote zu beklagen. Jetzt, um diese Jahreszeit, ist die Straße stark frequentiert. Vermutlich ist eine Reihe von weiteren Fahrzeugen betroffen. Die Polizei vor Ort hat noch keinen Zugang. Der ist der Feuerwehr und dem Rettungsdienst vorbehalten. Zahlreiche Feuerwehren sind im Einsatz. Auch von weiter her sind Schwerpunktwehren ausgerückt.« Nathusius griff zum Telefon. »Ich stelle es auf Mithören und versuche, Frau Dobermann zu erreichen. Die ist zur Unfallstelle gefahren.« Im Raum herrschte atemlose Stille. Nur das »Tut Tut« war zu hören.

Schließlich meldete sich eine Altstimme. »Dobermann.«

»Moin, Frau Dobermann«, sagte Nathusius und nannte seinen Namen. »Ich habe auf laut gestellt. Hier sitzt der Stab zusammen. Können Sie uns bitte einen ersten Überblick geben?«

»Sehr viel wissen wir noch nicht«, begann die Erste Kriminalhauptkommissarin. »Hier hat eine Explosion stattgefunden.« Sie beschrieb die Örtlichkeit. »Die ging von einem Tanklastzug, einem Auflieger, aus, der Vergasertreibstoffe und Diesel geladen hatte. In verschiedenen Kammern. Der Lastzug ist komplett zerstört. Er stand auf dem Randstreifen der Bundesstraße. Vor ihm parkte ein Pkw, vermutlich ein älteres Mercedes-Modell. Ich sage deshalb ›vermutlich‹, weil das Fahrzeug nur schwer zu erkennen, geschweige denn zu identifizieren ist. Wir wissen noch nicht, ob sich Personen im Wagen aufgehalten haben. Die beiden davorstehenden Autos wurden auch beschädigt. Hieraus konnten bisher sieben Verletzte geborgen werden. Weitere Opfer gibt es in einem Fahrzeug, das gerade den Tanklaster Richtung Norden überholte. Es wurde durch die Wucht der Explosion quer über die Fahrbahn in den Gegenverkehr geschleudert. Hier bargen die Rettungskräfte zwei Tote und fünf Verletzte, davon zwei, die in Lebensgefahr schweben. Eine noch nicht bekannte Anzahl weiterer Verletzter wird teilweise noch hier vor Ort versorgt.«

Frauke Dobermann berichtete mit stockender Stimme, dass hundertfünfzig Meter vom Explosionsort entfernt ein Reisebus Richtung Norden gefahren war. »In dem saßen Mütter und Kinder eines Erholungsheims, die auf einem Ausflug unterwegs waren. Die Insassen, besonders der Fahrer und die Reiseleiterin, haben Schnittwunden durch Glasbruch erlitten. Ich kenne auch noch nicht die Anzahl derer, die durch Ärzte und die Kriseninterventionsteams wegen des Schocks behandelt werden. Langsam beginnt die Organisation zu greifen. Es wird noch eine Weile dauern, bis wir mit unserer Arbeit beginnen können. Vorerst ist die Bundesstraße, aber auch die unweit verlaufende Marschbahn gesperrt. Der nördliche Teil des Kreises und die Inseln sind faktisch abgeschnitten.«

Nathusius wollte wissen, ob es schon Hinweise auf die Ursache gab.

»Ja und nein. Definitiv ist es kein Verkehrsunfall. Der Tanklaster oder das, was von ihm übrig geblieben ist, steht allein dort. Es gibt keine Anzeichen für eine Kollision mit einem anderen Fahrzeug.«

»Ein technisches Versagen?«, fragte Nathusius nach.

Frauke Dobermann zögerte. »Es ist noch zu früh, Endgültiges zu sagen. Aber die Wucht und das Ausmaß der Verwüstung lassen auf eine herbeigeführte Explosion schließen.«

»Das klappt aber nicht mit einem Feuerzeug, das man an die Tanks hält«, sagte einer der Anwesenden.

»Nein.« Die Flensburgerin ließ sich Zeit. »Es ist die erste Inaugenscheinnahme. Aber wir schließen nicht aus, dass hier eine Bombe hochgegangen ist.«

Ein Raunen ging durch den Raum.

»Eine Bombe?«, fragte Nathusius ungläubig.

»Ja. Es gibt Anzeichen dafür.«

»Sie sprachen von einem Tanklastzug, der offensichtlich Tankstellen versorgen sollte. Können Sie schon etwas zum Fahrzeug sagen?«

»Ja, aber unter Vorbehalt. Es handelt sich um eine Volvo-Zugmaschine. Und das Fahrzeug gehört möglicherweise einer Spedition aus dem Kreis Schleswig-Flensburg. Das lässt sich aus den Fragmenten eines durch die Explosion weggeschleuderten Teils des Kennzeichens schließen.«

»Sie haben schon nach dem Halter gesucht?«, warf Lüder ein.

»Ja. Die Spur führt zu einer Spedition namens Harmsen und Söhne.«

»Aus Erfde«, fiel ihr Lüder ins Wort.

»Ich habe dort angerufen«, bestätigte Frauke Dobermann. »Man sagte mir, dass eines ihrer Fahrzeuge in dieser Richtung unterwegs war, und der Disponent –«

»Ein Herr Graf?«, warf Lüder ein.

»Richtig. Graf erklärte mir, dass man vergeblich versuchen würde, die Fahrerin des Wagens zu erreichen.«

»Eine Frau?«, fragte jemand aus der Runde erstaunt.

»Natürlich. Weshalb nicht? Glauben Sie, Frauen können das nicht?«, erwiderte Frauke Dobermann pikiert.

»Doch«, besänftigte sie Jochen Nathusius. »Zunächst einmal vielen Dank für die Übersicht. Sie melden sich bitte wieder, wenn es neue Erkenntnisse gibt.«

»Mit großer Begeisterung«, sagte die Flensburgerin mit spitzer Stimme. Dann war das Gespräch unterbrochen.

»Unfassbar«, stellte einer fest.

Nathusius' fragender Blick suchte die beiden Polizisten des Staatsschutzes. »Können Sie etwas dazu sagen?«

Lüder nickte leicht, überließ es aber Dr. Starke, zu antworten.

Der Abteilungsleiter hatte gegenüber früheren Jahren dazugelernt. »Es könnte eine Vermutung geben.«

»Dann lassen Sie uns daran teilhaben«, forderte ihn ein Teilnehmer der Runde auf.

»Ich sagte, *Vermutung*«, antwortete Jens Starke scharf. »Und möchte an den ehemaligen Innenminister de Maizière erinnern, der damals als Erklärung für die Absage eines Fußballländerspiels sagte: ›Ein Teil der Antworten könnte die Bevölkerung verunsichern.‹«

»Dieser dumme Spruch hat damals mehr Schaden angerichtet, als de Maizière lieb war. Aber wir sind hier nicht die dumme Bevölkerung«, beklagte sich der Beamte.

»Ist gut, Herr Reinsch«, unterbrach Nathusius den Disput. »Wir klären es im kleinen Kreis.«

Reinsch wirkte unzufrieden, wagte aber nicht, Nathusius' Autorität zu widersprechen. Der »Vize«, wie er unter der Hand genannt wurde, löste die Besprechung auf und bat Dr. Starke und Lüder zu bleiben. Nachdem sie nur noch zu dritt waren, berichtete Lüder von den bisherigen Ermittlungen in Sachen »Drohungen gegen Nordic Energi«.

»Es macht mich nachdenklich, dass nach den Drohungen gegen das Unternehmen und dem Mord an einem Lkw-Fahrer derselben Spedition nun dieses barbarische Verbrechen geschehen ist. Für mich ist das kein Zufall. Die Täter haben sich das Ziel direkt ausgewählt. Wir haben im Unterschied zur Unternehmensleitung die Drohungen ernst genommen. Aber dass die Täter mit einer solchen Brutalität vorgehen und Unschuldige als Opfer in Kauf nehmen, ist doch überraschend. Ich mag mir nicht vorstellen, was passiert wäre, wenn der Bus mit den Bewohnern des Müttergenesungsheims direkt neben dem Explosionsherd gewesen wäre. Aber Wenn und Aber zählen nicht. Jedes Opfer ist eines zu viel.«

»Für mich gibt es keinen Zweifel daran, dass hier Staatsschutzdelikte begangen wurden. Ich scheue mich nicht, von Terroristen zu sprechen«, sagte Jochen Nathusius mit leiser Stimme.

»Sie haben recht«, meinte Lüder, »aber wir sollten vorsichtig sein, mit solchen Worten an die Öffentlichkeit zu gehen.« Er schwieg, als Nathusius ihn mit einem Blick abstrafte, der besagte, dass es für den Vize keinerlei Erklärungen bedurfte.

»Wir sollten sofort eine Sonderkommission einrichten«, sagte Nathusius und nickte in Lüders Richtung. »Da Sie im Thema stehen, übernehmen Sie die Leitung.«

Lüder wehrte ab. »Es ist zutreffend, dass ich mich mit der Thematik beschäftigt habe. Aber ich halte es für effizienter, wenn ich als Speerspitze agiere.«

Nathusius lächelte. »Unser James Bond von der Förde?«

Lüder hob abwehrend die Hand. »Ich trinke abends lieber ein Glas Wein, weder gerührt noch geschüttelt. Und der schmeckt mir besonders gut, wenn mir meine Frau gegenübersitzt. Immer dieselbe. Und die ganze Akrobatik des Null-Null-Sieben liegt mir auch nicht. Ich bin mir aber sicher, dass unsere Miss Moneypenny einen wesentlich besseren Kaffee kocht als die vom MI6.«

»Unsere Miss Moneypenn…?« Nathusius grinste. »Ah. Sie meinen Frau Beyer.« Er sah Dr. Starke an. »Was ist mit Herrn Gärtner?«

»Der hat sich krankgemeldet. Etwas Akutes. Wir finden eine Lösung«, sagte Dr. Starke.

Nathusius nickte. »Nicht *eine*. Ich möchte, dass Sie es übernehmen.«

Ein Erschrecken huschte über das Gesicht des Kriminaldirektors. Er schluckte heftig, bevor er »Selbstverständlich« hervorpresste.

»Machen Sie sich gleich auf den Weg, um die Situation vor Ort in Augenschein zu nehmen.«

»Jawohl.«

Lüder hätte sich nicht gewundert, wenn Jens Starke auch noch die Hacken zusammengeschlagen hätte.

Sie wurden durch einen Beamten unterbrochen, der eintrat, sich suchend umsah und dann Nathusius ansprach. »Es gibt Neuigkeiten. Sind Sie schon informiert?«

»Es kommt darauf an, was Sie an Neuem zu verkünden haben, Herr Brötje«, sagte Nathusius zu dem hochgewachsenen Mann mit der sportlichen Figur. Oberkommissar Mikkel

Brötje trug kurz geschorene rotblonde Haare. Die spitze Nase und das schmale Gesicht mit dem gepflegten Dreitagebart verliehen ihm fast ein lausbübisches Aussehen.

»Wir haben die Reaktionen im Netz beobachtet«, begann Brötje. »Dort kursieren die wildesten Posts. Die irrigsten Behauptungen sind ein Angriff Außerirdischer oder die Explosion einer Gasleitung, einer heimlichen natürlich, über die russisches Gas nach Deutschland geschmuggelt wird. Die Mehrheit schwankt zwischen einem Unfall und einem Anschlag. Wer dahintersteckt ... Da gibt es wiederum die wildesten Gerüchte oder Behauptungen. Für uns haben diese Umtriebe keinen praktischen Nährwert. Die Bilder, die vom Ereignisort via Handykameras ins Netz geschickt wurden, führen uns auch nicht weiter. Unter den unzähligen Posts findet sich keiner, der Hinweise auf mögliche Täter liefert, oder von jemandem, der hilfreiche Beobachtungen vor der Explosion gemacht hat. Ich habe, bevor ich hergekommen bin, mit unseren Kräften vor Ort gesprochen. Man hat noch nichts Konkretes finden können. Die Vermutungen laufen aber auf eine Explosion hinaus. Das deckt sich mit den Beobachtungen von Zeugen, die den Feuerball und die anschließende Rauchentwicklung gesehen haben. Der Tanklaster bestand wie fast alle Fahrzeuge dieser Art aus mehreren Kammern, in die Diesel und Benzin geladen werden. Eine Explosion dieses Ausmaßes kann nur durch das Benzin ausgelöst werden. Die Fahrzeuge sind so konstruiert, dass sie gegen Unfälle größtmöglich abgesichert werden. Deshalb liegt die Vermutung nahe, dass von außen nachgeholfen wurde.«

»Wie soll das geschehen sein?«, fragte Jens Starke in die Runde.

»Durch einen Sprengsatz«, sagte Lüder. »Dafür spricht auch, dass der Wagen stand.«

»Woher wollen Sie das wissen?«

Ein leises Lächeln umspielte Lüders Lippen. »Der Wagen stand auf der Haltespur.«

»Und wer hat den Sprengsatz angebracht? Vor allem wann und wo?«, schob Dr. Starke hinterher, um seinen vorhergehenden Fauxpas wieder auszugleichen.

»Der Wagen kam aus der Raffinerie in Heide. Vermutlich«, sagte Lüder. »Das kann dort geschehen sein. Wir wissen nicht, ob er unterwegs noch einmal angehalten hat.«

»Das wird gerade geprüft«, mischte sich Brötje ein. »Die Spedition hat ihre Fahrzeuge mit einem Ortungssystem ausgestattet, das den aktuellen Standort aufzeigt. Die Route und die Haltepunkte sind auch gespeichert.« Er sah Jochen Nathusius an und hielt sein Handy in die Höhe. »Darf ich?«

Der Vize nickte.

Brötje rief eine Nummer an und meldete sich mit »Ich bin's.« Dann fragte er nach, ob man schon etwas über die Fahrstrecke wisse. Er sah in die Runde und nickte dabei unmerklich. Plötzlich veränderte sich sein Gesichtsausdruck. Die Augen weiteten sich. Der Mund öffnete sich. Brötje drückte sein Handy so fest ans Ohr, als müsse er dem Gerät das Innerste abverlangen. »Das ist …«, sagte er und nickte immer wieder heftig. »Ist das …?« Immer wieder bewegte er heftig den Kopf. »Kein Irrtum?« Seine Augen suchten nacheinander den Blick von Nathusius, Dr. Starke und Lüder. »Ja. Ich verstehe. Gut. Ja. Ja. Ähm. Ja.« Er fuhr sich mit der Zunge über die Lippen und mit der freien Hand durch die kurz gehaltenen Haare. »Ja«, sagte er zum Abschluss. »Schick es auf den Screen vom Vize …« Mit einem entschuldigenden Blick auf Nathusius brach er mitten im Satz ab. »Auf den Rechner von Herrn Nathusius.«

Der stellvertretende LKA-Leiter winkte belustigt ab. Natürlich war ihm bekannt, dass er von den Mitarbeitern des Amtes so genannt wurde.

»Was gibt es?«, wollte Dr. Starke wissen, nachdem Brötje aufgelegt hatte.

»Es gibt ein Bekennerschreiben«, erwiderte der Oberkommissar. »Ganz frisch hereingekommen.« Er zeigte auf den großen Flachbildschirm, der an der Wand hing. »Können Sie mal bitte …?«

Nathusius kümmerte sich um die Verbindung. Die Zeit nutzte Brötje, um zu erklären: »Man hat mit dem Disponenten der Spedition –«

»Herrn Graf?«, unterbrach Lüder.

»Kann sein. Der Disponent hat versichert, dass der Tanklaster ohne Zwischenhalt von Heide bis zum Tatort gerollt ist. Er hat nicht einmal an einer roten Ampel angehalten«, ergänzte Brötje. »Die Spedition hat noch angefügt, dass die Fahrerin als ausgesprochen zuverlässig gilt.«

»Gut«, sagte Dr. Starke. »Wir müssen sofort die Abfülleinheit in der Raffinerie sicherstellen. Vor Ort muss alles ruhen, bis die Spusi alles akribisch abgesucht hat. Alle verfügbaren Kräfte sollen sich umgehend nach Heide bewegen.« Er zeigte auf Brötje. »Leiten Sie umgehend die Maßnahmen ein. Der Stab meiner Abteilung soll sich sofort zusammensetzen.« Er sah auf seine Armbanduhr. »Ich komme sofort, wenn wir hier fertig sind. Die Anweisung soll umgehend an die Direktion in Itzehoe herausgehen. Wir nehmen auch Amtshilfe der Bundespolizei in Anspruch. Verstanden?«, fragte er überflüssigerweise im Kommandoton in Brötjes Richtung.

Der Oberkommissar verdrehte die Augen, nickte und verschwand.

»Halt.«

Dr. Starkes Ruf blieb ungehört. Brötje tat, als hätte er es nicht mitbekommen.

Inzwischen hatte Jochen Nathusius den Beitrag auf seinen Bildschirm gerufen. Es war ein kurzer Clip auf YouTube. Er war mit einem Ergänzungstext unterlegt, in dem darauf hingewiesen wurde, dass gleichlautende Meldungen auf zahlreichen anderen Medien im sozialen Netzwerk aufgetaucht waren.

»Moment«, sagte Lüder und prüfte es auf seinem Handy.

Dabei registrierte er, dass mehrere Messages aufgelaufen waren. Die Nachricht von LSD war besonders interessant.

»Häng sie mit in d ding von Husum? Könn Si scho w s sagen? Was ist mi dn Bekennescreiben von den aa? Steh unter zeitdrck. wäre dankbar für schnele Antwort«, hatte Leif Stefan Dittert, der Journalist des Boulevardblatts verstümmelt getextet.

»Bei der Presse sind auch Bekennerschreiben eingegangen«, berichtete Lüder. Im selben Moment wurde der Text auf dem Bildschirm ergänzt: »Bekennerschreiben sind auch in der Presse und im Innenministerium eingegangen«, stand dort.

Die drei Polizisten starrten gebannt auf den kurzen Film. Ein Mann – vermutlich –, er war durch eine Strickmaske unkenntlich gemacht worden. Unter dem Stoff zeichneten sich die Konturen eines Gesichts ab. Der Mann sprach Englisch.

»Die Welt wird explodieren. Und ihr tragt die Schuld daran.« Der Mann streckte den Arm vor und zeigte mit dem Finger in Richtung Kamera. Die Geste erinnerte Lüder an das Bild von »Uncle Sam«, der Werbefigur für die US-Armee.

»Eure hemmungslose Gier. Euer Egoismus. Euch interessieren weder die Menschen, denen ihr mit der kriminellen Vernichtung unserer Umwelt die Luft zum Atmen nehmt, noch die Zukunft eurer Kinder. Ihr zerstört die Welt. Ihr vernichtet sie. Deshalb werden wir euch vernichten. Euch und eure Werkzeuge. Nadelstich für Nadelstich. So wie hier und heute. Wir sind die Vernichter der Vernichter. Wir werden euch vernichten, um die Welt zu retten.«

Lüder war nicht überrascht, dass man sich modernster Technik bediente. Die Aufnahme war offensichtlich vor einem Bluescreen getätigt worden. Im Hintergrund leuchtete in klarem Marineblau das Emblem »AA« auf. Zwischendurch wurden Fördertürme gezeigt, man hatte kurze Sequenzen von Großstadtstraßen im Smog eingeblendet, allerdings waren es ausländische Aufnahmen. Dr. Starke zeigte mit ausgestreckter Hand auf den Bildschirm.

»Wir müssen herausfinden, wo das aufgenommen wurde«, rief er aufgeregt.

Vermutlich in England, überlegte Lüder. Linksverkehr. Außerdem waren englische Kennzeichen zu sehen. Die Leute hatten sich nicht der Mühe unterzogen, sie zu verpixeln. Weshalb auch? Denkbar war, dass man auf irgendeine beliebige Sequenz zurückgegriffen hatte. Netzfund?

»Ihr übernehmt keine Verantwortung für die Zukunft der Menschheit«, verkündete der Sprecher. »Aber wir. Wir übernehmen die Verantwortung für dies hier.«

Dann gab es einen Schnitt im Filmbeitrag. Während vorher alles perfekt in Szene gesetzt war, folgten jetzt hastig gedrehte Aufnahmen mit einer Handykamera.

Lüder stockte der Atem. Man sah, wie sich die Kamera offensichtlich im Laufschritt dem geparkten Tanklaster näherte. Die Seitenscheibe war heruntergelassen, und der Kopf einer Frau erschien.

»Die Fahrerin«, kommentierte Lüder.

Dann wurde die Tür aufgerissen. Man sah, dass die Truckerin sich zu verteidigen begann, zunächst mit der Hand, dann versuchte sie, sich des Angreifers mit Fußtritten zu erwehren. Ihr Bemühen war von kurzer Dauer und erfolglos. Die Kamera wurde abgeschaltet.

»Vermutlich gab es ein Handgemenge«, meinte Lüder. »Die Angreifer sind sicher nicht in großer Zahl angetreten.«

»Das muss doch jemand gesehen haben. Solche Aktionen erregen doch Aufmerksamkeit«, sagte Dr. Starke.

»Sicher«, stimmte Lüder zu. »Aber wenn Zeugen in der Nähe standen, sind sie wahrscheinlich unter den Opfern des Anschlags.«

Der Film setzte wieder ein. Man sah die Fahrerin, der man den Mund mit Klebeband verschlossen hatte. Sie war mit Kabelbindern am Lenkrad angebunden.

»Gefesselt und geknebelt«, sagte Dr. Starke gepresst.

Die Frau zerrte an der Fesselung. Die Plastikschnüre

mussten schmerzhaft ins Fleisch schneiden, so kräftig riss sie daran. Ihre Augen waren weit aufgerissen. Das Klebeband bewegte sich, vermutlich durch heftiges Atmen und unterdrückte Schreie. Lüder sah auf die Frau. Dieses waren die letzten Bilder, bevor die Explosion sie in die Hölle schickte. Was mag in diesem Menschen vorgegangen sein?, überlegte er, und ein eiskalter Schauder lief ihm über den Rücken. Ob sie etwas ahnte? Hatten die brutalen Täter ihr von ihrem Vorhaben erzählt? Die Fahrerin hatte ein rundes Gesicht. Man erkannte ein Doppelkinn und eine Knubbelnase. Die Haare waren verwuschelt. In ihnen steckte eine Sonnenbrille. Der Hitze musste auch im Führerhaus etwas entgegengesetzt werden. Hatte der Lkw eine Klimaanlage? Der stämmige Oberkörper der Frau mit einer ausgeprägten Oberweite steckte in einem Flanellhemd. Ein Männerhemd. Zur Erleichterung bei den herrschenden Temperaturen hatte die Frau mehrere Knöpfe geöffnet.

Dann folgte eine weitere Unterbrechung der Aufnahme. Als Nächstes sah man flexible Schläuche, die seitlich am Auflieger mitgeführt wurden. Die Kamera näherte sich einem Auslassstutzen. Über den erfolgte das Betanken der Stationen, schloss Lüder. Das war eine Schwachstelle in der sonst auf Sicherheit bedachten Konstruktion. Die Täter kannten sich aus. Sie wussten, wie sie ihre Höllentat ausführen mussten. Und genau an dieser Stelle zeigte die Kamera, wie dort eine Sprengladung angebracht wurde. Man scheute sich nicht davor, die Konstruktion des Teufelswerks zu filmen.

»Unsere Technik wird das analysieren«, sagte Lüder. »Vielleicht lässt es Rückschlüsse auf die Täter zu.«

Es herrschte betretenes Schweigen im Raum, bis Jochen Nathusius leise sagte: »Das arme Opfer.«

»Ich frage mich«, überlegte Lüder laut, »ob es eine Verbindung zur Spedition gibt. Es ist das zweite Mal, dass ein Transport des Unternehmens angegriffen wurde.« Er schüttelte den Kopf. »Ich glaube es nicht.«

»Glauben ist nicht Wissen.« Dr. Starke klang belehrend.

»Stimmt«, pflichtete Lüder ihm bei. »Aber wenn die Täter es auf Nordic Energi abgesehen haben, auf deren Transporte, dann müssen sie den Weg über die Spedition Harmsen und Söhne gehen. Die fahren exklusiv für Nordic Energi und versorgen deren Tankstellen mit Treibstoffen. Ich kann mir nicht vorstellen, dass der große Aufwand, den die Täter betreiben, sich gegen die kleine Spedition richtet. Das ist ein kleiner Familienbetrieb.« Lüder streckte den Zeigefinger in die Luft. »Das würde aber auch bedeuten, dass der erschossene Fahrer Tawfiq Beyrouti, dessen Herkunft wir auch noch nicht abschließend klären konnten, nur ein Zufallsopfer ist. Der Anschlag galt nicht ihm selbst, sondern seinem Transport. Es wäre höchst unwahrscheinlich, dass Beyrouti und … und …« Er hielt inne. »Wir kennen noch nicht einmal den Namen des Opfers. Das ist fast unwürdig.« Er griff zum Telefon und wählte die Nummer der Spedition in Erfde.

»Ja«, meldete sich eine sonore Männerstimme. Lüder erkannte den Disponenten wieder.

»Moin, Herr Graf. Lüders. Polizei Kiel.«

Graf bestätigte, dass er sich erinnerte. »Es tut mir leid, aber der Chef ist nicht zu sprechen. Der hat sich was vom Doktor geben lassen. Er ist fix und fertig. Mit Jack und Büx. Wen wundert's. Der Mord an Tawfiq …«

»Beyrouti«, schob Lüder dazwischen.

»… hat uns schon alle umgehauen. Wer tut so etwas? Und warum? Wir sind doch nur die kleine Harmsen und Söhne. Wir tun doch niemandem etwas.« Grafs Stimme war belegt. »Und jetzt Britta.«

»Können Sie uns etwas zu Ihrer Kollegin sagen?«, bat Lüder.

»Über Britta? Was soll ich da sagen? Britta Kleinborstel ist eine toughe Frau. Wer ihr in die Quere kommt, muss aufpassen. Sie ist früher ferngefahren. Bis Südspitze Italien, Gibraltar, aber auch Balkan. Das stehen viele Männer nicht durch, auch nicht die mit 'ner großen Klappe. Britta fährt seit sechs Jahren für uns. Ein dufter Kumpeltyp. Mensch. Britta ist geschieden. Was soll aus ihren beiden Kindern werden? Die haben verschiedene Väter. Der Sohn, ich glaube, er ist siebzehn, ist in der Lehre, die fünfzehnjährige Tochter geht noch zur Schule.«

»Wo wohnt Frau Kleinborstel?«

»In Friedrichstadt. Sagen Sie mal«, fiel Graf ein, »wer sagt es den Kindern?«

»Das übernehmen Mitglieder des Kriseninterventionsteams«, erklärte Lüder. »Gibt es vielleicht auch nur vage oder gerüchteweise etwas, was auf Streit zwischen Frau Kleinborstel und anderen hinweisen könnte?«

»Mit Britta? Nie!«, sagte Graf bestimmt. »Die mag jeder.«

»Wie war das Verhältnis zwischen Frau Kleinborstel und Tawfiq Beyrouti?«, fragte Lüder.

»Die hatten doch kein Verhältnis«, verstand Graf ihn falsch.

Lüder klärte das Missverständnis auf.

»Ach so. Wir sind hier doch nur ein paar Männekens. Eine kleine Mannschaft. Hier aufm Dorf kennt man sich. Da ist alles sauber.«

»Wurde im Kollegenkreis auch einmal über Politik gesprochen?«

»Was verstehen Sie darunter? Man fluchte mal über die hohen Abzüge. Aber sonst …? Wenn man hier unterschiedlicher Meinung ist, geht es um Fußball. Da kann es schon heftig werden.«

»Und Religion?«

»Ach Quatsch. Das interessiert doch keinen.«

»Ich melde mich noch einmal bei Ihnen«, verabschiedete sich Lüder.

Die beiden anderen Beamten hatten mitgehört. »Es gibt keinen offenkundigen Hinweis auf Kontakte zu einer terroristischen Organisation«, meinte Dr. Starke. »zumindest nicht aus dem beruflichen Umfeld. Ob Beyrouti als Schläfer ins Land geschickt wurde und man seiner überdrüssig wurde, ist unklar. Ich fahre jetzt an den Tatort.« Zufrieden klang es nicht.

Jochen Nathusius lächelte gequält. »Dann bleibt mir nichts anderes übrig, als an der Organisation der Aktion in der Raffinerie mitzuwirken. Sie könnten mir dabei behilflich sein.«

»Sehr gern«, versicherte Lüder, wurde aber durch das Schnarren seines Handys abgelenkt. »Entschuldigung, aber wenn der Ruf durch die Anrufsperre durchkommt, ist es wichtig.« Er warf einen Blick auf das Display. »Kripo Husum«, erklärte er und nahm das Gespräch an.

»Große Jäger«, meldete sich der Husumer Hauptkommissar. »Hier brennt der Baum. Alle verfügbaren Kräfte sind zum Explosionsort abgezogen worden. Wir stehen hier Gewehr bei Fuß. Sobald Frau Dobermann uns anfordert, sind wir einsatzbereit. Bei solchen Ereignissen gibt es erfahrungsgemäß immer viele Trittbrettfahrer, aber auch Klugscheißer und Naseweise. Wir haben Erfahrungen darin, unergiebige Anrufe im Vorfeld auszusortieren. Einer hat aber möglicherweise etwas beobachtet. Henning Hansen, Rentner aus Büttjebüll, war in der Nähe des Tatorts mit seinem Hund spazieren, nach eigener Aussage ein Stück von der Bundesstraße entfernt. Er hat sich gemeldet, weil ihn auf dem Feldweg ein dunkler SUV in hohem Tempo überholt hat.«

»Ein dunkler SUV?«, fragte Lüder nach. »Von einem solchen Fahrzeug haben Zeugen beim Mord am Fahrer des Tanklasters berichtet.«

»Ich wollte nur Bescheid geben«, sagte Große Jäger. »Wir werden uns auf den Weg nach Büttjebüll machen und den Zeugen befragen. Ich melde mich wieder. Tschüss denn.«

Nathusius nickte zustimmend. Dann organisierten die beiden Beamten den Einsatz in der Raffinerie Heide. Im Hintergrund ließen sie das regionale Radio laufen. Dort wurde das Programm laufend mit neuen Extrameldungen unterbrochen. Bruchstückhaft trugen die Journalisten vor Ort einzelne Puzzleteile, aber auch Vermutungen zusammen. Sie konzentrierten sich mittlerweile auch auf den Verdacht, dass ein Attentat vorliegen könnte. Es war etwa eine Stunde vergangen, als Oberkommissar Brötje erschien.

»Das FBI aus London –«

Lüder unterbrach ihn. »FBI? Das ist die Bundespolizei in den USA.«

»Klaro. Tu ich doch wissen«, antwortete Brötje schnoddrig. »Aber für manche ist der schottische Hof doch nur eine Erfindung von Edgar Wallach. Also! Die da drüben jenseits von dem Kanal haben uns geholfen.«

»Sagen Sie mal, Brötchen«, unterbrach ihn Lüder. »Wen haben Sie bestochen, dass Sie mit Ihrem Kieler Deutsch in den Polizeidienst aufgenommen wurden?«

Brötje lachte jungenhaft. »Das hat ein kluger Kopf entschieden. Für ihn gab es andere Qualitäten als Hannoverdeutsch. Also! Noch mal – die angelnden Sachsen haben das Bekennervideo analysiert. Man erkennt anhand der vorgestreckten Hand eine kleine Narbe neben dem Nagel des Zeigefingers. Daraufhin haben sie ihren Kollegen Computer befragt. Und der hat gehustet. Und zwar den Namen des Nagelbettinhabers. Es handelt sich um den neununddreißigjährigen Timothy Abrahams. Er hat Soziologie an der University of Birmingham studiert. Andere jobben neben dem Studium in der Gastronomie. Klein Timmy hat sich etwas dazuverdient, indem er sich den AA angeschlossen hat. Die haben ihn dann offensichtlich hauptberuflich übernommen. Einer dieser Perückenleute –«

»Einer – was?«, fragte Nathusius leicht schmunzelnd.

Brötje raufte sich die kurzen Haare. »Ein Richter. Aber nicht nur einer. Die haben ihn zu Queen Elizabeth geschickt. Nicht ins Schloss, aber in mehrere der Gefängnisse Ihrer Majestät.«

»Da haben wir doch die Brücke«, unterbrach ihn Lüder.

»Scotland Yard – Edgar Wallace – HMP Dartmoor. Her Majesty's Prison.«

Brötje wirkte kurz irritiert. Dann nickte er. »Treffer. Jedenfalls ist Timmy ein schweres Kaliber. Auf der Insel gilt er als Terrorist. Und nun mischt er auch hier mit?« Brötje hatte die Stimme nach oben gezogen und ließ es wie eine Frage klingen.

»Bleiben Sie am Ball, Herr Brötje«, sagte Nathusius. »Wir haben noch zu wenig Erkenntnisse, wie intensiv die AA bei uns mitmischen. Zumindest gibt es enge Kontakte.«

Brötje nickte und verließ den Raum.

Eine halbe Stunde später meldete sich Dr. Starke. Der Stimme nach war er von der Situation vor Ort sehr beeindruckt. »Es sieht hier wie nach einem Bombenangriff aus«, sagte er, ohne sich seiner Wortwahl bewusst zu sein. »Die Einsatzkräfte vor Ort geben ihr Bestes. Die Flensburger Kripo hat unter der Leitung von Frau Dobermann die ersten Untersuchungen aufgenommen. Ich lasse ihnen in diesem Punkt freie Hand. Der Großraum ist abgesperrt. Der Verkehr wird weiträumig umgeleitet.«

»Das ist schwierig«, raunte Lüder dem Vize zu. »Dort oben gibt es nur ein dünnes Wegenetz.«

»Die Eisenbahn nach Sylt ist auch gesperrt«, fuhr Dr. Starke fort. »Ich habe gehört, dass diese Maßnahme zu chaotischen Verhältnissen nicht nur im Nah-, sondern auch im Fernverkehr führt.«

»Gibt es schon verlässliche Aussagen zu den Opfern?«, wollte Nathusius wissen.

»Ob verlässlich … Hier ist manches noch unübersichtlich. Aktuell gehen wir von fünf Todesopfern aus. Die Lkw-Fahrerin und ein älteres Ehepaar aus Erfurt. Die beiden saßen im Mercedes vor dem Tanklastzug. Zwei Tote gibt es in einem Fahrzeug zu beklagen, das auf dem Weg Richtung Norden war und sich zum Zeitpunkt der Explosion direkt neben dem Tankwagen befand. Es wurde durch die Explosion direkt in den Gegenverkehr geschleudert. Aus diesem und dem entgegenkommenden Fahrzeug wurden fünf Verletzte geborgen, davon zwei in Lebensgefahr. Sieben weitere Verletzte befanden sich in Fahrzeugen, die weiter vorne standen, und vier Verletzte waren in fahrenden Autos unterwegs. Alle Opfer sind inzwischen geborgen und werden in Krankenhäusern in Flensburg, Niebüll und Husum versorgt. In dieser Zahl sind noch nicht jene Menschen enthalten, die psychologisch betreut werden. Darunter befinden sich auch Einsatzkräfte. Brauchbare Hinweise auf die Täter gibt es noch keine.«

Nathusius berichtete kurz von den Hinweisen, die aus England gekommen waren, und von dem Zeugen, der sich bei der Husumer Kripo gemeldet hatte.

»Das sollen die Husumer übernehmen«, meinte Dr. Starke. »Die hier eingesetzten Beamten sind voll ausgelastet. Die Einvernahme des Zeugen sollten die Husumer hinbekommen.« In seinen Worten klang eine Geringschätzung mit.

Die nächste überraschende Neuigkeit überbrachte erneut Oberkommissar Brötje. »Ganz frisch«, verkündete er, »es gibt einen Bonus zu verdienen. Leider nicht für uns Polizisten. Es gibt Kopfgeld.«

»Wie bitte?«, fragte Lüder überrascht.

Brötje nickte heftig. »Nordic Energi hat eine Prämie ausgesetzt. *Dead or alive.* Na ja. Wörtlich haben sie es nicht gesagt, aber es wurde schon Leuten der Kopf für weniger abgehackt.«

»Brötje«, ermahnte ihn Nathusius.

»Ist doch wahr. Für einhunderttausend muss ein Polizist schon mehrere Tage Streife laufen.«

»Nordic Energi? Aus Dänemark? Einhunderttausend Kronen?«

»Nix da. Euro.«

Lüder pfiff leise durch die Zähne. »Donnerwetter. Das

erschwert uns die Arbeit. Das klingt wirklich nach Kopfgeld. Die Ermittlungsbehörden werden mit unqualifizierten Hinweisen überflutet. Wir sind für brauchbare Hinweise dankbar, aber das könnte auch eine Treibjagd auslösen. Wir wollen mit Sicherheit keinen Krieg als zusätzlichen Schauplatz. Wer hat die Belohnung ausgelobt?«

»Das wissen wir noch nicht«, gestand Brötje. »Ich habe noch keine Hinweise, ob es die Deutschen oder die dänische Mutter war.«

Lüder beschloss, nach Rendsburg zu fahren. Unterwegs verfolgte er im Autoradio die fortlaufende Berichterstattung. Man hatte eine erste Stellungnahme des Ministerpräsidenten eingefangen, der sein Entsetzen über die Tat und den Opfern und ihren Angehörigen sein Mitgefühl ausdrückte. Er versicherte, dass alles Erdenkliche unternommen werde, um die Verantwortlichen für diese Tat zur Rechenschaft zu ziehen. Gleichzeitig dankte er den Helfern vor Ort für ihren Einsatz. Lüder erfuhr auch aus den Nachrichten, dass die Innenministerin zum Tatort unterwegs war. Die Staatsanwaltschaft hatte auch die Ermittlungen aufgenommen. Auf dem Sender, den Lüder hörte, verzichtete man auf Spekulationen zu den Hintergründen.

Lüder war nicht überrascht, trotz des fortgeschrittenen Freitagnachmittags noch viele Mitarbeiter in den Büros der Nordic Energi in Rendsburg anzutreffen. Die Stimmung war betrübt. Er hatte den Eindruck, alle Anwesenden liefen mit gesenktem Kopf herum. Die junge Angestellte, die ihm öffnete, bat um einen Augenblick Geduld und ließ ihn vor der Tür warten. Er sah, dass sie telefonierte und ihm zwischendurch immer wieder Blicke zuwarf. Dann kehrte sie zur Tür zurück, ließ sich seinen Dienstausweis zeigen und studierte ihn umständlich.

»Kommen Sie bitte«, sagte sie mit belegter Stimme und führte ihn zu Sönke Appelhoff. Der Leiter der Betriebsorganisation, der auch vorgab, für die Sicherheit verantwortlich zu sein, begrüßte ihn mit einem Kopfnicken.

»Ich will mit Herrn Fink sprechen«, sagte Lüder und ließ es unfreundlich klingen.

Appelhoff hatte jegliche Arroganz, die ihm bei der ersten Begegnung noch eigen war, abgelegt. »Kommen Sie bitte«, sagte er und führte Lüder durch das Gebäude zu dem gläsernen Büro, in dem er mit dem Geschäftsführer Lutz Fink gesprochen hatte.

Hinter dem Schreibtisch saß ein kleinerer Mann mit straff zurückgekämmten Haaren. Sein hageres Gesicht war von Falten durchzogen. Er trug ein am Kragen offenes weißes Hemd. Über der Stuhllehne hing ein klassischer Blazer. Der Mann sah Lüder entgegen, ohne aufzustehen.

Als Lüder den Raum betrat, sagte er: »Gruschke«, und wies mit einem Kopfnicken auf die Plätze am Besuchertisch. »Sie auch.« Das galt Appelhoff.

Er selbst blieb am Schreibtisch sitzen.

»Ich will mit Herrn Fink sprechen«, sagte Lüder fordernd.

»Der ist verhindert.«

»Dann schaffen Sie ihn hierher.«

Gruschke deutete ein Kopfschütteln an. »Fink ist nicht mehr zuständig.«

»Wer sagt das?«

»Ich.«

»Und wer sind Sie?«

»Erhardt Gruschke. Ich habe interimsweise die Geschäftsführung übernommen. Fink ist kurzfristig abgerufen worden.«

»Können Sie sich legitimieren?«

Gruschke klopfte auf die Tischplatte vor sich. »Sie sehen mich hier sitzen. Das ist meine Legitimation. Und Ihre Card?«

Lüder zeigte auf Appelhoff. »Fragen Sie ihn.«

Appelhoff nickte.

»Haben Sie Vollmachten? Handelsrechtlich? Praktisch?«, fragte Lüder.

»Ich bin der CEO. Ganz praktisch. Es mangelt an der Fertigkeit der deutschen *authority*. Es ist *policy* unserer *company*, effektiv zu handeln. *The world must go round.*«

»Und das Geld flattert wie eine Armee von Motten durch den Orbit des Profits.«

Gruschke öffnete den Mund. Er benötigte zwei Herzschläge, um den Sinn zu verstehen.

»Ransom«, fuhr Lüder fort.

»Wie? Lösegeld?«

»Für die Befreiung von Ihrem Problem.«

»Wir teilen die Schmerzen der Betroffenen und Angehörigen, sehen uns aber in keiner Weise in der Verantwortung für das, was *happened.*« Gruschke klang salbungsvoll.

»Es dürfte bis zu Ihnen durchgedrungen sein, dass sich die AA zum Attentat bekannt haben. Deren Aktionen richten sich augenscheinlich gegen Ihr Unternehmen.«

Gruschke klopfte energisch mit den Knöcheln auf die Tischplatte. »Wir haben mit all dem nichts zu tun. *No! Nothing!* Das ist nicht unser *business.*«

»Merkwürdig«, erwiderte Lüder gedehnt, »dass Sie so tief in die Tasche greifen und ein Kopfgeld ausloben.«

»Wir fühlen uns dem Allgemeinwohl verpflichtet«, behauptete Gruschke.

Lüder verfiel in einen langen Lachanfall. »Das ist Comic pur, was Sie hier von sich geben. Ihre Branche scheffelt Profite en masse. Jeder Autofahrer kennt das Spielchen, dass zum Wochenende, besonders aber vor Feiertagen und Ferienbeginn die Preise an den Tankstellen anziehen.«

»Das sind die Gesetze des Marktes.«

»Das sind die Machenschaften eines Oligopols. Nun werden Sie aufs Korn genommen. Von – zugegeben – terroristisch agierenden Leuten, die sich das Mäntelchen der Umweltschützer umgehängt haben.«

»Wir sind nicht kriminell«, sagte Gruschke.

Lüder hob die Hand ein Stück in die Höhe und drehte sie im Gelenk.

»Was wollen Sie damit sagen?«, fragte Gruschke mit drohendem Unterton. »In der Politik gewinnt man derzeit Wählerstimmen, indem man viele Versprechungen in Sachen Klimawandel und Umweltschutz macht. Wir werden wohl nicht erfahren, welche Deals hinter den verschlossenen Türen ausgehandelt werden.«

»Wollen Sie unseren Politikern Korruption unterstellen?«, fragte Lüder.

»Wie definieren Sie Korruption?«, erwiderte Gruschke im Gegenzug.

»Meinen Sie, im strafrechtlichen oder im gesellschaftlichen Sinn?«

»Ich möchte mit Ihnen nicht theoretisieren. Deshalb sind Sie nicht gekommen«, wich sein Gegenüber aus. »Was führt Sie zu uns?«

»Wenn Sie mit allen Vollmachten ausgestattet sind – erklären Sie mir bitte die Motivation für die hohe Belohnung.«

»Wir haben den Eindruck, der Staat unternimmt zu wenig gegen die Umweltterroristen.«

»Umweltterroristen?«

»Na ja, die Leute, die solche Taten wie heute begehen. Das ist Terror in seiner schlimmsten Form.«

»Ich frage mich, weshalb sich ausgerechnet Nordic Energi so engagiert, ohne die ganze Branche mit ins Boot zu ziehen.«

»Weil wir bisher die Zielscheibe in vorderster Front waren.«

»Eben sagten Sie noch, Ihr Unternehmen ist nicht involviert.«

Gruschke fuhr mit der Hand durch die Luft. »Ach, Sie verstehen es nicht.«

»Richtig.«

Gruschke zog hörbar die Luft ein. »Die Verbrecher scheren

alles über einen Kamm. Sie vermögen nicht zu differenzieren, dass Nordic Energi zwei grundverschiedene Unternehmen sind. Im Fokus der Terroristen steht Nordic Energi Oil, der Tankstellenbetreiber, um es einmal allgemeinverständlich auszudrücken. Wer heute auf fossile Energie setzt, gilt als schwarzes Schaf. Lassen Sie es mich drastisch formulieren: als Umweltsau. Jedem Autofahrer, der noch Benzin oder Diesel fährt, dem Rentnerehepaar, das seine Heizung mit Heizöl betreibt … betreiben muss, wird suggeriert, dass sie schuld am Untergang unserer Welt sind. Und wir, die wir den Versorgungsauftrag für diese Menschen wahrnehmen, stehen am Pranger.« Er tippte sich an die Stirn. »Niemand bedenkt, dass alles zusammenbrechen würde, gäbe es ad hoc keine Kraftstoffe mehr. Die Umweltjünger, die zu Abertausenden in abgelegenen Teilen der Welt über deren Rettung debattieren, jetten mit komfortablen Großraumjets zu diesen Veranstaltungen. Übrigens auch die, die man nicht eingeladen hat und die nur mal so – *just for fun* – dort vor der Tür stehen und ein Pappschildchen in die Höhe halten.« Gruschke ließ ein meckerndes Lachen hören. »Das ist doch *silly*. Da kleben sich zwei Typen auf der Hauptstraße fest, um die Welt zu retten, um gegen die Umweltzerstörung zu protestieren. Und dann werden sie dabei erwischt, wie sie im Flieger in die Ferne jetten. Lachhaft. Einfach lachhaft, das damit zu begründen, dass der Urlaub als Privatperson stattfindet. Ja – kleben die sich als Berufsopportunisten fest?«

»Und Sie gehören zu den Guten?«

»Ja«, behauptete Gruschke mit fester Überzeugung. »So und so.« Dabei wog er beide Hände mit den Flächen nach oben gegeneinander ab. »Ich sagte schon, dass sich Nordic Energi der Energieversorgung verpflichtet fühlt. Energie ist das Lebenselixier unserer Wirtschaft.«

»Man hört aus Ihrer Branche, dass der Vertrieb fossiler Brennstoffe ein Ende findet.«

»Deshalb hat sich Nordic Energi auch rechtzeitig mit den

erneuerbaren Energien auseinandergesetzt.« Er klopfte sich gegen die Brust. »Sie dürfen nicht alles *mergen*. Ich bin CEO der NE New Energy. Mein Job hier ist nur temporär, um die *actual problems* zu lösen. Wenn es *clean* ist, kann ich mich wieder auf das zukunftsträchtige *business* konzentrieren.«

»Sie sind nicht als Totengräber dieses Unternehmens angetreten?«

»Totengräber?«, empörte sich Gruschke. »Unsere Shareholder würden uns in die Hölle schicken. Nein. Unternehmer sein heißt Geschäfte machen.«

»Geschäfte gleich Profit?«

»Was soll das? Vom Verlust können Sie nicht leben. Ohne uns und gleichgesinnte Unternehmen würde die Welt nicht existieren. Jedenfalls nicht in dieser Weise. Die Planwirtschaft ist im Elend zugrunde gegangen. Auch autoritäre Staaten haben den Markt entdeckt. Nehmen Sie den kometenhaften Aufstieg Chinas von der verlängerten Werkbank der Welt für Billigprodukte zur innovativen Weltwirtschaftsmacht. Das fand seinen Ursprung im Spiel der Märkte, im Unternehmertum. Niemanden im Kommunismus stört es, dass heute zahlreiche tatkräftige und weitsichtige Unternehmer in China und anderswo zu den reichsten Menschen der Welt gehören, während es bei uns kontinuierlich abwärtsgeht.« Seine flache Hand beschrieb einen nach unten verlaufenden Bogen. »Nirgendwo ist die Energie so teuer wie in Deutschland. Und das alles unter dem Vorwand, damit die Welt retten zu wollen. Unsere Industrie geht vor die Hunde. *Target: Shut down. Empty. Nothing.* Die Idee wird von Ideologen geprägt, die sich nie im harten Wettstreit der Märkte behaupten mussten.« Er lachte bitter auf. »Es gibt jene Karikatur, die acht der führenden deutschen Politiker – ach so, ich muss ja auch die Frauen mit erwähnen – und einen Polizeihund zeigt. Darunter steht: ›*Einer* der Abgebildeten hat eine Ausbildung.‹ Wie wahr.«

»Sollen wir zu der Generation gehören, die aus Bequemlichkeit oder Profitgier diese Welt zugrunde richtet? Nehmen

Sie die Witterung da draußen.« Lüder wies mit ausgestreckter Hand auf das Fenster. »Wir wissen nicht, welche Opfer das Wetter fordert. Alte Menschen, die der Hitze nicht gewachsen sind, vielleicht sogar sterben?«

»Ach«, tat es Gruschke ab. »Es gab schon immer heiße Sommer. Und niemand führte es auf die angebliche Klimaerwärmung zurück. Aber *who cares*? Wir von Nordic Energi zeigen Verantwortungsbewusstsein. Wir engagieren uns in Windparks. Das ist mein originäres *business*. Da würde noch viel mehr laufen, wenn die deutsche Bürokratie nicht so schwerfällig wäre. Es dauert oft Jahre, bis die Genehmigungen vorliegen. Jeder hergelaufene Hansel kann Einspruch einlegen.«

»Sie betreiben das Geschäft doch nicht aus Menschenfreundlichkeit. Wer dort hineinkommt, hat eine Lizenz zum Gelddrucken.«

»Sicher. Aber das zeichnet den Unternehmer aus. Die Investoren haben das Unternehmen aufgesplittet. Das Geschäft mit Windenergie –«

»Das zukunftsträchtige«, warf Lüder ein.

Gruschke ging nicht drauf ein, sondern fuhr fort: »... ist ausgegliedert worden. Nordic Energi ist durchaus nicht reduziert auf das Öl- und Gasgeschäft. Gas wollte man auch abstoßen. Da haben Sie das von Ihnen und diesen Terroristen von den AA geforderte Verantwortungsbewusstsein.«

Lüder lachte auf. »Aber als die Subventionen kamen und die weltpolitische Lage Gas verteuerte, hat man sich kurzfristig anders entschieden und sich auch im LNG-Geschäft engagiert.«

»Sehen Sie sich doch die idealisierten Janusköpfe an, die sich zunächst dagegen gewehrt und es dann politisch verwirklicht haben. Plötzlich war es essenziell erforderlich. Warum? Die Leute standen in der politischen Verantwortung. Was stört mich mein Geschwätz von gestern? Es macht einen Unterschied, ob man substanzlos opponiert oder Verantwortung trägt. Die Wurzeln unseres Unternehmens liegen in Dänemark. Da geht man anders zur Sache. Niemand wird den Dänen absprechen, dass sie eine Demokratie haben. Da beschließt das Folketing per Gesetz, dass etwas errichtet werden soll. Aus die Maus. Dagegen kann nicht jeder Opponent gegenanstinken und die Zukunft verhindern oder über Jahre blockieren. Man gewinnt Windkraft auf hoher See, und in jedem kleinen Ort finden sich Blockheizkraftwerke. Und hier?«

»Weshalb hat AA ausgerechnet Ihr Unternehmen im Visier?«

»Ist das so? Liegen Ihnen Beweise vor?«

»Sie argumentieren die ganze Zeit über, dass das freie Unternehmertum der Welt Wohlstand bringt. Wohlstand – für das Unternehmen – generiert sich aus dem Gewinn. Gewinn ist der Überschuss der Erträge im Verhältnis zum Aufwand, zu den Kosten. Und nun spendieren Sie freiwillig einhunderttausend Euro Judaslohn.«

»Moment« Gruschke fuhr aufgebracht in die Höhe. »Von Ihnen als Polizisten, als von meinen Steuern bezahltem Beamten, erwarte ich, dass Sie nicht so reden. Judaslohn! Es handelt sich um eine Belohnung für jene, die bei der Mitwirkung an der Aufklärung eines abscheulichen Verbrechens behilflich sind. In diesem Punkt wollen wir der Allgemeinheit etwas Gutes tun. Die Behörden scheinen ja nicht in der Lage zu sein, die Hintergründe aufzuklären.«

»Es wäre hilfreich gewesen, wenn Sie im Vorhinein mit uns gesprochen hätten.«

»Das kann ich mir vorstellen. Tun Sie Ihre Arbeit. Dann müssen wir nicht zu solchen Maßnahmen greifen. So! Nun muss ich mich mit wichtigen Themen beschäftigen.« Gruschke wischte mit der flachen Hand über die Tischplatte. »Fink hat schließlich ein Trümmerfeld hinterlassen.« Ohne Lüder eines weiteren Blicks zu würdigen oder ein Wort des Abschieds wandte sich Gruschke seinem Rechner zu.

»Kommen Sie«, bat Appelhoff, »ich begleite Sie zur Tür.« Alle Versuche, den Leiter der Betriebssicherheit noch um eine Auskunft oder Meinung zu bitten, schlugen fehl. Appelhoff schwieg eisern.

Lüder kehrte nach Kiel zurück. Dort fand er eine Nachricht aus Husum vor. Hauptkommissar Große Jäger hatte mit dem Zeugen Hansen gesprochen. Dessen Aussage war recht dürftig. Ihm war auf einem Feldweg ein Kleinlaster – oder wie diese Geländewagen heißen mochten – entgegengekommen. Auf die Frage, ob er den Fahrer erkannt habe, hatte Hansen geantwortet, das sei unmöglich gewesen. Er habe ihn ja nur von hinten gesehen. Es stellte sich heraus, dass der SUV ihm nicht entgegengekommen war, sondern ihn überholt hatte. Daraus konnte man schließen, so Große Jäger, dass der Wagen auf der Flucht war. Eine Beteiligung am Attentat auf den Tanklaster war nicht auszuschließen. Es handelte sich um einen schwarzen Wagen mit Kennzeichen NF für Nordfriesland. Mehr wusste Hansen nicht.

Die Husumer hatten festgestellt, dass eine Anzeige vorlag. Ein ortsansässiger Zahnarzt hatte die Polizei aufgesucht. Er hatte zur Mittagszeit festgestellt, dass vom Fahrzeug der Familie, das auf dem Grundstück im Husumer Stadtteil Schobüll stand, die Kennzeichen abmontiert waren. Den Zeitpunkt des Kennzeichendiebstahls konnte er nicht genau benennen. Der Wagen war vorgestern abgestellt worden. Aufgefallen war der Diebstahl am Morgen, als seine Frau mit dem Auto zum Einkaufen fuhr und durch andere Verkehrsteilnehmer darauf aufmerksam gemacht wurde, dass sie ohne Kennzeichen unterwegs war. Die Husumer hatten daraufhin die Nachbarn der Zahnarztfamilie befragt. Einem war ein dunkler BMW X5 aufgefallen, der am Vortag auffallend langsam durch das Wohngebiet gefahren war, als würde der Fahrer etwas suchen. Der Nachbar konnte mit Sicherheit nur sagen, dass es ein schwarzer – oder dunkelblauer? – BMW war. Beim Kennzeichen erinnerte er sich an »irgendetwas mit OE« – oder so ähnlich – und eine Sieben als letzte Ziffer. Das aber ganz bestimmt, da er selbst eine solche Ziffer führe.

»Wir kümmern uns darum«, versicherte Große Jäger. »Ihr habt im Augenblick einen Berg Schiet am Hals.«

Der erneut tropisch heiße Tag würde vielen Einsatzkräften, aber auch dem Personal in den Krankenhäusern und in den Medienhäusern noch viele Stunden Arbeit bescheren, überlegte Lüder und sah auf die Uhr. Er wollte jetzt Feierabend machen. An ein freies Wochenende war ohnehin nicht zu denken.

SECHS

In einem Backofen konnte es nicht wärmer sein, glaubte Lüder. Margit, die neben ihrer eigenen Berufstätigkeit auch den Großteil der Arbeiten im Haushalt verrichtete, wechselte in diesen Tagen die Bettwäsche öfter als im gewohnten Rhythmus. Die Wände in dem älteren Einfamilienhaus am Kieler Hedenholz waren aufgeheizt. Sollte man nachts die Fenster öffnen? Erst in der zweiten Nachthälfte schien die Außentemperatur etwas niedriger zu sein als jene in den Innenräumen.

In der Nacht hatte sich Lüder unruhig hin und her gewälzt, war übermüdet eingenickt, um dann aus einem unruhigen Schlaf hochzuschrecken. Natürlich kreisten die Gedanken dann um die Ereignisse des gestrigen Tages. Das perlte auch an einem erfahrenen Polizisten nicht spurlos ab. Als er irgendwann einmal eingenickt war, hatte ihn die Explosion des Tankwagens eingeholt. War es die Wärme oder der Alptraum, der ihn schweißnass im Bett hochschießen ließ? Dem Urknall der Explosion folgte der grelle Blitz des Infernos. Zunächst der Knall, dann der Blitz?

Lüder benötigte einen kurzen Moment, bis er registrierte, dass ein mächtiges Gewitter über Kiel herzog. In dichter Folge wechselten sich Blitz und Donner ab. Margit klammerte sich an ihn und vergrub ihren Kopf in seiner Armbeuge. Es war die Hölle. Das grelle Licht der Blitze erhellte den Raum gespenstisch. Dann folgte der Donnerschlag und ließ die beiden zusammenzucken. Margit hielt sich die Ohren zu. Es schien, als würde die Welt um sie herum einstürzen.

Kurz darauf setzte ein heftiger Regen ein. Im Gewittersturm klatschte Wasser gegen die Scheiben. Während eines Blitzes gewahrte er Margits angstvoll aufgerissene Augen, als er aufstand, um aus dem Fenster zu sehen. Der Himmel hatte seine Schleusen geöffnet. Sicher würden die in kurzer Zeit herabstürzenden Wassermassen wie eine Flutwelle durch die Straßen schießen. Musste man mit solchen extremen Wetterverhältnissen jetzt öfter rechnen? Dann kehrte er zum Bett zurück, setzte sich auf die Kante und versuchte, Margit mit leisen Worten zu beruhigen.

Hatten die Menschen die Explosion des Tankwagens ähnlich erlebt? Nein, war er sich sicher. Das war kein Naturphänomen, sondern ein Attentat. Dort gab es nur einen Blitz und einen Knall. Und viele Opfer. Unschuldige Opfer. Der Gedanke ließ ihn nicht wieder los. Es beschäftigte ihn auch, als das Gewitter abgezogen war und ihn die Müdigkeit übermannte.

Am Morgen fühlte sich Lüder wie gerädert, als wenn er die ganze Nacht über kein Auge zubekommen hätte.

»Wie gut, dass Sonnabend ist«, sagte Margit. »Da können wir zwei Tage ausruhen. Ich fürchte, die heißen Tage halten noch an.« Sie schaltete das Radio ein. »Die berichten immer noch über die Bombenexplosion«, stellte sie ernüchtert fest.

Lüder gähnte herzhaft und begab sich unter die Dusche. Es war eine willkommene Erfrischung, auch wenn sie die Müdigkeit nicht vertrieb. Sie saßen beim Frühstück zusammen, als das Telefon klingelte. Margit nahm den Hörer ab und reichte ihn an Lüder weiter.

»Die Dienststelle«, sagte sie. Es klang nicht begeistert.

Dr. Starke meldete sich. Er berichtete mit wenigen Worten von seinem Einsatz am Ort der Explosion. Neues hatte er nicht zu erzählen. Leider hatten die Ermittlungen in der Raffinerie auch keine Ergebnisse gebracht. Dort gab es an der Verladeeinrichtung eine Kameraüberwachung. Die Sichtung der Aufzeichnungen zeigte, dass sich niemand an dem verunglückten Tankwagen zu schaffen gemacht hatte. Die Ermittler hatten zusammengetragen, wer zum fraglichen Zeitpunkt vor Ort Dienst hatte. Die Daten würden später ausgewertet werden.

»Es sieht so aus«, fasste der Kriminaldirektor kurz zu-

sammen, »als wäre die Bombe erst später montiert worden. Dafür sprechen auch die Bilder, die von den Tätern ins Internet gestellt wurden. Vermutlich gab es keine Helfer in der Raffinerie. Für uns stellt sich die Frage, wie die Täter den Tankwagen gestoppt haben. Oder sind sie ihm gefolgt und haben den ersten Halt für ihre Tat genutzt? Vielleicht hat die Fahrerin dort angehalten, um die Toilette aufzusuchen.«
Dr. Starke ließ einen tiefen Seufzer hören. »Ich möchte mir nicht vorstellen, was passiert wäre, wenn der erste Stopp eine Tankstelle gewesen und die Anlage mit in die Luft geflogen wäre. Es reicht, dass es bei unseren dänischen Nachbarn eine unruhige Nacht war.«

In den Nachrichten hatte Lüder nichts davon gehört. Im Königreich der Wikinger hatte es in der Nacht mehrere Explosionen gegeben. Strommasten waren gesprengt worden, ein Umspannwerk wurde angegriffen und die Täter scheiterten, als sie auch noch ein Tanklager ins Visier nahmen. Zum Glück gab es keine Verletzten. Das Ganze hatte sich im südlichen Teil Jütlands abgespielt.

»Dort ist die Nordic Energi Platzhirsch«, warf Lüder ein. »War sie das Ziel der Täter?«

»Das kann ich nicht beantworten«, erwiderte der Kriminaldirektor. »Wir werden es eruieren. Bis nachher«, beendete er das Gespräch.

»Bis nach…?«, konnte Lüder noch entgegnen und sah auf den toten Telefonhörer, als Dr. Starke das Gespräch abrupt beendete. »Heute ist Sonnabend«, sagte er.

»Und?«, fragte Margit lauernd. »Soll das heißen …?«

Lüder nickte und vermied es, seine Frau anzusehen.

»Wenn ich noch einmal heirate, dann mit Sicherheit keinen Polizisten«, stellte sie resigniert fest.

Lüder lächelte und nahm sie in den Arm. »Aber ich würde dich immer wieder heiraten.«

Wenig später verließ er das Haus.

Dafür, dass Wochenende war, herrschte im Polizeizentrum ein reges Treiben. Auch auf dem Flur, wo der Polizeiliche Staatsschutz untergebracht war, waren zahlreiche Beamte im Einsatz. Und Edith Beyer versorgte die Anwesenden mit frisch aufgebrühtem Kaffee.

»Wir haben inzwischen Kontakt zur dänischen Polizei aufgenommen«, berichtete Jens Starke, »und wollen unser Vorgehen miteinander abstimmen, zumindest Informationen auf dem kurzen Dienstweg austauschen. Die Dänen berichteten, dass die Täter an den nächtlichen Tatorten, aber auch über die sozialen Medien Bekennerschreiben hinterlassen haben. Es handelt sich um die AA. Die Polizeidirektion Esbjerg …«

»Politikreds«, warf Lüder ein.

Dr. Starke sah ihn fragend an.

»So heißt es auf Dänisch«, erklärte Lüder.

»Die Polizeidirektion Esbjerg ermittelt. Außerdem hat sich das nationale Sicherheitsbüro, die PET, eingeschaltet.«

»Politiets Efterretningstjeneste«, erklärte Lüder. »Das kann man mit unserem Verfassungsschutz vergleichen. Also eine Art Inlandsgeheimdienst. Die Dänen schließen also politisch motivierte Straftaten nicht aus.«

»Das deckt sich mit unseren Vermutungen. Die Aktionen der AA in Dänemark scheinen eine wütende Gegenreaktion auf die von Nordic Energi ausgesetzte hohe Belohnung zu sein.«

»Dann fürchten die Hintermänner, dass die Höhe des Betrags vielleicht diesen oder jenen an Verrat denken lässt. Trotzdem finde ich, dass es unklug ist, die brandgefährliche Situation durch das Kopfgeld noch weiter anzuheizen. Zu welchem Ergebnis es führt, sehen wir an den Aktionen in Jütland. Hoffentlich schwappt die Welle der sinnlosen Gewalt nicht bis zu uns herüber.«

»Ich werde versuchen, etwas beim KTI in Erfahrung zu bringen«, erklärte Dr. Starke. »Mit ein wenig Glück können die Kriminaltechniker schon erste Anhaltspunkte liefern.

Wenn du Brötje siehst … Er soll sich nach den Opfern erkundigen. Was gibt es dort Neues?«

Dann ging er.

Lüder war nicht überrascht, dass er Große Jäger auf der Husumer Dienststelle erreichte. Der Hauptkommissar unternahm gar nicht erst den Versuch, das permanente Gähnen zu unterdrücken. Er fluchte unbotmäßig über das »tierische Wetter«. »Selbst bei uns bleibt man im Asphalt kleben«, fluchte er. »Wenn das der Klimawandel ist, kündige ich und eröffne eine Eisdiele.«

»Und was machst du im Winter?«, wollte Lüder wissen.

»Das, was hier alle machen. Ich verkaufe Glühwein an die Kieler Touristen, die uns hier überfallen.«

»Trinkt ihr keinen Glühwein?«

»Wir? Pfui Spinne. Richtige Nordfriesen trinken Grog. Rumgrog«, bekräftigte Große Jäger. »Nun aber zur Sache. Es gibt hoffnungsvolle Ansätze. Hosenmatz und das Glühweingewürz –«

»Wer?«, fiel ihm Lüder ins Wort.

»Meine Kollegen, Mats Skov Cornilsen und Ingwer Poulsen mit bürgerlichen Namen. Wir haben uns auf das Fahrzeug konzentriert. Der Nachbar des Husumer Zahnarztes hat angegeben, die Buchstabenkombination OE für das Unterscheidungskennzeichen, also die örtliche Herkunft, und – da war er sich sicher – eine Sieben als Endziffer bei der Erkennungsnummer erkannt zu haben. Sicher ist auch der Fahrzeugtyp: Ein schwarzer BMW X5. OE steht für den Kreis Olpe. Wir haben daraufhin gesucht, ob dort ein solches Fahrzeug zugelassen ist. Fehlanzeige. Unsere nächste Überlegung war, dass sich der Zeuge nur ein Fragment des Unterscheidungskennzeichens gemerkt hat. Das geschieht ja im Unterbewusstsein. Wir haben alle Zulassungsbereiche mit der Buchstabenkombination OE durchsucht. Das sind zum Glück nicht sehr viele. Meine frühere Heimat ist Nottuln, eine lebhafte Gemeinde im Kreis Coesfeld.«

»Mensch, Wilderich«, unterbrach ihn Lüder. »Super. Die haben COE am Auto.«

»Genau.« Große Jägers Stimme klang zufrieden. »Und? Bingo.«

»Waaas?«, rief Lüder erstaunt.

»Ja. Treffer. Dort ist ein schwarzer BMW zugelassen. Der Halter heißt Harald Rüschenschmidt und wohnt in Buldern. Das ist ein Ortsteil der Stadt Dülmen. Es kommt noch besser. Rüschenschmidt ist kein Unbekannter. Er ist mehrfach bei Demos aufgefallen, bei denen es handfest herging. Er wird dem rechten Spektrum zugeordnet, sympathisiert mit der Reichsbürgerszene und scheint auch auf dem Radar des Verfassungsschutzes zu stehen.«

»Da könnte einiges passen. Woher hast du die Informationen?«, fragte Lüder.

»Man hat seine Quellen«, wich Große Jäger aus.

»Coesfeld, Coesfeld«, wiederholte Lüder leise. »Das liegt doch vor Münsters Haustür.«

»Das ist der schöne Vorgarten Münsters. Hast du schon einmal von den zahlreichen Wasserschlössern gehört? Den Baumbergen? Und den Pättkes?«

»Das kannst du mir ein anderes Mal nahebringen. Ich sehe eine Verbindung zum Mord an dem Tankwagenfahrer. Dort wurde auch ein BMW gesichtet. Aber nicht nur das. Die Itzehoer haben am Tatort eine Ausgabe der Westfälischen Nachrichten gefunden, die aus Münster kommt. Das mögliche Tatfahrzeug … Die Zeitung … Haben wir die ersten Spuren?«

»Wenn dem so ist«, sagt Große Jäger, »dann möchten wir drei Husumer etwas von der ausgesetzten Belohnung abbekommen.«

»Verdient hättet ihr es. Aber ich fürchte, für euch bleibt nur ein anerkennendes Schulterklopfen übrig. Du solltest uns wieder einmal in Kiel besuchen. Dann können wir bei einer guten Flasche darüber nachdenken.«

Große Jäger versprach, der Einladung zu folgen.

Lüder versuchte, den Kriminaldirektor zu erreichen, aber Dr. Starke ging nicht ans Telefon. So beschloss er, Kontakt zur Kriminalpolizei in Münster aufzunehmen. Es erwies sich als aufwendiger, als er befürchtet hatte. Es bedurfte mehrerer Telefonate und Rückrufe, bis er einen Gesprächspartner gefunden hatte, der sich der Sache annehmen wollte.

Geert Meenchen vom Verfassungsschutz meldete sich auf Lüders Handy. Sie sprachen zunächst über das Attentat auf den Tanklaster, bis Meenchen den zweiten Grund seines Anrufs nannte.

»Tawfiq Beyrouti«, berichtete der Regierungsamtmann, »ist ohne Papiere in den Wirren des Jahres 2015 nach Deutschland gekommen. Er wurde in München registriert und, weil damals alle Einrichtungen hoffnungslos überfüllt waren, relativ schnell nach Schleswig-Holstein weiterverschubt. Zunächst war er im Ankunftszentrum und in der Erstaufnahmeeinrichtung Neumünster, dann in Boostedt. Aufgrund des großen Ansturms dauerte es, bis man ihn im Zuge der Aufteilung auf die Kreise und Kommunen nach Flensburg weiterreichte. Dort hat er dann die entsprechenden Aufenthaltstitel erhalten. Die uns vorliegenden Informationen sind recht dürftig. Das liegt daran, dass bisher offenbar keine Behörde Auffälligkeiten feststellen konnte. Vielleicht kann Ihnen das Landesamt für Zuwanderung und Flüchtlinge mehr Informationen geben. Die sind für Asylsuchende und Bürgerkriegsflüchtlinge zuständig, fungieren aber auch als zentrale Stelle für die Fachkräfteeinwanderung. Die Integration scheint bei Beyrouti offenbar gelungen zu sein. Er ist nicht straffällig geworden, wurde nie auffällig und sorgt dank einer geregelten Arbeit für seinen Lebensunterhalt und den seiner Familie. Solche Musterasylanten sind denen ein Dorn im Auge, die Flüchtlinge so gern als Asyltouristen bezeichnen. Weshalb interessiert sich der Staatsschutz für diesen Mord?«

»Es ist merkwürdig, dass ein anscheinend harmloser und

unauffälliger Lkw-Fahrer auf einem Parkplatz in Dithmarschen hingerichtet wird. Bisher hat die zuständige Kripo aus Itzehoe keinen Hinweis gefunden, der auf ein Motiv aus dem persönlichen oder familiären Umfeld des Opfers schließen lässt. Weder Beyrouti noch seine Frau haben Angehörige in Deutschland. Weshalb wird so ein Mensch plötzlich erschossen?«

»Gibt es Hinweise auf politische oder religiöse Aktivitäten des Mannes?«, fragte Meenchen.

»Zu diesen Fragen wird noch ermittelt. Es gibt noch eine andere Möglichkeit«, deutete Lüder an.

»Ich verstehe. Es wurde von den Sicherheitsbehörden immer wieder davor gewarnt, dass sich im unübersehbaren Flüchtlingsstrom auch unerwünschte Personen verstecken konnten. Extremisten. Terroristen. Attentäter. Die konnte man damals, als man aus humanitären Gründen gezwungen war, unkonventionell zu handeln, nicht herausfiltern. Sie, aber auch wir sorgen uns besonders um die Schläfer, die mit dem Auftrag, ein unauffälliges Leben zu führen, unter uns weilen, um zu irgendeinem späteren Zeitpunkt zuzuschlagen.«

»Wir dürfen nichts ausschließen. Die Art und Weise der Tatausführung sieht nicht wie ein zufälliges Tötungsdelikt aus. Selbst wenn es eine ungeplante Auseinandersetzung unter Kraftfahrern gewesen ist und der Kontrahent eine Waffe mit sich führte, ist es unwahrscheinlich, dass man den anderen auf diese Weise ermordet. Hinzu kommt die benutzte Waffe, die mit Vorliebe von Polizei- und Sicherheitsbehörden eingesetzt wird. Es ist keine Pistole, die typischerweise in kriminellen Kreisen benutzt wird. Es gibt für mich keinen Zweifel daran, dass die Taten im Zusammenhang stehen.« Dann berichtete er von der neuen Spur, die ins Münsterland führte. »Kennen Sie Harald Rüschenschmidt?«

»Der Name ist mir unbekannt. Aber das soll nichts heißen. Die Szene, die es zu beobachten gilt, ist mittlerweile ungemein vielschichtig geworden. Da gibt es nicht nur Schwarz und

Weiß, sondern zahlreiche Grautöne. Von den offenkundigen Verfassungsfeinden über die Reichsbürger bis zu den fast pittoresk anmutenden Leuten, die in historischer Kleidung traditionell ihren Acker bestellen. Es ist ein demokratisches Grundrecht, zu demonstrieren und seine anderslautende Meinung kundzutun. Man muss auch andere Auffassungen akzeptieren. Sicher gibt es manche, denen unser aller Zukunft am Herzen liegt, die ihren Kindern keine vergiftete Welt hinterlassen wollen. Die Leugner des Klimawandels übersehen meines Erachtens, dass es ein Weiter-so nicht geben kann. Aber weder für die eine noch die andere Seite sollte dabei Gewalt ein Argument sein.«

Meenchen versprach, sich bei Lüder zu melden, wenn er Neues ermitteln hätte.

Während des Telefonats war Brötje in Lüders Büro erschienen und hatte sich lässig an den Türrahmen gelehnt. »Besuch für Sie.«

»Für mich?«

»Na ja«, erwiderte Brötje. »Eigentlich wollte er zum Bundeskanzler, zur Not zum Ministerpräsidenten. Aber beide sind heute nicht abkömmlich. Nun gibt er sich mit Ihnen zufrieden.«

»Und wer ist der hohe Besuch?«

»Bötefür.«

Lüder lachte. »Aha. Auf den warte ich schon seit Jahren.« Er kratzte sich den Haaransatz. »Und wer ist Bötefür?«

»Ich dachte, er heißt Judas, gibt aber vor, als Jan getauft zu sein. Ich bin mir aber nicht sicher, ob er überhaupt getauft wurde.«

»Ein Verräter«, riet Lüder.

Brötje nickte. »Ich hatte erwartet, dass er mit einem Koffer in der Hand auftaucht, um die Belohnung nach Hause zu tragen. Aber nee. Vielleicht nehmen solche Leute heute auch Schecks.«

»Herein mit ihm.«

»Ich hole ihn«, versicherte Brötje und tauchte wenige Minuten später mit einem rotgesichtigen Mann auf, der frisch aus dem Wasser gezogen schien. Der Schweiß stand ihm auf der Stirn und troff vom Kinn hinab. Tropfen hingen an den Ohrläppchen. Das Muscle-Shirt wies Schweißflecken auf der Brust, dem Rücken und unter den Armen auf. Lüder war sich nicht sicher, ob die Hitze oder die Situation der Auslöser für diese Attacke war.

Bötefür mochte einen Meter achtzig groß sein und trug eine zerschlissene Jeans. Die Füße steckten in Sneakers.

Lüder nannte seinen Namen und zeigte auf den Besucherstuhl. »Kaffee? Wasser?«, fragte er.

Bötefür schüttelte den Kopf. »'ne Cola. Wenn es geht, eiskalt.«

»Ich versuche es«, sagte Brötje, der an der Tür stehen geblieben war.

»Sie sind …«, begann Lüder.

»Bötefür. Jan. Ich komme aus Pinneberg. Das heißt, da wohne ich jetzt. Eigentlich stamme ich aus Wittmund.«

»Sie sind wie alt?«

»Vierunddreißig.« Bötefür sprach hastig und abgehackt. Immer wieder sah er zur Tür, als befürchtete er, belauscht zu werden.

»Was führt Sie zu uns?«

»Es geht um diesen Anschlag, da oben bei Husum.« Bötefür bewegte die beiden Hände gegeneinander. »Also! Damit habe ich nichts zu tun.«

Lüder musterte seinen Besucher und runzelte die Stirn.

»Also … Es ist so. Ich bin Mitglied bei den AA, den Anti Annihilators, also den Antivernichtern. Aus Überzeugung. Unsere Welt wird zugrunde gerichtet. Hemmungslos und ohne darüber nachzudenken, was dort geschieht. Die Erde hat viel durchgemacht. Eiszeiten. Hitzewellen. Naturkatastrophen. Seuchen. Kriege. Aber noch nie haben die Menschen so tatkräftig und voller Energie an der Vernichtung ihrer eigenen Existenz gearbeitet. Mir ist das im Laufe meines Lebens bewusst geworden.« Er wischte sich mit dem Handrücken über die Stirn. »Schon als Kind haben mich Wetterphänomene begeistert. Mein Opa hat mir die Witterung erklärt, mich auf die unglaublich faszinierenden Wolkenbildungen hingewiesen. Er konnte mit seinen Erfahrungen das Wetter vorhersagen, aus den Wolken und dem Wind, dem Licht und der Natur erkennen, wie es sich entwickelt. Und meistens traf es zu. Damit war er nicht allein, schon gar nicht als Spökenkieker. Ich habe daraufhin angefangen, selbst auf die Dinge zu achten, habe mir mit einfachen Mitteln eine Wetterstation gebaut und begonnen, in einer Kladde Aufzeichnungen anzufertigen. Logisch, dass ich nach dem Abitur Meteorologie studieren wollte. Ich hab damit angefangen.« Er zuckte hilflos mit den Schultern. »Aber ich habe entweder das Thema unter- oder mich überschätzt. Jedenfalls – ich habe es nicht gepackt. Eines aber habe ich gelernt: Wer hinter die Kulissen blickt, muss die Gefahren des Klimawandels erkennen. Und ernst nehmen. Wenn man darüber nachdenkt, was der guten alten Mutter Erde droht, dürfte man keine Nacht mehr ruhig schlafen. Es ist unglaublich, wie viele Menschen nur an das Hier und Jetzt denken. Ihnen ist es gleich, wenn sich unser Planet selbst auflöst.«

Bötefür sah dankbar Brötje an, der eine Colaflasche und ein Glas brachte. Auf der Flasche hatte sich Feuchtigkeit niedergeschlagen. Der Mann verzichtete auf das Glas, setzte die Flasche an und ließ gluckernd die Hälfte des Inhalts in sich hineinlaufen, ohne abzusetzen.

»Ahhhh«, verkündete er.

Lüder ließ ihm Zeit.

»Nach dem Abbruch des Studiums habe ich mich als Journalist durchgeschlagen. Das dürfen Sie wörtlich nehmen. Ich habe freiberuflich für kleine Lokalzeitungen und Anzeigenblätter geschrieben, hier und da einen Artikel untergebracht. Selten reichte es auch für einen Beitrag im regionalen Fenster kleiner Rundfunk- oder Fernsehsender. Es ermöglichte mir ein Leben mehr schlecht als recht. Nicht wirklich erfolgreich. Im Rahmen einer Reportage habe ich Kontakt zu Klimaaktivisten bekommen. Das war mein Thema.« Ein Lächeln huschte über sein Gesicht. »Die engagierte Gruppe gab sich viel Mühe, mir die Gefahren des Klimawandels nahezubringen. Im Laufe des langen Abends war es so, dass ich ihnen etwas erklärte. Tja. So bin ich zu den AA gekommen. Wie so oft in solchen Gruppierungen gibt es verschiedene Strömungen. Da sind jene, die es mit Demonstrationen und lauten Aktionen versuchen. Leider verpuffen leise Interventionen und Hinweise auf die drohende Gefahr im Nichts. Eine andere Gruppe propagiert den Aktionismus. Ein bekannter Professor der Kieler Universität, eine Koryphäe auf dem Gebiet der Klimaforschung, hat über Klimaaktivisten, die Kunstwerke zerstören, um auf den Klimawandel hinzuweisen, gesagt: ›Dieses Verhalten wendet sich am Ende gegen die Klimaforschung und gegen diejenigen, die wirklich was erreichen wollen. Wenn das so weitergeht, heißt es, die Klimaforschung ist unseriös. Und das wollen wir nicht. Es muss ganz klar sein: Der Zweck heiligt nicht die Mittel, und das gilt auch für das so wichtige Thema Klima.‹ Recht hat er.« Bötefür setzte die Colaflasche erneut an und trank den Rest. »Die AA sind eine englische Gründung. Dort war man sehr schnell radikalisiert. Das färbte auch auf unsere Gruppe ab. In der letzten Woche kam es dann zum Bruch. Eine Handvoll Kameradinnen und Kameraden sagten sich los von den Gewaltphantasien. Die anderen wollen diesen Weg verfolgen.«

»Wie groß ist die Gruppe?«

»Es ist keine Vereinigung mit eingetragener Mitgliedschaft. Wenn ich unsere Gemeinschaft sehe, deren inoffizieller Sprecher ich bin, sind wir zwischen fünfzehn und zwanzig ernsthafte Aktive.«

»Und die anderen?«

Bötefür sah Lüder aus zusammengekniffenen Augen an. »Schwer zu sagen.«

»Sie sind freiwillig zu uns gekommen«, ermunterte ihn Lüder.

Bötefür wich seinem Blick aus. »Die Leute sind gefährlich. Ich bin mir sicher, dass sie hinter den Anschlägen stecken. In unseren Diskussionen wurden solche Möglichkeiten immer wieder erörtert. Rein hypothetisch. Ich hätte nicht glauben mögen, dass solche Phantasien einmal umgesetzt würden.«

»Welche Phantasien?«

Bötefür blies die Wangen auf. »Na ja. Sprüche wie: ›Die müsste man in die Luft jagen. Wie bei einem Gewitter. Danach ist die Luft reiner.‹«

»Wer hat das gesagt?«

Der Mann spielte mit seinen Fingern, dass die Gelenke knackten. Dann suchte er Lüders Blick. »Die sind gefährlich. Sehr gefährlich. Ich muss untertauchen, wenn ich hier auspacke.«

»Sie sind Zeuge einer schweren Straftat.«

»Bekomme ich Zeugenschutz?«

»Darüber kann man nachdenken.« Lüder nickte nachdenklich. »Ich denke, das ist möglich. Schließlich handelt es sich um Terrorismus.«

»Ja«, stimmte Bötefür leise zu. »Ich werde aber abtauchen müssen. Dazu benötige ich Kleingeld. Wie ist es mit der Belohnung?«

»Die wurde nicht von den Behörden ausgesetzt, sondern von der Nordic Energi. Darauf haben wir keinen Einfluss.«

»Aber Sie können doch mit denen sprechen, ihnen erklären, dass die entscheidenden Hinweise von mir kommen.«

»Das würde ich erwähnen«, sagte Lüder. »Aber – wie gesagt – die Behörden können nicht über die Belohnung befinden.«

Bötefür nagte an seiner Unterlippe. »Wie lange dauert es, bis ich Klarheit habe?«

»Das kann ich Ihnen nicht sagen.«

»Gut. Dann warte ich, bis ich eine Zusage habe.«

Lüder hob die Hand, als würde er ein Haltesignal setzen. »Sie wissen, dass Sie sich strafbar machen, wenn Sie von einer bevorstehenden Straftat wissen und es unterlassen, die Behörden davon in Kenntnis zu setzen.«

Bötefür fuhr sich mit der Zunge über die Lippen. »Man vertraut mir nicht. In solche Überlegungen bin ich nicht eingebunden. Das gilt auch für die Anschläge, die jetzt erfolgt sind.«

»Sie kennen aber die Namen.«

»Das beweist nicht, dass diese Personen auch schuldig sind.«

»Das ist doch ein Widerspruch. Sie wollen die Belohnung. Die bekommt man nur, wenn der Hinweis zielführend ist. Jetzt äußern Sie Zweifel.«

Der Mann kniff die Lippen fest zusammen und schwieg.

»Herr Bötefür. Wir plaudern hier nicht über irgendwelche Lappalien.«

Bötefür stand auf und zeigte auf die Bürotür. »Ich gehe jetzt«, sagte er. »Soweit mir bekannt ist, gibt es keine Handhabe, mich hier festzuhalten.«

»Sie haben doch ein Gewissen«, appellierte Lüder an ihn. »Sie können nicht mit dieser Last herumlaufen. Es bedrängt Sie. Sagen Sie mir, was Sie noch wissen. Was ist geplant? Wer steckt hinter diesen Taten? Ich sorge dafür, dass Sie als Kronzeuge auftreten können.«

»Als Kronzeuge? Das bedeutet, Sie verdächtigen mich. Ich habe nichts getan. Absolut nichts. Wirklich! Wir stehen in Sachen Klimaschutz am Abgrund. Das verstehen die Menschen nicht. Aus Bequemlichkeit. Aus Dummheit. Aus Habgier. Nein! Ich bin gegen jede Art von Gewalt. Ich halte auch nichts von obskuren Methoden wie dem Zerstören von Kunstschätzen oder dem Blockieren von Fahrbahnen durch Festkleben. Wir müssen andere Wege finden.«

Bötefür verließ das Büro, ohne sich noch einmal umzudrehen.

Was bewog den Mann?, überlegte Lüder. Es war schwierig, ihn einzuschätzen. Gab es bei den AA wirklich zwei Gruppen, die unterschiedliche Ziele verfolgten? Eigentlich waren es keine abweichenden Ziele. Die Methoden, eine Änderung im Bewusstsein der Menschen herbeizuführen, wichen voneinander ab. Wenn Bötefür recht hatte, gab es die Besorgten und die Radikalen, die zu Terroristen geworden waren. Nun hatten sich die AA aufgespaltet. Und Jan Bötefür? Er wollte die hohe Belohnung, um sich abzusetzen, weil er Angst vor den Radikalen hatte. Oder sah er das Geld als Judaslohn? Jetzt erwiesen sich Lüders Befürchtungen als zutreffend.

Diese Überlegungen trug er auch seinem Vorgesetzten vor. Dr. Starke hörte aufmerksam zu und teilte Lüders Bedenken hinsichtlich der von Nordic Energi ausgesetzten Belohnung. Es behinderte die Arbeit der Behörden. Das zeigte sich an den zahlreichen vermeintlichen Hinweisen, die eingingen, aufgenommen und bewertet werden mussten. Bauchbares war nicht darunter. Dafür gab es viele Denunziationen, aber auch Wichtigtuer und Besserwisser. Eine andere Kategorie waren jene, die zwar nichts zur Sache sagen konnten, aber es zum Anlass nahmen, auf die Politik, die Wirtschaft oder sonst wen zu schimpfen und einfach einmal kräftig Dampf abzulassen.

»Es wäre hilfreich, wenn wir etwas mehr über die innere Struktur der AA wüssten«, sagte der Kriminaldirektor und ließ es wie einen leichten Vorwurf klingen. »Gab es wirklich keine Möglichkeit, darüber etwas in Erfahrung zu bringen? Wie viele Leute sind das? Wer sind sie? Wie sind sie organisiert? Wer hat das Sagen?«

Lüder berichtete, dass die Organisation anscheinend auseinandergefallen sei. »Im Streit«, fügte er an. »Ein kleiner Teil ist für die Eskalation der Gewalt und glaubt, dass nur mit solchen Mitteln die Umweltzerstörung aufzuhalten ist.

Ich bin der Überzeugung, dass diese Truppe das ursprüngliche hehre Ziel aus den Augen verloren hat. Denen geht es nicht mehr um den Klimawandel.« Lüder hielt einen Moment inne und sah versonnen zum Fenster hinaus. »Wer finanziert die AA?«, fuhr er fort. »Terrororganisationen wie die RAF oder der NSU haben Straftaten begangen, Banken überfallen und Lösegeld erpresst. Aber die AA? Wir haben keinen Hinweis darauf, dass sie sich ebenfalls auf diese Art und Weise ihre Geldmittel beschaffen. Wer steckt dahinter?«

Dr. Starke runzelte die Stirn. »Du meinst, hinter dem vordergründigen Gefasel von ›Rettet die Welt‹ könnte noch etwas anderes stecken?«

»Ich bin mir nicht sicher.«

»Aber was?«

»Tja. Wenn wir das wüssten, wären wir ein Stück weiter«, meinte Lüder. »Wir wissen um den Ursprung in Birmingham. Aber dann haben sich die dortigen AA zu einer verbrecherischen Organisation gewandelt. Welche Verbindungen gibt es nach England? Ist Deutschland autonom? Oder werden sie ferngelenkt? Laut Bötefür klang es so, als seien die hiesigen AA noch Idealisten, zumindest jene, die der Gewalt abschwören.«

»Bötefür könnte uns weiterhelfen. Wie kommen wir an ihn heran?«

»Wir haben seine Meldedaten. Aber mit welcher Begründung wollen wir nach ihm fahnden und ihn zu einer weiteren Befragung vorladen? Er hat mir deutlich zu verstehen gegeben, dass er seine Rechte kennt.«

Dr. Starke wusste auch keine Antwort. »Wir leben in einem Rechtsstaat. Das macht unsere Arbeit nicht einfacher.«

Lüder stimmte ihm zu. »Aber ein Polizeigesetz, das es gestattet, Bürger prophylaktisch einzukerkern, geht mir gegen den Strich.«

Der Kriminaldirektor nickte versonnen.

»Und die Leute, die sich auf diesem dunklen Feld tummeln, werden immer skurriler. Ich erinnere an die Fünfundsiebzigjährige aus Rheinland-Pfalz, die als Rädelsführerin einer Gruppe festgenommen wurde, die nicht nur den Bundesgesundheitsminister entführen wollte, sondern auch Anschläge auf die Stromversorgung geplant hatte mit dem Ziel eines Blackouts in Deutschland.«

Dr. Starke lächelte. »Ganz abgesehen von den Reichsbürgern und Selbstverwaltern.«

Lüder fiel in das Lachen ein. »Stelle dir vor, wir würden hier unter einem Bildnis unseres obersten Dienstherrn, König Heinrich der Mehrfache, sitzen. Dass er der dreizehnte Heini war, hat ihm offensichtlich kein Glück gebracht.«

Lüder wurde abgelenkt. Sein Handy meldete sich. Er sah auf das Display.

»Die Presse«, erklärte er und ergänzte: »LSD. Leif Stefan Dittert. Vielleicht hat er nützliche Informationen.«

Lüder nahm das Gespräch an. Zunächst versuchte Dittert, Lüder Vertrauliches zu entlocken. »Ach, kommen Sie, Lüders. So dumm, wie Sie tun, ist die Polizei nicht. Sie wissen doch schon, wer auf den Auslöser gedrückt hat. Arbeiten Sie mit uns zusammen. Wir sind die vierte Macht im Staat.«

»Ich bestreite nicht, dass eine unabhängige und freie Presse unerlässlich ist. Wir sehen es in den Staaten, in denen die Presse unterdrückt wird. Und selbst in Ländern, in denen es hoffnungsvolle Ansätze für eine funktionierende Demokratie gibt oder gab, wie zum Beispiel in Polen oder Ungarn, ist den Regierenden eine freie Presse ein Dorn im Auge. So weit, so gut. Niemand hindert Sie an Ihrer Arbeit. Aber über laufende Ermittlungen kann ich nicht reden. Das wissen Sie.«

»Ich weiß«, stöhnte LSD. »Immer die alte Leier. Ich trete einmal in Vorleistung: Die AA haben sich bei uns gemeldet.«

»Die posaunen ihre mörderischen Sprüche in die ganze Welt hinaus.«

»Nee«, entgegnete Dittert. »Die suchen die Öffentlichkeit. Und dafür sind wir besser geeignet als die Behörden. Wenn

Sie wollen, gebe ich Ihnen vorab ein paar Infos weiter. Oder wollen Sie warten, bis Sie diese am Montag in unserer Zeitung lesen können?«

»Reden Sie«, forderte Lüder ihn auf.

»Okay. Aber dabei möchte ich Ihre Mimik sehen. Bei Ihnen im Büro? Da ist heute doch Hochbetrieb.«

Lüder stimmte zu.

Eine Dreiviertelstunde später traf Dittert ein. Der Journalist sah aus, als hätte er zwei Tage lang durchgefeiert. Ihn umgab eine penetrant riechende Wolke aus Schweiß und Tabak. Nur der Alkohol fehlte. Auch die Kleidung schien er seit mehreren Tagen nicht gewechselt zu haben. Dittert bemerkte, wie Lüder die Nase rümpfte.

»Das ist der Schweiß der Arbeit«, erklärte LSD. »Im Unterscheid zu Ihnen als Beamtem muss ich mein Geld im Schweiße meines Angesichts verdienen.« Er zupfte mit Daumen und Zeigefinger am fleckigen Shirt, hob es leicht vom Körper ab und ließ es auf die Haut zurückklatschen. Dann ließ er sich auf den Besucherstuhl am Schreibtisch fallen. »Ein Kaffee wäre prächtig«, sagte er. »Mit Milch und Zucker. Und wenn Sie ein paar Kekse dazu haben, hätte ich auch nichts dagegen. Belegte Brötchen gibt es heute wohl keine.«

Lüder wollte aufstehen und den Kaffee holen, als er Ditterts suchenden Blick registrierte. Der Journalist scannte förmlich Lüders Arbeitsfläche ab. Lüder schob die Papiere zusammen und legte sie in die Schublade.

LSD lachte schief. »So misstrauisch?«

»Ich traue Ihnen alle Missetaten der Welt zu«, erwiderte Lüder, rief Edith Beyer an und bat um zwei Kaffee.

Dittert grinste breit. »Zwei? Wollen Sie keinen?« Er hielt seine Hände in die Höhe und ließ zwischen ihnen einen halben Meter Platz. »Eine Kanne. Mindestens so groß. Und … Sie haben die Kekse vergessen.«

Lüder ging nicht darauf ein. »Erzählen Sie«, forderte er seinen Besucher auf.

»Die Typen haben sich bei uns gemeldet.«

»Allgemein?«

»Man ist bei uns auf Zack. Die Kollegen haben das Gespräch zu mir durchgestellt. Jeder weiß, wer bei dieser Sache am Ball ist.«

»Darf ich sitzen bleiben, oder muss ich Ihnen jetzt auf die Schulter klopfen?«

»Spotten Sie ruhig. Die AA können es noch zynischer. Der Anrufer –«

»Männlich?«

»Ja. Der Anrufer hat erklärt, die AA würden die Verantwortung für die bisherigen Taten übernehmen. Dann hat er mir Einzelheiten genannt, die nur den Tätern bekannt sein dürften. Zum Beispiel, wie sie den Tanker zur Explosion gebracht haben.«

»Es gab ein Video in den sozialen Medien«, sagte Lüder.

»Jaaaa. Aber der Anrufer hat mir gesagt, welchen Sprengstoff man verwendet hat.« Dittert nannte den Namen und gab ein paar Hinweise zur Konstruktion der Bombe. Er zeigte auf Lüder. »Wollen Sie sich das nicht notieren?«

Lüder schüttelte den Kopf. Er würde sich die Angaben merken, wollte sich aber dem Journalisten gegenüber nicht die Blöße geben, dass diese Informationen neu waren. Das KTI würde sie mit den eigenen Untersuchungen abgleichen.

»Die sind ganz schön abgebrüht«, fuhr Dittert fort. »Der Anrufer sprach emotionslos, als würde er die Börsendaten vorlesen. Er sagte, dass es eine Reihe Opfer gegeben habe. Jetzt auch bei uns. Das seien Auswirkungen der Klimakatastrophe. Er meinte, es würde sich um Kollateralschäden handeln. ›Aber was bedeutet ein Dutzend Tote im Verhältnis zu denen, die noch draufgehen werden?‹ ›Draufgehen‹. Das hat er wörtlich gesagt.«

»Sprach er mit Dialekt?«

»Dialekt? Nö. Normales Hochdeutsch. Kein Bayer, Sachse oder Schwabe.«

»Ist Ihnen sonst noch etwas an seiner Sprechweise aufgefallen? Sprachfehler? Lispeln? Stieß die Zunge an? Wie war die Stimmlage?«

»Alles ganz normal. Absoluter Durchschnitt.«

»Sie haben das Gespräch doch bestimmt mitgeschnitten.«

Dittert schlug einen Herzschlag lang die Augen nieder. »Nein«, behauptete er.

Der Mann log.

»Weiter«, forderte Lüder ihn auf.

»Der Anrufer hat gesagt, dass das, was derzeit geschieht, nichts ist im Vergleich zu dem, was uns bevorsteht. Ein paar Tote? Gestörte Energieversorgung durch Umlegen von Leitungen oder gesprengte Trafostationen wie in Dänemark? Das sind Marginalien im Vergleich zu den großen Katastrophen. Er erinnerte an die Toten im Ahrtal. Und wie unfähig wir sind, damit umzugehen. Die Folgen dort sind bis heute nicht beseitigt. Nach und nach werden Teile der Erde unbewohnbar. Doch nicht nur die Schleswig-Holsteiner werden sich Richtung Süden zurückziehen müssen. Hunderte von Millionen werden sich auf den Weg in die gemäßigten Klimazonen machen. Aber was heißt dann ›gemäßigt‹? Das sind die Regionen, in denen das Thermometer nicht wesentlich über vierzig Grad steigt.« Dittert zeigte Richtung Fenster. »Wie das sein wird, erleben wir in diesen Tagen. Nur – dann ist es ein Dauerzustand.«

Der Mann holte tief Luft und stürzte den brühheißen Kaffee, den Edith Beyer inzwischen gebracht hatte, in zwei Schlucken herunter. Lüder schob ihm stumm die zweite Tasse zu.

»Vielleicht haben die Leute in der Sache recht«, fuhr Dittert fort. »Natürlich nicht mit den Mitteln, die sie anwenden. Aber es muss etwas geschehen. Die Menschheit begeht doch kollektiv Suizid.« Er schlug sich mit der flachen Hand gegen die Stirn. »Das hat nicht der Terrorist gesagt, sondern das ist meine Meinung. Da fliegen die Leute mit Privatjets zur Dinnerparty. In den Häfen liegen die Superyachten der Oligarchen. Im Kleinen kutschieren die Hausfrauen in tonnenschweren SUVs innerstädtisch zum Friseur. Mit diesen Bildern vor Augen verlangen wir von den Milliarden Chinesen und Indern, Verzicht zu üben. Ganz zu schweigen von den Afrikanern. Wenn jeder das Recht für sich reklamiert, die Umwelt zu zerstören, dann können wir an fünf Fingern abzählen, wie lange es noch gut geht. Wer hört auf die wenigen Demonstranten, die unter dem Motto ›#PeopleNotProfit‹ darauf aufmerksam machen, dass viele Firmen einfach nur auf ihren Profit achten? Denen ist doch scheißegal, dass sie unser aller Lebensgrundlage zerstören. Die Profitgier mancher Menschen stützt die Klimakrise.« Dittert war fast atemlos geworden.

»Darüber wollen Sie schreiben?«, fragte Lüder.

Der Journalist sah ihn an, als sei er übergeschnappt. »Sind Sie verrückt? Wir werden nicht gesponsert. Das will niemand lesen. Ein Erdbeben, ein Flugzeugabsturz, eine eingestürzte Brücke oder ein Familiendrama – das bringt Leser. Wer kauft eine Zeitung, auf deren Titelseite steht: ›Ihr seid alle schwarze Schweine. Jeder von euch ist eine Umweltsau.‹ Wo sind die Schüler geblieben, die Fridays-for-Future-Aktivisten? Die haben Abitur gemacht und jetzt keine Zeit mehr für Protestaktionen.«

»Weshalb ist der – Ihrer Meinung nach – gute Ansatz der Anti Annihilators aus den Fugen geraten und in den Terrorismus übelster Art eingemündet?«

Dittert musterte Lüder sehr lange. »Das, mein lieber Lüders, würden wir beide gern verstehen.«

»Sagt Ihnen Lutz Fink etwas?«

»Klar. Der Geschäftsführer von Nordic Energi Deutschland. Den hat man abgeschossen.« Dittert bog Mittel-, Ring- und kleinen Finger zur Handfläche hin, streckte den Zeigefinger aus und den Daumen in die Höhe. Dann neigte er leicht den Kopf und visierte über den Daumen Lüder an, als würde er auf ihn schießen. »Bumm!«

»Weshalb?«

»Der Bursche war zu kumpelhaft.«

»Und nun?«

»Sie wissen doch, dass das Geschäft mit fossiler Energie ein totes ist. Dieses Business wird zu Grabe getragen. Gruschke ist der Totengräber.«

»Was wissen Sie über ihn?«

LSD spitzte die Lippen. »Ein krummer Hund, der über Leichen geht. Er ist mit einer Versicherungsagentur, die auch Kapitalanlagen managte, pleitegegangen. Dann hat er sich in verschiedenen Branchen herumgetummelt, bis er es zu seiner jetzigen Position gebracht hat. Ich würde dem Kerl keinen Gebrauchtwagen abkaufen.« Dittert sah auf die Uhr. »Sie Schlitzohr«, schimpfte er gespielt. »Sie haben mich ausgehorcht, ohne selbst etwas von sich zu geben.«

Lüder lächelte. »Ich habe viel mehr getan. Ich habe Ihnen mein Ohr geliehen. Sie durften einmal unzensiert Dampf ablassen.«

»Und was höre ich jetzt von Ihnen?«

»Ich verspreche Ihnen, dass wir im Gespräch bleiben.«

»Davon wird man in meinem Beruf nicht satt.«

»Aber Sie können gut schlafen. Ein gutes Gewissen ist ein sanftes Ruhekissen.«

Dittert winkte ab. »Dann bis dann«, verabschiedete er sich.

Es reichte für heute, beschloss Lüder. Jetzt wartete Margit auf ihn.

***

Er kannte die schönsten Plätze der Erde. Die Mittelmeerküste bei St. Tropez, Hawaii, tropische Inseln, Haziendas im Süden Argentiniens und die pulsierenden Metropolen der Welt. Nun saß er an der Kieler Förde und blickte auf das gluckernde Wasser, das sanft gegen das Ufer schlug. Jenseits des Flusses – oder war eine Förde gar kein Fluss? – waren Industrie- und Hafenanlagen in helles Licht getaucht. Dort lag unter anderem eine Werft.

Baldur von Jucheim lachte bitter auf. Werften. Welch eine vergeudete Mühe. Das konnten die Asiaten besser und billiger. Gut. Man hatte mittlerweile verstanden, dass das Zusammenkloppen von Stahl, bis er schwimmfähig war, nicht zukunftsträchtig war. Es galt, mehr Technik und Know-how einzubringen. So hatten die Deutschen schon vor Jahrzehnten begonnen, sich auf den Bau hoch technisierter Kriegsschiffe zu konzentrieren. Aber auch das gehörte zur Welt von gestern. Die Zukunft hatte ein anderes Gesicht. Die Maßgeblichen hielten am Althergebrachten fest. Unerschütterlich war der Glaube daran, dass es ewig so weitergehen würde. Das führte in den Untergang. Man erkannte es am Niedergang des Ruhrgebiets und der Werftindustrie. Und ganz Deutschland würde dem folgen. Was man hier auch unternahm – es war zweitklassig. Die frühere Techniknation war abhängig von ausländischen Innovationen. In der Elektronik, der Chemie, der Pharmazie, dem Automobilbau und selbst in der ureigenen deutschen Domäne, dem Maschinenbau, hatte man den Anschluss an die Weltspitze verloren. Und im Fußball, aus seiner Sicht ein Proletensport, war man zum Gespött der anderen geworden. Deutschland hatte sich gewandelt. Große Projekte, die man in Angriff nahm – wenn überhaupt –, liefen kostenmäßig aus dem Ruder. Oder wurden zu Negativbeispielen wie der Berliner Flughafen. Man versagte bei neuen Technologien wie der Magnetschwebebahn, oder machte sich lächerlich wie beim Projekt des Fehmarnbelttunnels. Das kleine Dänemark schulterte die enormen Baukosten und übernahm die technisch anspruchsvolle Realisierung, während man in Deutschland nicht einmal die anschließenden Straßen- und Schienenverbindungen hinbekam. Das Ganze fand hier in der Nähe statt. Irgendwo ein Stück weiter in der norddeutschen Einöde. Nein! Deutschland war gescheitert. Und sein Fehler war, dass er diesem Land vertraut hatte.

Das Adelsgeschlecht der von Jucheims besaß große Ländereien im Hessischen Bergland. Noch heute bewirtschaftete die Familie große Wälder. Man hatte im Laufe der Zeit Sägewerke dazugekauft, war zu einem großen Holzimporteur aufgestiegen und hatte sich an zahlreichen anderen Unternehmen beteiligt. Um den beachtlichen Vermögensbesitz nicht zu zersplittern, gab es das Familiengesetz, dass der älteste Sohn die Erbschaft antrat. Die anderen Nachkömmlinge wurden großzügig abgefunden, nachdem alle eine erstklassige Ausbildung erhalten hatten. Baldur von Jucheim war das vierte von fünf Kindern. Zwei Schwestern waren gut verheiratet, der zweitälteste Bruder hatte sich für ein hervorragend abgesichertes Leben als Maler und Bildhauer entschieden. Er musste nicht von seinen Kunstwerken leben. Bei seiner Lebenseinstellung war die Apanage ausreichend. Friedrich Karl, der Erstgeborene, hatte sich der ererbten Güter angenommen und das ihm übertragene Vertrauen dadurch gerechtfertigt, dass er es geschickt verwaltete und vermehrte. Sicher trug auch sein politisches Engagement dazu bei.

Baldur von Jucheim hatte ein Eliteinternat besucht, die Zeit ausgekostet und ein zusätzliches Schuljahr dort verbracht. Es war eine erfüllte Zeit gewesen. Das Angebot war vielfältig, und er hatte sich in zahlreichen Sportarten wie Golf, Fechten, Segeln üben können. Wichtiger aber waren Kontakte, die er dort knüpfen konnte und die über das Studium hinaus von Vorteil waren. Frei von wirtschaftlichen Sorgen hatte er auch die Zeit auf mehreren Universitäten ausgekostet, bis er schließlich das Betriebswirtschaftsstudium ohne Abschluss abbrach. Eine adäquate Stelle zu finden war ihm nicht möglich. Die Angebote entsprachen nicht seinen Vorstellungen und Ansprüchen. So begann er, selbstständig als Finanzmakler zu agieren.

Er belächelte die Menschen, die sich täglich in das enge Korsett einer abhängigen Beschäftigung zwängten, in einer lauten und schmutzigen Umgebung monotone Tätigkeiten verrichteten oder in engen Käfigen an Schreibtischen hockten, um im Dienste und unter der Aufsicht anderer Papierberge hin- und herzuschieben. In allen Fällen war die Entlohnung menschenunwürdig, zumindest für Persönlichkeiten wie ihn. Von den Einkünften, mit denen sich die Masse Mensch zufriedengab, konnten nur die elementaren Grundbedürfnisse befriedigt werden. Er hatte das im Elternhaus anders kennengelernt. Skeptisch betrachtete er die Leute, die sich mit Familie in einen gebraucht gekauften Kleinwagen zwängen mussten, die beim Discounter um die Ecke die Sonderangebote ansteuerten und sich von diesen Dingen ernährten. Wenn man seinen Geist benutzte, konnte man ohne solche Mühsal ein besseres Leben führen. Davon war von Jucheim überzeugt. Sicher lag es auch an den Genen, an der Herkunft seiner Familie, die stets darauf geachtet hatte, das besondere Erbgut zu bewahren.

Er nutzte seine gute Ausgangsbasis und begann geschickt, mit den ihm zur Verfügung stehenden Mitteln an den Finanzmärkten zu jonglieren. Ihm fehlten die technischen Möglichkeiten der großen Player, der Banken, die mit ihren Rechnern und der entsprechenden Software Geld dadurch verdienten, dass sie Dollars in New York kauften und *in real time* in Tokio verkauften. Der Gewinn lag im Unterschied des Kurses bei wenigen Stellen hinter dem Komma des Cents. Betrug die Differenz nur einen Zehntelcent und der gehandelte Betrag zehn Millionen, hatte die Bank durch diese an sich unsinnige Aktion zehntausend Dollar verdient. Das war die simple Art des Geschäfts. Wer höher hinauswollte, musste ein größeres Risiko eingehen. In diese Liga wollte von Jucheim vorstoßen.

Beim Après-Ski in Ischgl hatte er mit einem Südamerikaner um die Gunst einer Blondine gebuhlt. Beide hatten eingesehen, dass dieses Kurzfristabenteuer keinen Streit wert war. Stattdessen hatten sie die Nacht mit Alkohol besiegelt. Daraus war eine Freundschaft mit Roberto van Crijns erwachsen, dem Erben einer argentinischen Rinderzuchtdynastie. Vor über hundert Jahren war ein Vorfahre aus dem damaligen Armenhaus Emsland, das heute eine prosperierende Modellregion war, nach Südamerika ausgewandert und hatte sich dort niedergelassen.

Roberto war nach Europa geschickt worden, weil man sich in den Weiten der Pampa Sorgen um die Zukunft machte. Die Tendenz zum Fleischlosen war auch den Rinderbaronen nicht verborgen geblieben. Hinzu kamen politische Interventionen. In Brüssel überlegte man, den Marktzugang für südamerikanisches Fleisch zugunsten europäischer Erzeuger einzuschränken. Und dann lärmten auch noch die selbst ernannten Weltverbesserer herum, die im Fleischkonsum den Untergang von Mutter Erde sahen. Dabei näherte man sich erstmals Zeiten, wo ein Großteil der Menschen nicht jeder beliebigen Hungersnot erlag. Selbst in Problemregionen wie Indien hatte man es geschafft, dem Hunger besser zu begegnen.

Von Jucheim hatte Roberto van Crijns diesen und jenen Deal schmackhaft gemacht. Der Argentinier schien über unerschöpfliche Geldmittel zu verfügen. Das machte ihn aber nicht blind. Er wog schon Risiken und Chancen gegeneinander ab. Von Jucheim war risikofreudiger. Es waren auch keine moralischen Bedenken, die Roberto davon abhielten, sich finanziell an Getreidelieferungen aus der vom Krieg gebeutelten Ukraine zu beteiligen. Zum Glück thematisierten die Medien, dass man in Afrika auf die Getreideschiffe angewiesen war. Von Jucheim und andere Investoren hatten lange bangen müssen, bis »ihr Schiff« den Bosporus passiert hatte und beim Erreichen des Mittelmeers rechts abbog, um die Ladung nach Spanien zu bringen. Dort warteten schon die Schweinezüchter auf das preiswerte Futter. Für Roberto van Crijns war es eine Konkurrenz, die er nicht unterstützen wollte.

Die beiden saßen oft zusammen und diskutierten über Chancen und Risiken. Immer öfter flocht Roberto ein, dass die Zahl derer, die sich gegen die Fleischproduktion wandten, wuchs. Es half auch nicht, dass er argumentierte, seine Familie würde im Unterschied zu europäischen Erzeugern dem Tierwohl und der Umwelt wesentlich dienlicher sein. Trotz aller Lippenbekenntnisse standen den Europäern ihre eigenen wirtschaftlichen Interessen viel näher. Immer öfter endeten ihre Gespräche bei Schlagwörtern wie Umweltschutz und Klimawandel. Das veranlasste von Jucheim, sich nach Engagements auf diesem Feld umzusehen. Wer langfristig dachte, konnte mit dem Investment in erneuerbare Energien einen Reibach machen. Er staunte, wie hoch die Rendite war. Es regnete Golddukaten auf jene, die sich zur richtigen Zeit in das Abenteuer Energieerzeugung gestürzt hatten. Seine Strategie war auf kurzfristige Erfolge ausgerichtet. Das Investment musste schnell umgeschlagen werden, die Rendite kurzfristig fließen. Schließlich galt es, seinen Lebensunterhalt zu sichern. Es war nahezu eine Notwendigkeit, einen gehobenen Lebensstil zu führen. Nur so gewann er das Vertrauen der Leute, mit denen er Geschäfte machte. Man beäugte ihn und sein Umfeld. Welchen Umgang pflegte er? Wo logierte er? Wie arrangierte er seine Mobilität? Es musste nicht unbedingt eine Superyacht sein, mit der russische Oligarchen glänzten.

Das Thema Energieversorgung fing sein Interesse ein. Sein Bankberater hatte einen Tipp für ganz besondere Kunden parat: die Beteiligung an einem Leckerbissen der Energiewirtschaft, die nicht auf dem freien Markt gehandelt wurde. Ein auf diesen Sektor spezialisierter Private Equity Fund, der amerikanisch-britische UE Universal Energy Private Equity Fund, bot Kapitalbeteiligungen an. Geboten wurden in einem wachsenden Markt überdurchschnittliche Renditen. Versprochen. Die Universal Energy hatte die Mehrheit an einem gut eingeführten dänischen Unternehmen erworben, das breit aufgestellt war und kontinuierlich außergewöhnliche Gewinne abwarf.

Von Jucheim prüfte die bisherigen Erfolge von Nordic Energi und war von deren Konzept überzeugt. Die Dänen besaßen ein wachsendes Handelsnetz im Mineralölgeschäft. Das war aber ein sterbendes Marktsegment. Überall arbeitete man an der Verdrängung der fossilen Energieträger. Das hatten auch die Dänen erkannt und sich in den erneuerbaren Energien engagiert. Eine Lizenz zum Gelddrucken. Er würde nie den Augenblick vergessen, als Roberto ihn nachts aus den Schlaf klingelte und informierte, dass die Universal Energy in New York von einem besonders lukrativen Deal berichtete. Man hatte das Geschäft der Nordic Energi aufgesplittet. Bei der Altgesellschaft verblieb das auslaufende Ölgeschäft, die erneuerbaren Energien wurden einer vom Equity Fund neu gegründeten übertragen. Das war möglich, weil man im Stillen die Rechte daran zu Spottpreisen abgegeben hatte. Über Nacht waren die Anteile an der Nordic Energi *penny stocks*, Pfennigwerte. Die Anleger hatten ihre Vermögen verloren.

Von Jucheim hatte die Bank aufgesucht. Sein langjähriger Anlageberater war nicht mehr zu sprechen. Man munkelte, dass der Mann versenkt worden war, entlassen oder in eine unbedeutende Funktion versetzt. Giles Collignon, ein eloquenter Belgier, hatte ihm erklärt, dass Vermögensanlagen mit Risiken verbunden seien. Das hätte von Jucheim auch unterschrieben. Aber, so fuhr Collignon fort, er könne von Jucheim Zugang zum neuen Engagement bei den erneuerbaren Energien verschaffen. Ein zukunftsträchtiges Investment. Ab einem mittleren siebenstelligen Betrag könnte er dabei sein.

Von Jucheim hatte verlangt, mit dem Management der Bank zu sprechen, auf seine einflussreiche Familie verwiesen und mit der Öffentlichkeit gedroht. Collignon, mit seinem arroganten Auftreten und den pomadigen Haaren, hatte ihm geantwortet, dass von Jucheims Fehleinschätzung kaum das Interesse der Öffentlichkeit finden würde. Ganz im Gegenteil. Alle, die bisher zu seinem sozialen Umfeld gehörten, würden sich von ihm abwenden. Von Jucheim war ein Loser, dem man in eingeweihten Kreisen schnell das Vertrauen und auch die Freundschaft entzog. Freundschaft! Pah! Die bestand nur darin, sich vordergründig in der gesellschaftlichen Sonne zu aalen, mit der Nähe zu noch erfolgreicheren Leuten zu protzen. Jeder wollte der Merkur sein, der schnellste und der strahlenden Sonne am nächsten stehende Planet.

Von Jucheim verkroch sich drei Tage, die schlimmsten seines Lebens. Er zermarterte sich das Gehirn, wie er der Misere entfliehen konnte. Ihm fehlten etwa dreißig Millionen Euro. Das war nicht viel für wirklich begüterte Leute, aber für ihn sein Leben. Im wahrsten Sinne des Wortes. Ein Teil seines Engagements war kreditfinanziert. Die Bank hatte die Kredite gekündigt und forderte die sofortige Rückzahlung. Collignon hatte namens des Kreditinstituts alle Maßnahmen eingeleitet, ihn zu isolieren. Nein! Ihn fertigzumachen. Von Jucheim hatte sich schließlich überwunden und mit Roberto van Crijns gesprochen. Der zeigte sich kurz angebunden. Roberto war gerade in Macau, um sich von den Anstrengungen in Europa zu erholen. Er hörte kurz zu und verwies auf das Risiko, das mit jedem wirtschaftlichen Handeln verbunden sei. Deshalb, so Roberto, dürfe man nie alles auf eine Karte setzen. Der Argentinier hatte gut lachen. Gemessen an seinen Möglichkeiten war von Jucheim ein Leichtgewicht. Die Bank würde es verschmerzen, seinen vorherigen Berater würde es endgültig den Kopf kosten. Auf den Namen der Familie würde ein Schatten fallen, aber die anderen würden sich von Baldur distanzieren.

Einen Tag später hatte von Jucheim Roberto erneut kontaktiert. Mittlerweile hatte ihn ein Anflug von Panik erfasst.

Ihm war die Ausweglosigkeit seiner Lage bewusst geworden. Was blieb vom Rest des Lebens? Ein kümmerliches Dasein in einem abseits gelegenen Ein-Zimmer-Appartement auf dem Stammsitz der Familie? Und Hausmeister und Reinigungskraft würden auf ihn herabsehen? Schlagartig hatte ihn die Depression erwischt. Er erwähnte Roberto gegenüber, dass ihm der Gedanke an einen Suizid gekommen war.

Roberto hatte sich genervt gezeigt. »Wenn du in die Kiste springen willst, dann mach das. Ein Rentenempfänger weniger. Auch gut. Und was heißt ›depressiv‹? Du musst einfach mal wieder kräftig bumsen. Lass die Sau raus.«

Von Jucheim war in Kiel gelandet. Kiel! Jemand wie er, der manches von der Welt gesehen hatte, konnte dieser Stadt nichts abgewinnen. Es wäre ein Sakrileg gewesen, an einem schönen Ort zu sterben. Und ausgerechnet hier war es brütend heiß. Gestern war er angekommen, hatte sich in einem erstklassigen Hotel einquartiert und abends dort gespeist. Von der Papierform her war es eine Sterneküche. Er tat es als »gehobene Hausmannskost« ab. Der Portier hatte ihm auch noch diskret eine Frau zur Unterhaltung auf das Zimmer verschafft. Von Jucheim führte es auf das Unvermögen der Frau zurück, dass es sich als Fehlinvestition herausstellte. An ihm als erfahrenem Beglücker schöner Frauen konnte es nicht gelegen haben. Schon wieder eine Fehlinvestition.

Er hatte tagsüber lange in Kiel suchen müssen, bis er einen Laden fand, der nach seiner Meinung gute Ware feilbot. Jetzt saß er auf einer Bank an der Förde. Mitternacht war vorbei. Die Flasche Champagner – widerwillig hatte er direkt aus der Flasche getrunken – war fast geleert. Er hatte in einem Geschäft, das russische Lebensmittel anbot, Blini und Kaviar gekauft und beides heruntergewürgt. Die Qualität war nach seinem Ermessen gotterbärmlich. Auch der Hummer, den er sich besorgt hatte, schmeckte nur mäßig. Er verzog das Gesicht. So dürftig wie seine Lage war seine Henkersmahlzeit.

Seine Hand tastete die Bank neben sich ab. In der ledernen Umhängetasche, die er in Barcelona erworben hatte, befand sich die Walther P38, die Standard-Ordonnanzpistole der deutschen Wehrmacht. Sie war ein Familienerbstück und wurde fast wie eine Reliquie aufbewahrt. Ein Bruder des Großvaters hatte im Zweiten Weltkrieg als Major im Afrika-Korps unter Feldmarschall Rommel gedient. Der Anstand gebot, seinem verehrten Feldherrn nach dessen Selbstmord auf die gleiche Weise in den Tod zu folgen. Er hatte der Familie die Schande ersparen wollen, nach dem verlorenen Krieg einen Verlierer in ihren Reihen mitschleppen zu müssen.

Nun lag es an Baldur von Jucheim, diesem insgeheim als Helden verehrten Vorfahren zu folgen. Bei seinem letzten Besuch hatte er sich die Waffe angeeignet und im eigenen Wald die Funktionsfähigkeit getestet. Nach dem Leeren der Champagnerflasche würde er die Pistole ansetzen. Er war sich nicht sicher, ob er sich in den geöffneten Mund schießen oder die Pistole klassisch an die Schläfe setzen sollte.

Er holte die Waffe hervor, betrachtete sie nachdenklich und wog sie in der Hand. Dann zielte er auf das gegenüberliegende Ufer der Förde und visierte über das Korn den Liegeplatz der Fähre nach Litauen an. Passanten kamen um diese Zeit nicht mehr vorbei. Von Jucheim war allein mit sich und seinem Scheitern. Ein Stück weiter lag das Finanzministerium, in seinem Rücken die Staatskanzlei und ein wenig fördeabwärts das Institut für Weltwirtschaft.

Lächerlich, dass dort ein paar Auguren in die Kristallkugel blinzelten. Sie taten es mit wichtigtuerischer Miene, ohne ein eigenes Risiko einzugehen. So wie er. Würden sie ihr Handwerk wirklich verstehen, hätten sie die Misere vorhersehen können, in die er geraten war. Stattdessen versetzte man die Welt in Panik, redete den Menschen den Klimawandel ein und verführte sie zu einem Verhalten, das der Führungselite genehm war. Aber weshalb bekämpfte man nicht konsequent jene, die Zweifel an dem hegten, was die Welt groß und modern gemacht hatte?

Er hatte es erkannt und war rechtzeitig auf den richtigen Zug aufgesprungen, der in Richtung erneuerbare Energien unterwegs war. Überhaupt – ein paar Grad mehr würden nicht schaden. Wie unwirtlich würde es in Kiel sein, wenn die Einheimischen sich mit dem norddeutschen Wetter zufriedengeben müssten? Man jammerte über die momentane Wärme. Kein Wunder. Das gewöhnliche Volk kannte nicht die Vorzüge der Sommer an der Côte d'Azur. Blaue Küste. Und hier gab es nur brackiges Wasser.

Er hatte alles richtig gemacht. Er hatte erkannt, dass man von der Umwelthysterie profizieren konnte. Er hatte nur nicht geahnt, dass ihn die gerissenen Verbrecher des Universal Energy Private Equity Fund um seine Anlage bringen würden, indem sie die zukunfts- und renditeträchtige erneuerbare Energie ausgliedern würden und das todgeweihte Mineralölgeschäft ihm und anderen Anlegern überließen.

Von Jucheim fuhr sich mit der Hand durchs Gesicht, als könne er einen schlechten Traum vertreiben. Dann holte er tief Luft und seufzte, bevor er den Lauf der Waffe an die Schläfe setzte.

Baldur Johann Ernst Maria Freiherr von Jucheim wurde achtundvierzig Jahre alt.

SIEBEN

Ganz Kiel schien aufzuatmen. Eine leichte Brise hatte sich am gestrigen Sonntag aufgetan und den Menschen einen Hauch Erleichterung geschenkt. Lüder hatte gehört, dass die Strände an der Nord- und Ostsee hoffnungslos überfüllt waren. Das galt auch für die Binnenseen und Schwimmbäder. Nicht nur die Einheimischen, auch die Urlaubs- und Tagesgäste hatten dafür gesorgt, dass es an den bevorzugten Plätzen am und im Wasser nur noch Stehplätze gab. Im Radio wurde immer wieder darauf hingewiesen, dass alle verfügbaren Parkplätze belegt waren. Man sollte die Küstenorte und die Zufahrtsstraßen meiden.

Lüder und Margit hatten das Wochenende zu Hause verbracht. Am Sonntagmorgen hatten sie Friedjof und dessen Partnerin für den Nachmittag zum Kaffee eingeladen. Der Bürobote aus dem LKA und seine Lebensgefährtin hatten es dankbar angenommen. Der Aufenthalt im Freien versprach ein wenig mehr Abkühlung als in der aufgeheizten Wohnung. Statt Kaffee hatte Lüder eine Eisdiele aufgesucht und zwanzig Kugeln Eis beschafft. Er hatte geduldig warten müssen. Gefühlt stand ganz Kiel in der Schlange. Sie hatten sich amüsiert, als Friedjof die Hälfte der Portion verspeiste. Spontan hatten sie den Besuch bis in den Abend ausgedehnt und vergnügt miteinander gegrillt. Für ein paar Stunden waren das Attentat und die damit verbundenen Gedanken in Vergessenheit geraten.

Am Montagmorgen war die mediale Aufmerksamkeit hinsichtlich dieser Tat merklich anderen Themen gewichen. Das war der Tribut an eine schnelllebige Zeit. Lüder hatte sich wie gewohnt mehrere Zeitungen beschafft und studierte das Blatt, für das Dittert schrieb. Dort fand sich im Innenteil noch ein Bericht, der emotional auf die Situation der Angehörigen der Attentatsopfer einging. Ditterts Gedanken zum Klimawandel und zu den vermeintlich Mitschuldigen an dieser herannahenden Katastrophe hatten – wie angekündigt – keinen Platz in der Zeitung gefunden. Dafür gab es einen Bericht über einen Toten, den nächtliche Spaziergänger in der Nacht zu Sonntag an der Förde gefunden hatten. »War es Selbstmord?«, stand etwas kleiner unter der dicken Überschrift, die reißerisch »Grausame Leiche an der Förde« lautete und die Leser neugierig machen sollte.

Lüder rief Thomas Vollmers an. Der Hauptkommissar bestätigte, dass sich sein Kommissariat mit dem Fall beschäftigte. »Es sieht nach einem Suizid aus«, sagte er. »Alle Anzeichen sprechen dafür. Seit einer Woche flattern uns die Todesfälle ins Haus. Der alte Mann, der in der Dachwohnung den Hitzetod gestorben ist, der rheinische Binnenschiffer, der sich in der billigen Pension vergiftet hat, und jetzt der Adelige, Baldur von Jucheim hieß er, der sich an der Förde mit einer fast historischen Waffe den Kopf weggeschossen hat. Was mag die Menschen dazu bewogen haben, aus dem Leben zu scheiden?«

Lüder wusste darauf auch keine Antwort.

Das Gespräch mit dem Abteilungsleiter hatte auch keine Neuigkeiten ergeben. Die Ermittlungen schienen zu stocken, obwohl hinter den Kulissen fieberhaft gearbeitet wurde. Es hatte an den Straßen zu den Nordseebädern Behinderungen durch Demonstranten gegeben. Einheimische hatten den ohnehin starken Verkehr zusätzlich mit ihren Fahrzeugen behindert, um gegen die Verspargelung der Landschaft zu protestieren. Viele Menschen an der strukturschwachen Westküste lebten vom Tourismus. Sie befürchteten, dass der Ausbau der Windenergie und die Verschandelung durch dicht an dicht errichtete Windkraftanlagen die Touristen vergraulen würden. Nicht nur die staubfreie Seeluft, die unberührte Natur und das klare Licht machten den Reiz dieser Region aus, auch der Blick in die weite Marsch war etwas Besonderes. Wenn die Augen nun an einer Vielzahl von Windrädern hängen bleiben, verlor diese Landschaft an Reiz.

»Zum komplexen Thema Klimawandel gibt es differenzierte Betrachtungsweisen«, stellte Dr. Starke fest. »Auch im Kleinen werden die globalen Befürchtungen gegen die Auswirkungen von Beschränkungen im persönlichen Bereich abgewogen. An einem Wochenende wie dem vergangenen wollen die Leute raus in die Natur, ans Wasser. Um dorthin zu gelangen, fahren sie mit dem Auto. Kann man es ihnen verdenken?«

»Kaum«, stimmte Lüder zu. »Und die Proteste gegen den Bau neuer Windräder kann ich auch verstehen. Dazu gehören Leute, die den Tourismus in Gefahr sehen oder die in ihrem persönlichen Umfeld durch wohnortnahe Rotoren beeinflusst werden. Auch Naturschützer schließen sich ihnen an, weil die rotierenden Windräder in zunehmendem Maße der Vogelwelt zu schaffen machen. Die Menschen in diesen Regionen sehen nicht ein, dass sie in ihren persönlichen Belangen zurückstecken sollen, um anderen Gegenden die dort benötigte Energie zu liefern. Man fragt sich, weshalb man nicht im Süden Windräder aufbaut. Das würde auch teure Leitungen sparen. Im Übrigen ist es ungerecht, dass die Hiesigen über das überhöhte Netzentgelt den Aufbau der Infrastruktur finanziert haben.«

»Dafür profitieren sie auch vom Strom, den sie produzieren«, erwiderte Dr. Starke.

»Nur wenige. Es ist richtig, dass die Genehmigung für Windräder eine Lizenz zum Gelddrucken ist. Unter dem Gesichtspunkt des Klimaschutzes sind die Anlagen natürlich unschlagbar. Eine modern aufgestellte Windkraftanlage erzeugt jährlich fünfzehntausend Megawatt Strom. Das sind etwa sechstausend Haushalte, die damit versorgt werden. Rein rechnerisch ersetzen tausend Windräder in acht Jahren die mögliche Stromproduktion aus einhundertzehn Millionen Tonnen Braunkohle.«

Dr. Starke verzog das Gesicht. »Diese Zahlenspiele führen uns nicht weiter. Was ist, wenn es windstill ist? Und wie ist es um die Situation der Menschen in den Braunkohlerevieren bestellt?«

»Windkraft versus Braunkohle? Oder Gas? Oder, oder.« Lüder unterstrich seine Worte durch lebhafte Handbewegungen. »Man könnte jetzt noch argumentieren, dass ein Windrad nach acht Jahren noch weiter Strom produziert, da es erst ein Drittel seiner Laufzeit hinter sich hat. Wie man es auch betrachtet – eine perfekte Lösung gibt es nicht. Es ist schwierig, eine ausgewogene Antwort auf die Frage der Energieversorgung zu finden. Da müssen viele Dinge zusammenpassen. Es ist eine Herausforderung für die Politik, die Wirtschaft, aber auch die Menschen. Zum Glück müssen wir das Problem nicht lösen. Wir müssen nur die Attentäter finden, die für diese fürchterlichen Verbrechen verantwortlich sind.«

»Und dafür Sorge tragen, dass die Gewalt nicht weiter eskaliert«, ergänzte der Kriminaldirektor. »Uns ist noch eine Meldung zugegangen. Auf dem Gelände der Spedition Harmsen in Erfde wurde eine Drohne gefunden. Man hielt es zunächst für einen Scherz. Dort gibt es eine Tankstelle, aber auch Heizöltanks. An der Drohne hing ein Holzklotz mit der Aufschrift ›Bomb‹.«

»Wie in Klanxbüll«, sagte Lüder. »Ich werde die Spedition aufsuchen. Vielleicht ergibt sich aus dem persönlichen Gespräch noch etwas mehr als durch ein Telefonat.«

Dann machte er sich auf den Weg.

Das Areal der Spedition lag still da im gleißenden Sonnenlicht. Die Zufahrt war durch Flatterband abgesperrt. Auf dem Hof standen die Tanklastwagen des Unternehmens, sauber nebeneinander geparkt. Die Katastrophe vom vergangenen Freitag hatte sich in der kleinen Gemeinde, aber auch darüber hinaus, herumgesprochen. Die Menschen zeigten ihr Mitgefühl, indem sie vor dem Betrieb Blumen, Kerzen, Spielzeugautos und Teddybären ablegten. Das Gelände selbst war verlassen.

Nur Boy Harmsen und der Disponent Bernd Graf waren anwesend. Beide machten einen niedergeschlagenen Eindruck. Graf begrüßte Lüder mit leiser Stimme, während Harmsen ihn aus glasigen Augen musterte. Der Unternehmer roch nach Alkohol. Als Lüder ihn kritisch ansah, trommelte der Mann auf seiner Brust.

»Ja. Ich habe getrunken«, erklärte er. »Und Tabletten nehme ich auch. Am besten gleich eine ganze Packung.« Er schlug mit der geballten Faust auf den Tresen. »Das macht doch alles keinen Sinn mehr. Wir sind doch nicht der Nabel der Welt, sondern nur eine kleine Spedition. Ein Familienbetrieb. Jawohl. Das dürfen Sie wörtlich nehmen. Wir alle hier fühlen uns als *eine* Familie. Was soll dieser verdammte Scheiß? Erst Tawfiq, dann Britta. Was haben die beiden getan? Nichts. Absolut nichts. Und wir anderen auch nicht. Er da«, die ausgestreckte Hand zeigte auf Graf, »rackert sich ab. Für die Firma. Für die Kollegen. Und für die Kunden, damit die ihr Heizöl kriegen und im Winter keinen kalten Arsch haben.«

»Boy!«, fuhr Graf dazwischen, aber Harmsen ließ sich nicht beirren.

»Ist doch wahr, Graf Bernhard. Wir sind am Ende. Aus. Paletti.« Harmsens Blick suchte Lüders. »Keiner will mehr etwas mit der Todesspedition zu tun haben. Jawohl. So nennt man uns. Die Fahrer da draußen weigern sich, in unsere Lkw zu steigen. Das sind alles prima Jungs. Aber krepieren … Neee. Das wollen sie nicht. Und heute Morgen hat Nordic Energi angerufen und fristlos den Vertrag gekündigt. Ich habe dem Affen –«

»Wer hat angerufen?«, unterbrach ihn Lüder.

»Irgend so ein Apfeldingsbums.«

»Appelhoff?«

»Kann sein. Ein verdammt arrogantes Arschloch. Ich habe dem Heini erklärt: Vertrag ist Vertrag. Wissen Sie, was er geantwortet hat?« Harmsen zeigte auf Lüder. »Wir sollen froh sein, wenn die uns nicht in Regress nehmen, weil wir ihre Tankstellen nicht mehr beliefern.«

»Das alles ist nicht gegen Ihr Unternehmen gerichtet«, sagte Lüder. »Die Aktionen gelten Nordic Energi.«

»Klar. Die haben Dreck am Stecken. Aber kräftig. Und? Was jetzt? Unser Versicherungsheini hat sich auch gemeldet. Wir kriegen die Kündigung der Versicherung.« Harmsen griff unter den Tresen, holte eine Flasche Korn hervor und setzte sie an die Lippen.

»Boy«, mahnte Graf sanft. »Das ist keine Lösung.«

»Boy – Boy«, giftete Harmsen zurück. »Kennst du eine Lösung?«

Graf schüttelte den Kopf. Er machte einen Schritt vorwärts und legte Harmsen fürsorglich den Arm um die Schulter. Zu Lüder gewandt erklärte er: »Wir sprachen schon bei Ihrem letzten Besuch darüber, dass wir als kleiner Betrieb an Nordic Energi gebunden sind. Nicht nur die Spedition, auch die Tankstelle da draußen und der Heizölhandel hängen mit drin. Ich weiß auch nicht, wie es weitergehen soll. Aber Nordic Energi – die wollen mit alldem nichts zu tun haben.«

Lüder ließ sich noch die Drohne mit der Bombenattrappe zeigen. Er nahm sie mit nach Kiel.

»Leider«, bedauerte Graf zum Abschied, »hat fast jeder im Dorf das Ding angefasst.«

In Kiel erwartete ihn eine große Überraschung. Er traf Brötje auf dem Flur. Der Oberkommissar zeigte sich schmallippig und wich Lüders Fragen aus. Stattdessen erklärte er, dass der Abteilungsleiter ihn dringend zu sprechen wünsche. Dr. Starke wartete in seinem Büro.

»Setz dich«, forderte er Lüder auf und sagte mit ernster Miene: »Man hat Jan Bötefür gefunden.«

Das klang unerfreulich.

»Tot?« Lüder hatte die schlimmsten Befürchtungen.

Jens Starke nickte. »Bestialisch ermordet. Ein widerwärtiger Racheakt. Er wurde heute Morgen auf dem Parkplatz eines Verbrauchermarktes in Quickborn gefunden. Das Geschäft liegt im Gewerbegebiet. Der genaue Todeszeitpunkt steht noch nicht fest. Übers Wochenende kommen dort keine Leute vorbei. Und ein einsam abgestellter Renault Kangoo erregt keine Aufmerksamkeit. Das Fahrzeug ist auf Bötefür zugelassen.« Dr. Starke schluckte schwer. »Entdeckt hat es der Hausmeister. Er wunderte sich, dass vom Auspuff ein Schlauch ins Innere führte. Der Mann hatte eine Ahnung. Er hat befürchtet, dass dort jemand Suizid begangen hat. Die herbeigerufene Streife von der Quickborner Polizeistation machte dann die schreckliche Entdeckung. Noch liegt kein Ergebnis der Rechtsmedizin vor. Ich beschränke mich deshalb auf eine grobe Darstellung. Bötefür lag gefesselt und geknebelt auf der Ladefläche. Und der Schlauch vom Auspuff war …« Dr. Starke stockte. »War anal eingeführt. Der Mann wurde mit Abgasen aus seinem laufenden Motor auf diese brutale Art vergiftet. Dazu gab es einen Bekennerbrief. ›Der Arsch hat seine Kameraden verraten. Wer die Welt nicht retten will, wird eben an den Abgasen ersticken.‹ Die Quickborner konnten damit nichts anfangen. Leider hat das K1 aus Itzehoe erst mit Verzögerung reagiert und uns informiert, auch wenn von dort der erste Angriff professionell durchgeführt worden war. Der Leiter, KHK Schwälm, wurde hinzugerufen. Nach der Personenfeststellung hat man die Wohnung des Geschädigten in Pinneberg aufgesucht. Dort fanden sich Anzeichen, dass sich – zumindest zeitweise – eine weibliche Person dort aufgehalten hat, zu deren Identität es keine Hinweise gab. Die Wohnung wurde versiegelt. Heute Morgen ging eine Nachricht beim Pinneberger Revier ein, dass sich jemand dort aufhalten soll. Man hat eine Streife in Marsch gesetzt. Das Siegel war erbrochen. In der Wohnung stießen die Beamten auf eine Frau, die vorgab, mit dem Wohnungsinhaber liiert zu sein. Sie wollte sich ein paar ihrer dort befindlichen Sachen holen.«

»Wer ist die Frau?«

»Sie heißt Melissa Zumpe und stammt aus Gera. Auf meine Anordnung hin wurde sie zu uns gebracht.« Dr. Starke sah auf einen Zettel. »Fünfundzwanzig. Derzeit beschäftigungslos. Hat ein paar Vorstrafen wegen Verstoßes gegen das Betäubungsmittelgesetz. Mehr wissen wir nicht.«

»Wer hat mit ihr gesprochen?«, wollte Lüder wissen.

»Noch keiner. Das wollte ich dir überlassen. Du hast auch mit Bötefür Kontakt gehabt.«

»Gut«, sagte Lüder. »Dann höre ich mir das Mädchen einmal an.«

Kurz darauf begleitete eine Polizistin die Frau in Lüders Büro. Melissa Zumpe war eine blasse Erscheinung. Sie war dürr. Weibliche Konturen zeichneten sich nicht ab. Haselnussbraune Haare hingen strähnig links und rechts des schmalen Gesichts. Die langen Finger an den schmalen Händen krochen aus einem selbst gestrickten Pullover hervor. Lüder war erstaunt, dass Frau Zumpe sich bei diesen Temperaturen in Wolle kleidete. Die Jeans verdeckte spindeldürre Beine, die Füße steckten in schmutzigen Leinenschuhen.

Lüder wies auf den Besucherstuhl vis-à-vis. Sie nahm Platz, saß ganz vorne auf der Stuhlkante und klemmte die gefalteten Hände zwischen ihre Knie. Er stellte sich mit »Mein Name ist Lüders« vor und fragte nach ihrem Namen. Sie sprach so leise, dass er nichts verstand. Auch nach seiner Bitte, lauter zu sprechen, blieb es schwierig, ihren Worten zu folgen.

»Sie sind mit Jan Bötefür bekannt?«

Melissa Zumpe hielt den Kopf gesenkt und vermied den

Blickkontakt. Es war ein mühsames Unterfangen, sie zum Sprechen zu bewegen. Sie war vor zwei Jahren aus Berlin nach Hamburg gekommen, nachdem sie ihre Heimatstadt Gera schon früh verlassen hatte. Der Kontakt zur Familie war nahezu abgerissen. Auf Lüders Frage, wovon sie lebe, antwortete sie mit einem nichtssagenden Kopfschütteln. Sie würde gelegentlich in der Gastronomie arbeiten. Dort hatte sie Jan Bötefür in einem Szenelokal im Hamburger Schanzenviertel kennengelernt. Da sie keine feste Bleibe hatte, war sie temporär bei ihm in Pinneberg untergeschlüpft, wohnte aber auch gelegentlich mal hier oder dort.

»Waren Sie ein Paar?«, fragte Lüder.

Sie zog die schmalen Schultern in die Höhe.

Nachdem er seine Frage wiederholt hatte, wischte sie sich ein paar Haare aus dem Gesicht und fragte: »Wann ist man ein Paar?«

Lüder fragte, ob sie von Bötefürs Tod wisse. Melissa Zumpe nickte unmerklich, dann begann sie zu weinen.

»Woher?«

In den Medien war nur ein unspezifischer kurzer Bericht erschienen. Dort hieß es, auf einem Quickborner Parkplatz sei ein Auto gefunden worden, in dem der Fahrer Selbstmord begangen habe.

»Von Stänglein.«

»Wer ist das?«

»Bodo Stange. Alle Welt nennt ihn Stänglein, weil er nicht sehr groß ist.« Sie erzählte, dass Stange Mitglied in der Umweltgruppe war, in der sich Bötefür engagiert hatte. Sie war ein paarmal mitgegangen. Man hatte sich in irgendwelchen Lokalen, meist im Schanzen- oder Schlachthofviertel in Hamburg, getroffen und über das Problem des Klimawandels diskutiert. Es waren unterschiedlich viele Leute anwesend gewesen, aber nie mehr als zehn.

»Gab es einen Wortführer?«

»Ja. Nico und Jan. Die haben oft gestritten, welcher Weg

einzuschlagen ist. Dass etwas geschehen muss, stand fest. Aber über das Wie gab es unterschiedliche Auffassungen. Nico vertrat die Ansicht, dass langes Reden und Lamentieren nicht weiterführt. Es müsste den Bonzen gezeigt werden, wo der Hammer hängt.«

»Wer ist Nico?«

Sie zog die Nase hoch. »Nico. Mehr weiß ich auch nicht. Ich habe ihn sonst nicht getroffen. Ich glaube, er hat einen ausländisch klingenden Namen, spricht aber akzentfrei Deutsch. Für mein Ohr sogar mit Hamburger Klangfärbung.«

»Wie sieht er aus?«

Sie wiederholte die Frage für sich selbst. »Eher südländisch. So wie ein Italiener, aber doch etwas anders.«

Lüder fragte nach den Namen der Lokale und notierte sie sich. Nach der Befragung Frau Zumpes würde er mit ihrer Hilfe ein Phantombild anfertigen lassen.

»Hat man sich in der Diskussionsrunde auf ein gemeinsames Vorgehen einigen können?«

»Nein!« Es war eine eindeutige Antwort. Sie überlegte eine Weile. »Ich war nicht immer dabei und habe mich auch etwas herausgehalten. Aber Nico und Jan haben sich letztlich heftig gestritten. Es ist sogar lautstark hergegangen. Jan hat Nico vorgeworfen, er sei verrückt. Engagiert sein, ja, aber nicht fanatisch. Mit Gewalt würde man nicht ernst genommen, und das Ziel würde verfehlt werden. Dann, so meinte Jan auch später, müsse man getrennte Wege gehen. Es ist richtig, hat er mir erklärt, dass man der Zerstörung der Welt Einhalt gebieten muss. Für uns alle. Für alle Menschen. Für die Zukunft. Eigentlich ist es schon jetzt viel zu spät. Nico hat ihn einen Blödmann genannt. ›Glaubst du wirklich, dass die auf einen Traumtänzer wie dich hören?‹, hat er Jan vorgeworfen.«

Sie stand auf, ging zum Fenster und sah eine Weile stumm hinaus. Dann setzte sie sich wieder.

»Es wurde an diesem Tag immer hitziger. Schließlich sind Jan und die meisten anderen aufgestanden und gegangen. ›Mach keinen Fehler, Bötefür‹, hat Nico uns hinterhergerufen. Jan war sauer. Ich habe ihn nie zuvor so erlebt. ›Von nun an gibt es zwei Gruppen AA‹, hat er mir erklärt. ›Die Gewaltbereiten und uns. Die werden sehen, was sie davon haben. Deren Weg führt direkt in die Hölle.‹ Zunächst war er niedergeschlagen. Am Sonnabend blühte er plötzlich auf. Er meinte, es gäbe eine Möglichkeit, Nico und seine Bande auszuschalten. ›Man darf sie nicht unterschätzen‹, hat er angefügt und mit ernster Miene gesagt, die seien gefährlich. Aber er wüsste einen Weg, den richtigen Pfad einzuschlagen. Terrorismus würde der guten Sache nicht dienen.«

Lüder fragte nach weiteren Einzelheiten, aber Melissa Zumpe gab vor, nicht weiter eingeweiht zu sein. »Jan hat sich nie im Leben selbst umgebracht«, betonte sie. »Das waren Nico und seine Leute.«

Leider konnte sie keine weiteren Angaben zu den Personen machen, war aber bereit, an der Entwicklung eines Phantombildes mitzuwirken. Plötzlich stutzte sie.

»Wenn die herausbekommen, dass ich sie verpfiffen habe, dann bringen die mich auch um.«

Die Gefahr stand im Raum. Zeugenschutz war so schnell nicht zu beschaffen. Lüder rief Friedjof an und schilderte ihm den Fall. Der Bürobote war sofort bereit, Melissa Zumpe bei sich und seiner Partnerin für ein paar Tage aufzunehmen.

»Wir sind aber nicht komfortabel eingerichtet«, gab er zu bedenken. »Und ein Gästezimmer haben wir auch nicht.« Lüder versicherte, dass die zu beschützende Person keine Ansprüche stellen würde. »Franzi freut sich«, sagte Friedjof eilfertig. »Sie wird viele schöne Sachen kochen.«

Lüder rief in Husum an. Mats Cornilsen nahm das Gespräch entgegen und bat ihn, etwas zu warten. Wilderich sei gerade auf Brautschau, sagte der junge Kommissar. Als

Große Jäger ans Telefon zurückkehrte und zur Bedeutung der Aussage befragt wurde, lachte er laut auf und ließ ein gespieltes Donnerwetter auf seinen Kollegen niedergehen.

»Die Jungs wissen nicht mehr, was sich gehört«, sagte er. »Früher hatte man Respekt vor den erfahrenen Beamten. Als Harm Mommsen noch bei uns war, damals – als Kommissar –, hat er ungefragt Kaffee gekocht. Und für Christoph Tee. Und was ist aus ihm geworden? Heute ist er Kriminalrat und Chef der Dienststelle. Wenn der Hosenmatz so weitermacht, prüft er bald Parkverstöße. Das ist in Husum allerdings ein schwieriges Unterfangen. Das Ordnungsamt der Stadt ist ganz heiß auf die Jagd nach Parksündern. Man hat den Eindruck, Mitarbeiter des Monats ist der, der die meisten Touristen vergrault. Es scheint so, dass Husum das Steuersäckli ausschließlich aus den Geldern für Parkvergehen füttert.«

Dann wechselte Große Jäger ungefragt zum Thema »schwarzer BMW«.

»Ich habe heute Morgen mit Markus Schwälm aus Itzehoe gesprochen. Die beschäftigen sich mit der Sache Bötefür und der Frau, die sie dort aufgegriffen haben. Ich habe gehört, ihr seid jetzt am Ball. Hoffentlich führt diese Spur weiter. Außerdem hat mich ein KHK Baumkötter –«

»Was für ein Köter?«, unterbrach ihn Lüder.

»Ignorant. Nix Köter, sondern Kötter. Mit mehrfachem ›t‹. Ein Kötter ist ein Mensch, der früher auf dem Dorf eine kleine Kate, einen Kotten, und nur wenig Land hatte. KHK Baumkötter ist bei der Münsteraner Kripo. Die waren am Wochenende fix unterwegs. Sie haben den Halter des schwarzen BMW X5 vorläufig festgenommen. Der Untersuchungsrichter hat signalisiert, dass er einen Haftbefehl ausstellen wird.«

»Donnerwetter. Dann müssen triftige Gründe vorliegen. Die Gerichte gehen sehr sensibel mit den Freiheitsrechten der Bürger um. Es sei denn, du hast Pech und bist in Bayern«, lästerte Lüder. »Da wird man schon einmal prophylaktisch eingebuchtet.«

»Dafür plagen die sich auch nicht mit einer Masse von Deppen, die sich auf die Straße kleben. Es ist ja gut, wenn es Leute gibt, die sich für die Umwelt und die Natur einsetzen. Aber … Also. Rüschenschmidt behauptet, sein Fahrzeug sei gestohlen worden und er habe es nicht gemerkt. Deshalb hat er es auch nicht angezeigt. Die Münsteraner sind nicht doof. Zu jedem Auto gibt es mehr als einen Schlüssel. Rüschenschmidt konnte nach längerem Suchen einen – *einen!* – Reserveschlüssel vorweisen. Die Vermutung liegt nahe, dass er die Schlüssel jemandem ausgehändigt hat. Baumkötter sagte, der Typ sei konsterniert gewesen, als sie ihn mit dem Vorwurf der Mittäterschaft beim Bombenattentat in Bredstedt konfrontierten. Es hat den Anschein, als ob er nicht in das Vorhaben eingeweiht war, obwohl er kein Waisenknabe ist. Er hat einiges auf dem Kerbholz, was über Omas Erschrecken hinausgeht. Augenfällig sind seine Kontakte zur rechten Szene.«

»Was macht er beruflich?«

»Er macht in Immobilien.«

»Hm«, dachte Lüder laut nach.

»Baumkötter sagte, dass Rüschenschmidts Spezialgebiet der Ankauf von Immobilien für rechte Gesinnungsbrüder ist. Es gibt einige Objekte, die jetzt als Unterkünfte oder Trainingslager für Wehrsportgruppen und ähnliche obskure Vereine dienen. In einem Fall beackert Rüschenschmidt wohl eine Gemeinde in den neuen Ländern, wo die Jugend fortzieht und der Ort ausblutet. Stattdessen kauft dort ein Heilsbringer alles billig auf und verleibt es seinem Reich ein. Jedenfalls sind diese Ländereien nach Meinung der Spinner exterritorial. Und da dieses Reich kein Auslieferungsabkommen mit der Bundesrepublik hat, sind Straftäter, die dorthin flüchten, vor dem Zugriff unserer Justiz sicher. Wenn die Polizei dort einmarschiert, sehen die Leute es als Angriff auf die Souveränität ihres Staates an. Man glaubt es nicht, wie viele Doofe es gibt.«

»Hat sich Rüschenschmidt zur AA-Bewegung geäußert?«

»Das weiß ich nicht«, gestand Große Jäger. »Es bleibt aber spannend. Wenn die Münsteraner einen Durchsuchungsbeschluss vorliegen haben, wollen sie das Anwesen auseinandernehmen. Ich melde mich, wenn ich etwas höre.«

Lüder lobte den Husumer und schloss damit, dass man sich wieder einmal treffen solle.

»Gern«, erwiderte Große Jäger. »Dann aber so, dass ich hinterher nicht mehr fahren muss. Die Kontenverwalter in Flensburg sind ja leider nicht so vergesslich wie der Bundeskanzler.«

Kurz darauf sah Lüder erschrocken zur offenen Tür seines Büros, durch die Brötje hereingestürmt kam.

»Wir haben sie. Das ist phänomenal.« Die Stimme des Oberkommissars überschlug sich fast. »Das ist … unglaublich.« Unter dem Dreitagebart, auf der Nase und dem Hals zeichneten sich rote Flecken ab, die von ungewöhnlicher Hektik zeugten. »Wir haben sie …«, wiederholte Brötje.

»Ruhig Junge«, sagte Lüder belustig. »Sie sind zu jung für einen Herzinfarkt.«

Brötje stützte sich auf Lüders Schreibtisch ab. »Die Frau … Frau Zumpe, die hat eine so präzise Beschreibung von dem Typen –«

»Welcher Typ?«, unterbrach ihn Lüder.

»Von Bötefürs Widersacher, dem Wortführer der AA-Splittergruppe, die für ein gewaltbestimmtes Vorgehen ist. Also, von dem Typen, mit dem sich Bötefür angelegt und der ihn bedroht hat.«

Lüder holte tief Luft. Das war wirklich eine sensationelle Neuigkeit.

»Und?«, fragte er betont sachlich.

Brötje war keiner, der die für die Polizeiarbeit unerlässliche Zurückhaltung außer Acht ließ.

»Wir haben das Phantombild durch unsere Erkennungssoftware laufen lassen. Die höchste Trefferquote weist auf Nicolaus Grcic hin.« Brötje fuhr sich mit der Zunge über die Lippen. »*Gritsch.* Ich hoffe, ich habe es einigermaßen richtig ausgesprochen. Wir haben unsere Fotos Frau Zumpe gezeigt. Sie hat bestätigt, dass er es ist. ›Ja‹, hat sie gesagt. ›Das ist Nico. Hundertpro.‹«

Lüder wiederholte den Namen und legte den Zeigefinger an die Schläfe. »Irgendwie habe ich den Namen schon einmal gehört. Was wissen wir über ihn?«

»Grcic ist ein gehobenes Kaliber.« Brötje zeigte auf den Bildschirm. »Ruf ihn doch auf.« Dann fuhr er ein Stück zurück. »Oh – Verzeihung für das Du. Das ist mir im Eifer herausgerutscht.«

Lüder lächelte. »Ist okay. Ich heiße Lüder.«

Ein Strahlen huschte über Brötjes Gesicht. »Mikkel«, sagte er.

Lüder rief die Software auf und gab den Namen ein. Beide beugten sich über den Bildschirm.

»Donnerwetter«, meinte Brötje.

Nicolaus Grcic war sechsunddreißig Jahre alt. Er wurde in Travnik in Bosnien geboren und kam als Kind nach Deutschland, als seine Eltern als Folge des Bosnienkrieges aus der Heimat geflüchtet waren. Die Familie gehörte zu den Bosniaken und war muslimisch, war aber nie durch religiöse Aktivitäten aufgefallen. Im Bericht war zu lesen, dass Grcic seine Religion anscheinend nicht ausübte. Über ein paar Umwege waren sie nach Hamburg gekommen. Dort hatte Nicolaus, wie seine beiden Geschwister, die Schule besucht. Er, der Mittlere, hatte die Schule mit dem Realschulabschluss beendet und eine Ausbildung zum Einzelhandelskaufmann begonnen, die er aber nicht abgeschlossen hatte. Danach war er in verschiedenen Berufen tätig, bis er mit Mitte zwanzig untergetaucht war. Vier Jahre später kehrte er zurück und behauptete, in England studiert zu haben.

»Wieso das?«, wunderte sich Brötje. »Ohne Abitur? Woher hatte er die Sprachkenntnisse?«

Lüder tippte auf den Bildschirm. »Hier steht, er hat es behauptet. Den Nachweis ist er offenbar schuldig geblieben. Aber wenn er in England Kontakte zur studentischen Szene geknüpft hat, könnte er auch auf die Anti Annihilators gestoßen sein.« Lüders Finger wanderte weiter. »Sieh mal hier. Bevor er nach England ging, hatte er schon einiges auf seiner Das-macht-man-nicht-Liste. Versuchte Brandstiftung. Körperverletzung. Beleidigung. Widerstand gegen Vollstreckungsbeamte. Dann gab es vier Jahre Ruhe. Nach seiner Rückkehr wurden seine Übergriffe subtiler. Der Verfassungsschutz hat ihn beobachtet, weil er sich bei Protestaktionen außerordentlich in Szene setzte und zum Ungehorsam aufrief. Vieles war grenzwertig, aber zu einer erneuten Verurteilung reichte es nicht. Man rätselte, womit er seinen Lebensunterhalt bestritt. Einer geregelten Arbeit ist er nicht nachgegangen. Und Transferleistungen hat er auch nicht in Anspruch genommen. Vor zwei Jahren hat der Hamburger Staatsschutz ihn noch einmal durchleuchtet, nachdem er bei einer aus dem Ruder gelaufenen Demo auffällig geworden war. Aber man hat nichts gefunden.«

»Was schließen wir daraus?«, fragte Brötje rhetorisch.

Lüder sah den Oberkommissar an. »Grcic hat sich professionalisiert. Irgendjemand sponsert ihn.«

»Was bezweckt der Wohltäter damit?«

»Darüber können wir nur Spekulationen anstellen«, meinte Lüder. »Soll Grcic Unruhe stiften? Wenn ja – welche? In wessen Interesse? Wir wissen auch nicht, wer hinter den AA steckt. Für mich ist es keine Gruppe von Idealisten. Zumindest der Teil der Bewegung, der sich jetzt zur Gewalt bekennt, scheint nicht von der Sorge um unsere Zukunft getrieben zu sein.«

»Das wäre ja ein Ding«, staunte Brötje. »Profiprotestierer. Das ist mir auch noch nicht untergekommen. Und nun?«

»Nimm Kontakt zu den Hamburger Kollegen auf«, sagte Lüder. »Berichte ihnen von unseren Überlegungen. Vielleicht haben die noch etwas im Köcher. Es wäre hilfreich, wenn sie sich einmal in der Gegend um die Sternschanze umhören würden, ob man Grcic dort kennt und er in Verbindung mit der Gruppe, also auch mit Bötefür, gesehen wurde. Wir können nicht ausschließen, dass Grcic etwas mit dem Mord an Jan Bötefür zu tun hat. Er gehört jedenfalls zum Kreis der Verdächtigen.«

»Befragen wir ihn«, schlug Brötje vor.

Lüder schüttelte den Kopf. »Freiwillig wird er uns keine Auskunft geben. Mich würde auch interessieren, ob sich in seiner Wohnung etwas Verwertbares finden ließe. Aber für beide Maßnahmen bekommen wir bei der dünnen Beweislage keine richterliche Genehmigung.«

»Da haben es die Ermittler in totalitären Staaten einfacher«, stellte Brötje fest.

»Möchtest du mit ihnen tauschen?«

Der Oberkommissar bewegte heftig den Kopf. »Nein«, sagte er entschieden. »Nie im Leben.«

Dann entfernte er sich.

Lüder nahm Kontakt zu Geert Meenchen auf.

»Kommen Sie doch auf einen Kaffee vorbei«, lud der Verfassungsschützer ihn ein, der sein Büro im Innenministerium direkt an der Förde hatte. Lüder trat nach der Begrüßung ans Fenster und genoss für einen Moment den Blick. Kiel war ihm schon lange zur Heimat geworden, und er wusste um die Reize der Landeshauptstadt, um das Privileg der Lage am Wasser. Er kannte die verborgenen Schönheiten der Landeshauptstadt und schätzte auch, dass Kiel im Unterschied zu anderen Großstädten Ruhe verhieß. Es fehlte die überbordende Hektik, die manch andere Städte prägte.

Der Regierungsamtmann mit der massigen Gestalt ließ ihm Zeit, den Blick über das Wasser schweifen zu lassen, von der Werft über die Schwentinemündung weiter Richtung Norden. Dort schlossen sich bevorzugte Wohngebiete an. Und früher war die Förde mit ihren kuscheligen Ausflugsorten das Ziel der Familien mit Kindern, die am Wochenende mit dem »Fährdampfer« an die Strände bis Laboe fuhren.

Meenchens rundes Gesicht hatte Pausbäckchen und wirkte sehr jungenhaft. Er hatte Ähnlichkeit mit dem Jungen, der von der Verpackung einer bekannten Zwiebacksorte lächelte. Meenchen hörte aufmerksam Lüders Bericht über Grcic zu. Dann bestätigte er, dass der Verfassungsschutz auch über diese Informationen verfügte, die Schleswig-Holsteiner aber keinen Anlass zu eigenen Aktivitäten sahen. Er berichtete, dass es ihm geglückt war, die wahre Identität des ermordeten Lkw-Fahrers zu ermitteln.

»Tawfiq Beyrouti ist eine erfundene Figur. Es ist ihm gelungen, 2015 mit der großen Flüchtlingswelle unter diesem Namen bei uns Fuß zu fassen. Die Behörden hatten angesichts des Massenansturms damals keine Chance, alle Asylsuchenden zu überprüfen. Und da Beyrouti nie auffällig geworden ist, gab es auch keinen Anlass, es nachzuholen. Ich glaube, er hatte schon selbst vergessen, dass er eigentlich Moustapha Al Werfali hieß und aus Ägypten stammte. Er hat die damalige Situation ausgenutzt und ist ins Land gekommen. Als Ägypter hätte er kein Asyl bekommen, sondern wäre als reiner Wirtschaftsflüchtling wieder zurückgeschickt worden. Deshalb hat er alle Papiere, die seine richtige Herkunft verraten hätten, vernichtet. Er war aus dem Nichts aufgetaucht und behauptete, aus Syrien zu stammen, genauer gesagt aus Aleppo. Diese Herkunft reichte damals aus, um bei uns Unterschlupf zu finden. Und wenn er nicht Opfer dieses Mordanschlags geworden wäre, hätte sich niemand für ihn interessiert. Jedenfalls steht sein Tod in keinem Zusammenhang mit seinem damaligen Asylbegehren.«

»Es gibt demnach auch keine Anhaltspunkte dafür, dass es

Verbindungen zu terroristischen Kreisen gibt«, konstatierte Lüder.

»Und welche Interessen verfolgen die Terroristen, die sich des Vorwands, etwas für das Klima zu tun, bedienen?«

»Das ist eine offene Frage. Der Halter des Tatfahrzeugs, Rüschenschmidt, ist dem rechten Spektrum zuzuordnen. Grcic scheint auf der Schiene der Umweltaktivisten zu reisen. Wie passt das zusammen?«

»Zumindest haben Sie vorsichtig einen ersten Zipfel der Decke der Geheimnisse gelüftet«, sagte Meenchen anerkennend.

»Mich würde interessieren, wer die AA finanziert. Augenfällig ist auch, dass sich die Aktivitäten anscheinend auf Nordic Energi konzentrieren. Was bewegt die Täter, gerade dieses auf dem Energiemarkt eher kleine Unternehmen ins Visier zu nehmen?«

»Mit der Beantwortung dieser Frage wären Sie ein gutes Stück weiter.«

Lüder nickte, verabschiedete sich von Meenchen und kehrte ins LKA zurück. Er beschäftigte sich mit der Überlegung, welche Verbindungen es nach England gab. Die Anti Annihilators hatten dort ihre Wurzeln. Es schien, als hätte Nicolaus Grcic die Idee von dort mitgebracht und in Deutschland einen Ableger gegründet. Oder war er geschickt worden, die AA hier zu etablieren? Welches Interesse sollten bestimmte Kreise im Vereinigten Königreich haben, Deutschlands Energiewirtschaft zu destabilisieren? England war schon lange keine Weltmacht mehr. Und der mit Lügen und falschen Versprechungen für die Wähler erkaufte Brexit war schon lange als Fehler entlarvt worden. Das Land besaß große Ressourcen an Erdgas und Erdöl, war damit aber so verschwenderisch umgegangen, dass es heute wieder Nettoimporteur von Erdöl war. Das letzte Steinkohlenbergwerk, früher eine Schlüsselindustrie, schloss 2015 seine Pforten.

Führende Unternehmen im Energiesektor waren auf der Insel beheimatet, darunter BP und Royal Dutch Shell. Auch einige der weltgrößten Bergbauunternehmen hatten ihren Sitz in England. Und die waren mit ihren als Raubbau angeprangerten Methoden oft ins Visier der Umweltschützer geraten.

In Großbritannien hatte man den Ausbau der Windenergie forciert, nachdem früher über achtzig Prozent des Stroms aus fossilen Brennstoffen gewonnen worden waren. Damals war man großzügig im Umgang mit der Natur und Umwelt, dann fand aber eine Rückbesinnung statt, und die Regierung hatte nicht nur das Kyoto-Protokoll ratifiziert, sondern hinsichtlich der Emissionen darüber hinausgehende Maßnahmen beschlossen. War das eventuell ein Grund für die AA, sich mit ihren Aktivitäten anderen Ländern zuzuwenden, die anscheinend hinterherhinkten?, überlegte Lüder.

Eine erfreuliche Meldung traf aus Hamburg ein. Der dortige Staatsschutz hatte erfolgreich zwei Lokale gefunden, in denen Grcic regelmäßig verkehrte. Man konnte sich an ihn und andere Gäste erinnern. Die Gruppe hatte sich gelegentlich dort getroffen und heftig diskutiert. Das war im Schanzenviertel nichts Außergewöhnliches, auch wenn es manchmal recht lebhaft zuging. Zu Auseinandersetzungen hatte es nicht geführt, auch wenn der Bierzapfer in einem Lokal gehört haben wollte, dass Grcic Drohungen ausgesprochen hatte. Das Thema? Das hatte der Mann nicht mitbekommen. Es klang so, als wären die Gespräche allgemein gehalten gewesen. »Die – wer auch immer damit gemeint war – sollten sich hüten. Die Zeit der frommen Sprüche sei vorbei«, erinnerte sich der Barmann, »jetzt würden die Fetzen fliegen.« Solche markigen Worte fielen öfter in der Szene, die auch als alternativ bezeichnet werden konnte. Nun würde man nach Grcic fahnden und versuchen, einen Durchsuchungsbeschluss für seine Wohnung zu erlangen.

Lüder wurde ins Büro des Abteilungsleiters gebeten.

Dr. Starke wirkte genervt. »Wir wissen«, begann er umgehend, »dass die Energieversorgung ein sensibles Thema ist. Übergeordnet bereitet es der Politik Sorgen, nachdem sicher geglaubte Lieferquellen für Erdgas ausgefallen sind. Von den exorbitant gestiegenen Preisen einmal ganz abgesehen. Mit Hochdruck wird am Ausbau der erneuerbaren Energie gearbeitet. Und jetzt …« Er fuhr mit der Hand durch die Luft und zeigte auf das Telefon. »Heute hat es einen Cyberangriff auf einen Windpark an der Westküste gegeben. Nein! Eigentlich zwei. Es wurde auch ein großes Solarfeld mit einbezogen.«

»Vom selben Betreiber?«

»Unterschiedliche.«

»Dann klingt es nach einer konzertierten Aktion«, stellte Lüder fest. »Was ist geschehen?«

»Die Täter haben von außen auf die Steuerung zugegriffen und den Windpark sowie das Solarfeld abgeschaltet. Softwaremäßig. Nun suchen die Techniker nach einer Lösung. Offenbar ist es nicht mit dem Umlegen eines Schalters getan. Wenn ich es richtig verstanden habe, wurde der Zugriff auf die Steuerung regelrecht gekapert.«

»Aber«, widersprach Lüder, »es muss doch Firewalls geben. Ich kann mir nicht vorstellen, dass man einfach auf diese Dinge Einfluss nehmen kann.«

»Das sollte man vermuten«, antwortete Dr. Starke. »Aber offenbar ist es den Tätern gelungen. Man ist im Innenministerium sensibilisiert und stuft diesen Fall als mögliches Staatsschutzdelikt ein. Wir sollen der Sache zügig nachgehen.«

Lüder hob abwehrend die Hand vor die Brust.

»Nein, nicht du. Ich stehe jetzt vor dem Problem, dafür eine Lösung zu finden.«

Lüder wünschte ihm viel Erfolg.

Er wollte den Tag nicht auf der Dienststelle beenden. Die außergewöhnliche Hitzewelle dauerte nun schon über eine Woche an. Für heute hatte Margit vorgeschlagen, zu grillen. Sinje hatte sich in einem Anflug von Großzügigkeit bereit erklärt, dran teilzunehmen. Jonas, das ehemalige Enfant terrible der Familie, war ruhiger geworden. Das Studium der Physik des Erdsystems mit Meteorologie, Ozeanografie und Geophysik an der Christian-Albrechts-Universität nahm seine Konzentration voll in Anspruch. In der knappen verbleibenden Zeit schenkte er Trần Thi Thuong seine Aufmerksamkeit. Deren Familie war in das Haus der langjährigen Nachbarin Frau Mönckhagen eingezogen, die ihren Lebensabend in einem Seniorenheim verbrachte und sich über jeden Besuch der Lüders freute. Phong und seine Frau Linh betrieben in Kiel, tatkräftig von ihren Kindern unterstützt, einen vietnamesischen Imbiss. Tochter Thuong nahm sich von der Hilfe nicht aus, wenn sie in Kiel weilte und sich nicht in Flensburg aufhielt, um dort an der Europa-Universität auf Lehramt für Grundschulen zu studieren.

Als Lüder zu Hause eintraf, hatte Margit schon die Vorbereitungen getroffen.

»Ich muss zuvor aber noch unter die Dusche«, sagte sie nach der Begrüßung. »Das ist heute wieder brütig. Lauf ja nicht barfuß. Die Terrasse ist total aufgeheizt.« Mit spitzen Fingern zog sie an den Achseln die durchgeschwitzte Bluse ein Stück vom Körper ab.

»Wo ist Sinje?«

Margit lachte. »Die hat sich mit ihren Schularbeiten in den Keller zurückgezogen. An anderen Plätzen ist es ihr zu warm.«

»Hätte sie dir nicht helfen kön–«, setzte Lüder an.

Seine Frau winkte ab. »Vergiss es.«

Eine Stunde später saßen die vier am Gartentisch. Sinje hatte sich im knappen Bikini niedergelassen und schützte den Kopf durch einen weißen Schlapphut. Sie okkupierte den Platz unterm Sonnenschirm und klagte über die Temperaturen.

»Du zahlst doch Kirchensteuern«, maulte sie in Lüders Richtung. »Dann kannst du doch bei Petrus intervenieren. Der schickt uns diesen Scheiß.« Als Lüder nicht reagierte, fuhr sie ihren Bruder an: »He, Meteorologe, erklär du es mir.«

Jonas begann, umständlich den Unterschied zwischen Wetter und Klima zu erklären, aber Sinjes Interesse schwand schon nach dem zweiten Satz. Stattdessen kühlte sie sich, wie sie behauptete, an Margits eiskalter Bowle ab. Nach dem dritten hastig hinuntergekippten Glas wurde sie ruhiger, um bald darauf in einen friedlichen Schlummer zu fallen. Das Getränk war fruchtig und erfrischend. Der Vernunft gehorchend beließ es Lüder aber auch bei drei Gläsern.

Sie unterhielten sich über wechselnde Themen, als nach zehn Uhr abends das Telefon klingelte.

»Nanu«, sagte Margit erstaunt, ging ins Haus, kehrte mit dem Mobilteil zurück und hielt es Lüder hin: »Für dich. Die Polizei.«

Er nahm das Gerät entgegen und sah seine Frau fragend an. »Die Polizei?«

Sie zuckte gleichmütig mit den Schultern.

»Lüders.«

»PHK Schütte vom ersten Revier«, meldete sich eine Männerstimme. Lüder glaubte, dem Hauptkommissar schon einmal begegnet zu sein. »Wir haben hier einen Einsatz im Grand Hotel Kaiser Wilhelm.« Jeder kannte das nach Kaiser Wilhelm, dem seefahrtbegeisterten Monarchen, benannte Hotel, malerisch oberhalb der Förde gelegen. »Das Personal hat uns gerufen, nachdem es bemerkte, dass zwei Gäste offenbar mit Schusswaffen herumliefen.«

Lüder fragte erstaunt nach.

»Es handelt sich um eine chinesische Delegation. Der Leiter hat sich im Hotel mit anderen Gästen getroffen. Die beiden Waffenträger sind offenbar Bodyguards. Es ist nichts passiert. Sie haben von ihren Waffen keinen Gebrauch gemacht und auch niemanden bedroht, weigern sich aber, die Waffen abzugeben. Im Augenblick sitzen sie in der Lobby. Wir haben die Situation im Auge. Das Hotel möchte aber nicht, dass hier Uniformierte herumstehen. Das dient nicht der Reputation des Hauses.«

»Und was soll ich bewirken?«, wollte Lüder wissen.

»Einer der Gäste des Delegationsleiters hat sich eingeschaltet und Ihren Namen genannt, wenn Sie ›der Lüders von da oben‹ sind. Sein Name ist Eberhard Gruschke.«

Lüder wiederholte den Namen. »Den kenne ich. Der konferiert mit dem Chinesen?«

»Da sind noch zwei andere dabei. Was soll jetzt geschehen?«, fragte Schütte. »Wir können doch nicht das SEK anrücken lassen. Die Bodyguards handeln offenbar in friedlicher Absicht. Andererseits können wir nicht so tun, als wäre nichts geschehen.«

»Gut«, beschloss Lüder. »Ich komme.«

»Du machst was?« Margit sah ihn aus großen Augen an. Lüder erklärte es ihr.

»Und wie willst du dorthin kommen? Du hast Alkohol getrunken. Und ich auch.«

»Ich kann doch fahren«, meldete sich Sinje mit verschlafener Stimme und schob hinterher: »Wohin?«

»Du?«, fragte Margit spöttisch.

»Warum nicht? Ich habe noch keinen Führerschein, den man mir klauen kann. Außerdem bin ich in Begleitung vom Oberpolizisten.«

»Schlaf weiter, Kleines«, sagte Lüder, beugte sich über seine Tochter und gab ihr einen Kuss auf die Stirn.

Lüder orderte ein Taxi und rollte eine halbe Stunde später vor die Auffahrt des Hotels. Den Wagenmeister hatte man zu dieser späten Stunde schon eingezogen.

Er durchschritt die Drehtür. In der Ecke der Lobby standen drei Schutzpolizisten. Sie hatten sich so positioniert, dass sie die beiden Chinesen, die sich in tiefen Sesseln niedergelassen hatten, im Auge behielten. Der Hauptkommissar löste sich aus der Gruppe und kam Lüder entgegen.

»Herr Lüders?«

Lüder bestätigte es.

Schütte wies mit dem Kopf in Richtung der beiden Bodyguards. »Das sind sie.«

Die Männer saßen über Eck. Sie trugen dunkle Anzüge, weiße Hemden und Krawatten. Unter dem Stoff zeichneten sich deutlich die Schulterhalfter ab.

Die Anwesenheit der Polizei hatte das Interesse einiger Hotelgäste geweckt. Lüder hatte den Eindruck, dass sich heute mehr Menschen als sonst in der Lobby aufhielten und das Geschehen beobachteten. Er musterte die Chinesen. Sie erweckten nicht den Eindruck, als sei ihnen an einer Eskalation gelegen.

»Ich spreche mit ihnen«, entschied Lüder und ging auf die beiden Männer zu.

Er begrüßte sie auf Englisch und stellte sich als Police Officer vor. Sie sahen ihn an, schwiegen aber. Lüder nahm in einem dritten Plüschsessel Platz und zeigte auf ihre Schulterhalfter.

»Für das Tragen einer Waffe in der Öffentlichkeit benötigen Sie in Deutschland eine Lizenz.«

Die beiden Männer wechselten einen raschen Blick. Einer schwieg, der andere zuckte nichtssagend mit den Schultern. Die beiden mochten zwischen dreißig und vierzig Jahre alt sein. Sie waren gepflegte Erscheinungen und dezent gekleidet. Die glatten Haare glänzten. Das Gesicht war perfekt rasiert. Für Asiaten waren sie groß gewachsen und von einer durchtrainierten Statur.

»Sprechen Sie kein Englisch?«, fragte Lüder. »Soll ich einen Dolmetscher besorgen? Wir würden Sie mit auf die Police Station nehmen und uns dort weiter mit Ihnen unterhalten.«

Der linke Chinese reckte sich. »Nein«, sagte er. »Wir bleiben hier. Es ist unsere Aufgabe.«

»Aha. Bei uns gelten Gesetze, die Vorrang vor Ihrer Aufgabe haben.«

»Wir sind Personenschützer«, erklärte der Mann, während Lüder versuchte, sich die Gesichter einzuprägen.

»Wen schützen Sie?«

»Eine hochgestellte Persönlichkeit.«

»Das ist bei uns Aufgabe der Polizei. Wer ist diese Person?«

Der Angesprochene sah Lüder mit unbewegter Miene an. Und schwieg.

Lüder winkte Schütte heran. »Sie sagten, ein Gruschke hätte meinen Namen genannt.«

»Er forderte Sie an. Ziemlich barsch und sagte, Sie sollen das hier klären. Wir sollen verschwinden.«

»Wo ist Gruschke jetzt?«

»Keine Ahnung. Er tauchte irgendwo von hinten auf.«

Lüder stand auf, nickte den beiden Chinesen lächelnd zu und ging, von ihnen aufmerksam beobachtet, zum Portier. Dort legitimierte er sich. »Ich suche Herrn Gruschke.«

»Ich weiß nicht …«, erwiderte der Grauhaarige unsicher.

»Es ist in Ihrem und unserem Interesse, die Situation ohne Eskalation zu entschärfen. Das klappt am besten im Gespräch. Ich nehme an, Gruschke trifft sich mit jemandem, den die beiden Figuren da drüben im Auge haben. Sie sind seine Bodyguards. Freiwillig werden sie nicht von ihrem Job ablassen.«

Der Portier nagte unentschlossen an der Unterlippe. »Ich würde mich gern mit unserem Direktor abstimmen«, erklärte er. »Der ist über das Geschehen informiert.«

»Gut«, stimmte Lüder zu.

Der Mann warf noch einmal einen Blick in die Lobby, wies eine junge Kollegin an, allein die Stellung zu halten, und verschwand durch eine Tür in den Backfront-Bereich. Es dauerte nicht lange, bis er wieder auftauchte.

»Ist in Ordnung«, sagte er. »Kommen Sie bitte.«

Lüder folgte ihm über den mit Teppichen ausgelegten Flur zu einer mit Leisten beschlagenen Tür. Der Portier klopfte an und lauschte am Holz. Nichts rührte sich. Er versuchte es ein weiteres Mal und verstärkte sein Pochen. Als sich immer noch nichts bewegte, entschied Lüder: »Wir gehen hinein.«

»Ja – aber ...«

Der Portier war unsicher, drückte nach einem weiteren erfolglosen Versuch, sich durch Klopfen Aufmerksamkeit zu verschaffen, die Türklinke hinab und trat ein. Lüder folgte ihm.

Der Raum war genauso stilvoll eingerichtet wie der Rest des Hauses. Lange, schwere Vorhänge schirmten den Blick nach außen ab. Die Wände waren mit dezenten Tapeten bekleidet, auf denen Bilder mit maritimen Motiven angebracht waren. Auf einer Anrichte standen silberne Leuchter, Gläser und eine Auswahl an Rauchwaren. In der Mitte des Raumes stand ein Tisch, an dem acht Personen Platz finden konnten. Die weiße Damasttischdecke war bodentief. Man hatte den Platz am Tisch großzügig ausgenutzt und die vier Gäste mit reichlich Freiraum dazwischen platziert.

»Sorry für die Störung«, entschuldigte sich der Portier und suchte Blickkontakt zu Eberhard Gruschke. »Ihr Besuch ist da«, sagte er diplomatisch.

Lüder trat in den Vordergrund und sagte: »Guten Abend.«

Vier Männer sahen ihn an. Sie mussten bereits gegessen haben. Auf dem Tisch standen noch die Weingläser sowie Gläser und Flaschen des Digestifs. Gruschke und sein Gegenüber, ein untersetzter Mann im hellen Anzug und ohne Krawatte, hatten sich für einen Obstbrand einer Schweizer Edelbrennerei entschieden. Der Mann mit dem kantigen Gesicht, dem gepflegten Bart und dem wallenden schlohweißen Haupthaar drehte ein Armagnac-Glas in seinen wohlmanikürten Händen. Hinter der wuchtigen Hornbrille verbargen sich Augen, die Lüder neugierig musterten und unter denen schwere Tränensäcke hingen. Der vierte Anwesende musste der Besucher sein, auf den die Bodyguards achteten. Der Asiate trug einen dunklen Anzug, erkennbar aus der Werkstatt eines Edelschneiders. Sein Gesicht war faltendurchzogen, die dunklen Haare von grauen Strähnen durchsetzt. Aus schmalen Augen sah er Lüder durch die Goldrandbrille an.

Eine illustre Gesellschaft, dachte Lüder. Der Chinese und der Weißhaarige ließen durch ihre Erscheinung und Körpersprache keinen Zweifel aufkommen, dass sie die bedeutenden Persönlichkeiten in dieser Runde waren. Wie hatte sich Gruschke hierher verirrt?, dachte Lüder spöttisch. Und wer mochte der Krawattenlose sein, der einen fast fröhlichen Eindruck erweckte?

Gruschke sprang in die Höhe. Fast wäre sein Weinglas umgekippt.

»Was fällt Ihnen ein?«, sagte er überlaut. Der Ärger stand ihm ins Gesicht geschrieben. »Das ist eine Unverschämtheit, hier hereinzuplatzen.«

»Moin.« Lüder sprach deutsch. »Sie haben mich hierhergebeten.«

»Ich? Sie sollen hier nicht wie ein Berserker hereinspazieren, sondern sich um das Chaos kümmern, das Ihre Beamten hier im Hause angerichtet haben. Da marschiert eine Armee Uniformierter auf. Wir haben hier internationale Gäste. Was sollen die von uns denken?« Er zeigte unmissverständlich zur Tür hinaus. »Gehen Sie. Aber schnell. Und nehmen Sie die Schergen aus der Lobby mit.«

Lüder wechselte ins Englische. *»Be careful«*, sagte er scharf und bewegte drohend seinen Zeigefinger in Richtung Gruschke. »Ich bin Polizeibeamter«, fuhr er fort. »Wir sind alarmiert worden, weil sich im Hotel bewaffnete Leute aufhalten. Schusswaffen in der Öffentlichkeit sind in Deutschland verboten. Er da«, dabei zeigte er auf Gruschke, »hat gebeten, dass ich mich der Sache annehme.«

Die Blicke der Anwesenden wanderten zu Gruschke, der sich in diesem Moment sichtlich unbehaglich fühlte.

»Erkläre du es uns«, sagte der ohne Krawatte zu Lüder.

Der Aussprache nach war es ein Däne, der Deutsch sprach, aber das im Nachbarland übliche Du verwendete. Er besaß die bei Skandinaviern übliche Lockerheit. Das drückte sich auch in seiner Kleidung aus.

»Wer sind Sie?«, fragte Lüder.

»Mein Name ist Erik Faarup Nordby. Ich bin Managing Director der Nordic Energi A/S aus Aarhus.«

»Das will *er* gar nicht wissen«, rief Gruschke.

Nordby gebot ihm mit einer Handbewegung zu schweigen. »Wir haben uns hier zu einer geschäftlichen Besprechung getroffen. Es könnte eine historische werden«, fügte er an und sah zu Gruschke, der aufstöhnte und die Hand vor die Augen hielt. »Das ist Sir William Walsh, Chairman der UE Universal Energy Private Equity aus London. Unser weiterer Gast ist Mr. Qiu Pei-Ming.«

Der Chinese nickte Lüder freundlich zu, als sein Name fiel.

»Sie kommen von welcher Firma?«, fragte Lüder.

Jetzt reichte es Gruschke. »Das geht Sie gar nichts an. Absolut nichts. Was hat die Polizei hier zu suchen? Wir haben hier ein Business-Meeting. Diese lausige Stadt soll froh sein, dass sich unsere hochrangigen Gäste hierher begeben haben.«

»Es geht immer noch um die beiden illegalen Waffenträger da draußen.« Lüder zeigte in Richtung Tür. »Sollen wir sie zur Gefahrenabwehr entwaffnen? Oder finden wir eine diplomatische Lösung?«

Der Chinese räusperte sich leise. »Das sind meine Leute«, sagte er mit einer überraschend hohen Stimme. »Sie dienen meinem Schutz.«

»Das mag möglich sein«, erwiderte Lüder.

»Sir!«, ergänzte Gruschke pikiert.

»Ich habe schon erklärt, dass dieses in Deutschland unzulässig ist.«

Qiu Pei-Ming hörte aufmerksam zu. »Man hält mich für eine gefährdete Person«, erwiderte er. »Deshalb begleiten mich die beiden Herren. Überall. Rund um die Welt. Sie sind friedlich. Solange mir nichts droht.«

Lüder schüttelte den Kopf. »So läuft es nicht.«

Qiu Pei-Ming griff in die Innentasche seines Sakkos und zog einen Pass hervor.

»Hilft das?«, fragte er und überreichte Lüder das Dokument. Es war ein Diplomatenpass der Volksrepublik China. Qiu Pei-Ming, las Lüder, war achtundsechzig Jahre alt. »Ich bin in diplomatischer Mission unterwegs. Das gilt auch für meine beiden Begleiter.«

»Haben die auch einen Diplomatenpass?«, wollte Lüder wissen.

Qiu Pei-Ming blieb die Antwort schuldig.

»Sie kommen hier wie ein Elefant im Porzellanladen hereingetrampelt«, beschwerte sich Gruschke. »Merken Sie denn überhaupt nicht, wie negativ Sie auf die internationalen Gäste wirken?«

»Mich interessiert nur eines: die Waffen. Und die müssen abgelegt werden.«

»Können Sie nicht der Bedeutung unseres Treffens gerecht werden und akzeptieren, dass Mr. Qiu Pei-Ming geschützt werden muss?«, mischte sich Sir William ein.

»Sie haben sich hier zu einem Abendessen getroffen«, erwiderte Lüder. »Ich erkenne nicht, was außerordentlich daran sein soll.«

Sir William räusperte sich. »Mr. Qiu Pei-Ming repräsentiert einen der größten Konzerne der Welt.«

Der Chinese hatte aufmerksam zugehört. Erneut griff er in die Innentasche seines Sakkos, zog eine kleine Tasche heraus, fingerte daraus eine gehämmerte Visitenkarte aus Bütten hervor und überreichte sie Lüder.

Der Text war spartanisch: »Qiu Pei-Ming – Vice President – GWI – Guangzhou Wang Industries«.

»Guangzhou«, las Lüder tonlos vor. Das war eine der Megastädte im Reich der Mitte, das frühere Kanton. Man nannte diesen urbanen Giganten, der nur etwas mehr als einhundert Kilometer von Hongkong entfernt lag, auch »Fabrik der Welt«. Das war natürlich eine Überraschung, Repräsentanten solcher Weltkonzerne in Kiel anzutreffen. Und Sir William Walsh war auch nicht als Bezirksleiter einer Kreissparkasse hier.

»Erkennen Sie jetzt, mit wem Sie sprechen?«, bemühte sich Gruschke um das Wort.

Die beiden Bodyguards hatten sich bisher friedlich verhalten. Lüder war sich nicht sicher, wie sie reagieren würden, sollten die im Foyer stationierten Polizisten versuchen, das Gesetz mit der Anwendung von Zwangsmaßnahmen durchzusetzen. Es war niemandem damit gedient, wenn Aufsehen erregt wurde, was aber kaum zu vermeiden war. Es war eine vertrackte Situation. Und Qiu Pei-Ming hatte Diplomatenstatus.

»Gut«, sagte Lüder und wandte sich an den Chinesen. »Sie kennen es aus Ihrer Heimat. Auf dem eigenen Territorium hat jeder Staat das Recht, Gesetze zu erlassen. Er hat auch die Pflicht, die Einhaltung der Gesetze zu kontrollieren und sie durchzusetzen. Das ist Aufgabe der Polizei. Deshalb kann ich nicht meine Augen schließen und es so belassen, wie es ist.«

»Bürokrat«, fauchte Gruschke wütend.

Lüder schenkte ihm einen giftigen Blick.

»Unter Berücksichtigung Ihres Diplomatenstatus und einer virtuellen Gefährdung erkenne ich an, dass Sie bei Ihren Missionen rund um den Erdball Wert auf individuellen Schutz legen. In Deutschland liegt das Gewaltmonopol beim Staat. Und die Sicherheit von Bürgern und Gästen garantiert die Polizei. Ich schlage deshalb vor, dass Ihre Männer die Munition aus den Waffen entfernen und sie bis zu ihrer Abreise im Hotelsafe aufbewahrt werden. Die Hotelzimmer Ihrer Leibwächter werden nicht durchsucht.«

Qiu Pei-Ming überlegte einen kurzen Moment. Dann nickte er zustimmend und wies Gruschke wie einen Lakaien an, die beiden Männer herbeizuholen.

Wutentbrannt verschwand der Mann und kehrte kurz darauf mit den beiden Bodyguards zurück. Im Windschatten folgten ihnen die drei Schutzpolizisten. Qiu Pei-Ming sprach chinesisch mit seinen Leuten. Ihrer Mimik war anzusehen, dass sie mit dieser Vorgehensweise nicht einverstanden waren. Die beiden widersprachen aber nicht, sondern folgten Hauptkommissar Schütte und seinen Leuten.

Qiu Pei-Ming verbeugte sich leicht in Lüders Richtung und wünschte eine gute Nacht. Sir William und Nordby schlossen sich ihm an, während Gruschke hörbar die Nase hochzog.

»Das wird ein Nachspiel haben«, drohte er.

Im Foyer erfuhr Lüder, dass der Portier sehr erstaunt war über die Bitte, zwei Waffen im Hotelsafe zwischenzulagern. »Können wir die morgen zurückgeben? So einfach?«, hatte er gefragt und war froh, als Schütte es bejahte.

Lüder ließ sich ein Taxi kommen und fuhr nach Hause. Inzwischen war der neue Tag angebrochen. Die Terrasse war aufgeräumt, und die Bewohner des Hauses schliefen. Er setzte sich ins Wohnzimmer, öffnete ein Bier und überlegte, ob sein Handeln richtig war. Es war eine unkonventionelle Entscheidung gewesen, aber sie hatte zum Erfolg geführt, zumindest in einem alle Seiten zufriedenstellenden Rahmen. Die zweite Frage, die ihn beschäftigte, war, was der Grund dieser Zusammenkunft sein mochte. Nordic Energi war im Energiesektor aktiv. Der Konzern war nach verschiedenen Besitzern in die Hände des UE-Fonds geraten. Man durfte diesen durchaus als Heuschrecke bezeichnen. Der Fonds hatte weltweit Gelder von Anlegern eingesammelt und sich damit an Unternehmen beteiligt, die sich in der Energiewirtschaft tummelten. Das galt für ein Engagement im Bereich der fossilen Energie wie Treibstoffe und Gas, ein Beispiel war das Tankstellengeschäft von Nordic Energi, aber auch im Bereich der zukunftsträchtigen erneuerbaren Energien. Durch einen Taschenspielertrick hatte der Fonds die Beteiligungen der Letzteren herausgelöst und ließ die Kapitalanleger auf dem Auslaufmodell alte Energien sitzen. Die Politik hatte deren Aus beschlossen. Somit waren die gezeichneten Kapitalanteile signifikant im Wert gefallen.

Welche Rolle spielten die Chinesen hierbei?, fragte sich Lüder. Er hatte schon von GWI gehört. Guangzhou Wang Industries war einer der großen Player im Reich der Mitte. Lüder startete sein Notebook und suchte nach diesem Konzern. GWI war von Wang Xiaogang gegründet worden. Die Keimzelle war ein kleiner Betrieb, in dem für den europäischen Markt Blechspielzeug hergestellt wurde. Hieraus erwuchs eine Unternehmensgruppe, die zu den größten Chinas gehörte. GWI war in der Elektronik aktiv, sie besaßen eine Reederei, unterhielten eine eigene Bank, bauten Hotels und mischten im Energiegeschäft mit. Wang Xiaogang, der Patriarch, war unterschiedlichen Quellen zufolge etwa Mitte achtzig. Er galt als einer der reichsten Chinesen. Es gab keine Bilder von ihm und keine öffentlichen Auftritte. Im Unterschied zu Oligarchen, Scheichs und den Erben großer Vermögen pflegte er einen nahezu asketischen Lebensstil. Wo genau er lebte, blieb weitgehend unbekannt. Es rankten sich viele Geheimnisse um ihn. Man sagte allerdings, dass er über die Details seiner Unternehmungen gut informiert sei. »Wang kennt jeden seiner Viertelmillion Angestellten« war ein geflügeltes Wort. Der Senior war auch dem Hightech gegenüber aufgeschlossen. Niemand musste ihm die Funktionalität von Handy und Notebook erklären. Und Qiu Pei-Ming war einer der Vizepräsidenten. Ein Vertrauter. Mit

Sicherheit war Qiu Pei-Ming einer der führenden Vertreter der chinesischen Wirtschaft. Und der hatte sich nach Kiel begeben? Was wurde hier gespielt?

Lüder holte tief Luft. Unter diesem Aspekt war seine Vorgehensweise richtig, sagte er zu sich selbst.

Müde zog er sich ins Bett zurück, auch wenn es ihm schwerfiel, erholsamen Schlaf zu finden.

ACHT

Die große Hitze war einem Sommertag gewichen, der für diese Breitengrade immer noch zu den besseren gehörte. Lüder hatte am heimischen Frühstückstisch mit seiner Frau Gedanken darüber ausgetauscht, dass es aus seiner Sicht ein Privileg sei, in einer Klimazone zu leben, in der es den Reiz verschiedener Jahreszeiten gab. »Nur in der Sonne zu leben wie in Kalifornien«, hatte er gemeint, »wäre auch nicht erstrebenswert.«

»Auf den nasskalten November und den Kieler Winter mit Nieselregen und Temperaturen um null Grad kann ich aber verzichten«, hatte Margit erwidert. »Ein richtiger knackiger Winter … so wie früher. Das ist okay.«

»Leider spüren wir schon die Auswirkungen des Klimawandels. Es sind nicht nur die Temperaturen, der Wassermangel im Sommer, unter dem die Landwirtschaft und die Natur leiden, der Klimawandel zeigt uns noch ein ganz anderes Gesicht. Unwetter werden zunehmen. Stürme. Starkregen. Und der Meeresspiegel steigt. Kaum jemand macht sich Gedanken darüber, dass möglicherweise Teile unserer Heimat nicht mehr bewohnbar sein werden. Dann wird man in Köln einen neuen Hafen bauen müssen, weil Hamburg und Bremen auf dem Meeresgrund liegen.«

»Jetzt übertreibst du aber.«

»Hoffentlich behältst du recht. Auf jeden Fall sollten wir nicht die Verantwortung gegenüber künftigen Generationen außer Acht lassen.«

»Und wie sieht die Lösung aus?«

Lüder zuckte mit den Schultern. »Ich gestehe, dass ich keine habe. Auf jeden Fall muss ein Umdenken stattfinden. Ein Weiter-so kann es nicht geben. Aber daran muss sich die ganze Welt beteiligen. Solange der Egoismus rund um den

Globus überwiegt, steuert die Menschheit auf den Untergang zu.«

»Bist du ein Klimaaktivist?«, hatte Margit spöttisch gefragt.

»Nein. Die wählen oft den falschen Weg für eine gute Idee. Ich bin ratlos.«

Auf dem Weg zum LKA meldete ein regionaler Radiosender, dass sich in der Nacht ein merkwürdiger Entführungsfall in Nordfriesland ereignet hatte. Die Kriminalpolizei ermittele, hieß es.

Lüder traf auf dem Flur mit Friedjof zusammen. Der Bürobote strahlte.

»Melissa und Franzi verstehen sich prächtig. Franzi hat gestern Abend gekocht, und Melissa hat reingehauen wie ein Scheunendrescher. Wenn die früher zu uns gekommen wäre, wäre sie auch nicht so dürr«, war er überzeugt und zog weiter.

In der Morgenbesprechung trug Mikkel Brötje mit einem unverhohlenen Grinsen im Gesicht das im Radio gemeldete Ereignis vor. »Engagierte Intelligenzbürger«, wie sie sich selbst nannten, hatten in Husum einen »Fortschrittsterroristen«, wie sie ihn nannten, gekidnappt. Florian Lafrenz war ein lautstark in der Öffentlichkeit auftretender Verfechter des Klimaschutzes, dem auch Verbindungen ideeller Art zu den Anti Annihilators nachgesagt wurden. Er war der Sprecher einer Initiative, die eine radikale Umkehr in der Verkehrspolitik und den Rückbau der Verkehrsinfrastruktur forderte. Auf dem Rückweg von einer Protestaktion auf dem Husumer Markplatz hatte man ihn gekidnappt. Die Täter, er glaubte, es seien sechs gewesen, hatten mit ihm einen einsamen Platz angesteuert. Man hatte ihm einen Jutesack über den Kopf gestülpt und mit ihm diskutiert.

Es ging um den Erhalt moderner Errungenschaften. Die selbst ernannten Intelligenzbürger hielten ihm vor, dass die von Umweltverbänden betriebene Blockade des Ausbaus der

Verkehrswege genau das Gegenteil bewirke. Sie sei umweltbelastend. Als Beispiele wurde der seit Jahren verzögerte Ausbau der Autobahnumgehung um Bad Segeberg genannt. Der Moloch wälze sich durch die Stadt. Das gelte auch für den geplanten Elbtunnel bei Glückstadt. Der Verkehr würde durch eine neue Verkehrsanbindung nicht zunehmen, aber schon jetzt überlastete Straßen wie der Elbtunnel in Hamburg und damit die dort lebenden Anwohner würden entlastet werden. Statt im Stau zu stehen, würde der Verkehr fließen.

Florian Lafrenz hatte dagegen argumentiert und solche Gedanken als Einladung für einen noch hemmungsloseren Umgang mit den Ressourcen bezeichnet.

Die Kidnapper waren mit ihm weitergefahren. Inzwischen war die kurze Nacht angebrochen, als man ihn im Nirgendwo freiließ. Man hatte ihm alles abgenommen und ihn bis auf die Unterhose entkleidet. Dann wurde er ausgesetzt. »Du willst dich auf das Ursprüngliche besinnen«, hatte man ihm mit auf den Weg gegeben. »Geh wie in der Steinzeit nach Hause. Das willst du doch.«

Lafrenz fand sich in der Gemeinde Reußenköge wieder, die durch ihre zahlreichen Windenergieanlagen bekannt und reich geworden war. Es blieb ihm nichts anderes übrig, als den Heimweg zu Fuß anzutreten. Ein einsamer Autofahrer hatte ihn unterwegs entdeckt, war aber angesichts der halb nackten Gestalt verunsichert gewesen und hatte die Polizei informiert. Die hatte Lafrenz schließlich aufgegriffen. Der Entführte berichtete von einem VW-Bulli, den die Kidnapper benutzt hatten.

Später gelang es den Beamten, die Täter ausfindig zu machen. Sie hatten ihr Fahrzeug auf dem Parkplatz eines Discounters am Ortsausgang von Bredstedt geparkt und dort ihren Coup mit Alkohol begossen. Es war eine bunte Gesellschaft, die dort zusammengekommen war. Wortführer war der Betreiber eines Campingplatzes. Er erklärte, in Existenznot zu handeln. Nach dem Aus des Verbrennungsmotors würde seine Lebensgrundlage einbrechen. Kein E-Auto sei in der Lage, einen schweren Wohnwagen über eine längere Distanz zu ziehen. Ihm gingen die Kunden aus. Ähnliche Gedanken äußerte der Vermieter von zwei Ferienwohnungen. Die Gäste kämen nicht aus Berlin, Hamburg oder dem Ruhrgebiet, um statt unberührter Natur auf sich drehende und knatternde Windräder zu blicken.

In der morgendlichen Runde herrschte ein Anflug von Heiterkeit, bis Dr. Starke zur Disziplin aufrief. Anschließend trug Lüder die Ereignisse im Hotel vor. Ein Kollege kritisierte das Vorgehen.

»Wir dürfen auch vor reichen Chinesen keinen Kotau machen«, sagte der Beamte. »Das ist der Unterschied zwischen denen und uns. Hier gelten Recht und Gesetz.«

Lüders Begründung, mit dieser Vorgehensweise eine Eskalation vermieden zu haben, fand bei seinem Kritiker keinen Widerhall. Nach der Besprechung bat ihn der Abteilungsleiter in sein Büro.

»Das ist eine sehr eigenwillige Interpretation«, hielt ihm Dr. Starke vor. »Hoffentlich hat das keine Folgen für dich. Hast du nachgefragt, was die Leute nach Kiel führt? Was wollen die hier?«

»Man hätte mir keine Auskunft erteilt«, erwiderte Lüder.

»Du hättest nachbohren müssen.«

»Es gab keinen Grund, die Leute zu einer Auskunft zu zwingen. Wir können es uns nur zusammenreimen, was dort besprochen wurde. Hinter den Kulissen hat der Equity Fund einen schmutzigen Deal eingefädelt. Das mittelfristig tote Geschäft mit fossiler Energie haben sie abgespalten und es den Kapitalanlegern ins Portfolio geschoben. Die Zukunft mit der erneuerbaren Energie wollen sie sich in die eigene Tasche stecken. Es könnte sein, dass man sich dazu die Chinesen als Partner ins Boot holt.«

Dr. Starke bewegte den Kopf. »Weshalb setzt man eine

hohe Belohnung aus, wenn man sich vom Tankstellengeschäft trennen will?«

»Ich vermute, dass man nicht zusätzliche Aufmerksamkeit auf sich ziehen will. Der Trick mit den Aktien hat Aufregung auf dem Aktienmarkt ausgelöst. Wenn jetzt auch Unruhe durch die Anschläge geschürt wird, könnte der Fokus auf Dinge gerichtet werden, die man lieber im Verborgenen abwickeln möchte. Durch die hohe Belohnung glaubt man, in die Opferrolle schlüpfen zu können. Die AA vertreten ja die Meinung, dass Unternehmen wie Nordic Energi wesentlich am Klimawandel mitschuldig sind. Nun will man davon ablenken und auch die aufgeregten Kapitalanleger beruhigen.«

»Also stehen sich Nordic Energi und die AA als Gegner gegenüber.«

»So sieht es aus.«

»Und die AA wehren sich gegen die Aussetzung der Belohnung, weil die Maßnahme gegen sie gerichtet ist. Man befürchtet, dass das Geld Leute zu Verrat animieren könnte.«

»Wie es auch geschehen ist. Der Fall Jan Bötefür hat es gezeigt. Deshalb hat man ihn auch auf grausame Weise ermordet, um ein Zeichen zu setzen und Angst zu schüren. Der deutsche Ableger von Nordic Energi hat sich gegen die Belohnung gestemmt. Das Ganze wurde von der dänischen Mutter initiiert. Die haben auch über das dänische Innenministerium unser Ministerium scharfgemacht. Die Deutschen haben es bis zuletzt nicht auf sich bezogen. Man hat auf die Spedition verwiesen und im Fall der Drohne mit der Bombenattrappe behauptet, das sei ein Dummejungenstreich.«

Der Abteilungsleiter sah auf seine Uhr. »Wir haben Professor Michaelis aus Hamburg eingeladen. Er müsste mittlerweile eingetroffen sein.«

Lüder war überrascht. Dr. Starke lächelte verschmitzt. Früher herrschte eine unergründliche Abneigung zwischen den beiden Männern. Jens Starke hatte viele Versuche unternommen, Lüder ins berufliche Abseits zu drängen. Das war zum Glück Vergangenheit.

Dr. Starke griff zum Telefon und bat Edith Beyer, den Hamburger Wissenschaftler ins Büro zu bitten. Der Professor trat mit einem strahlenden Lächeln ein, eilte auf Lüder zu und klopfte ihm freundschaftlich auf die Schulter. Dann begrüßte er den Abteilungsleiter. Gern nahm er das Angebot eines Kaffees an.

»Wir haben doch kein unlösbares Rätsel, das es zu dechiffrieren gibt«, staunte Lüder.

Professor Michaelis schmunzelte. »Das ist mein Hobby. Als Mathematiker habe ich mich mit Begeisterung den Geheimnissen der Datenverarbeitung gewidmet. Sie wissen, dass ich mit Vornamen Ferdinand heiße. Man nennt mich auch Ferdinand Byte, weil ich angeblich in den Chips spazieren gehe. So haben die Studierenden hinter meinem Rücken geunkt.«

»Und wohin hat Ihr Spaziergang Sie geführt?«, wollte Lüder wissen.

»Es geht um die Cyberattacke auf die Windenergieanlagen an der Westküste. Gemeinsam mit Ihren Beamten haben wir herausgefunden, dass ein vierzehnjähriger Schüler aus Marne dahintersteckt. Er besucht dort das Gymnasium Europaschule. Ein pfiffiges Kerlchen. Der Bursche hat sich keine sonderliche Mühe gegeben, seine Identität zu verschleiern. Er wurde auch nicht von politischen oder ideellen Motiven getrieben, sondern hat beim Stöbern im Internet eine Schwachstelle entdeckt und wollte es einfach einmal ausprobieren. Es ging besser als erwartet, und das Ergebnis hat ihn selbst überrascht. Aber auch erschreckt, als er bemerkte, was er angerichtet hatte. Nun droht seinen Eltern eine riesige Schadenersatzforderung, nur weil sie einen klugen Sohn haben.«

»Es ist unbegreiflich, wie leichtfertig die Betreiber sich solchen Risiken aussetzen«, stellte Lüder fest. »Es wird den

Hackern zu einfach gemacht. Erst wurden Pipelines angegriffen und durch Lecks beschädigt, dann folgte Sabotage bei der Deutschen Bahn, indem die Täter Signalanlagen und Sicherungseinrichtungen zerstörten und den geregelten Zugverkehr tagelang außer Betrieb setzten. Warum ist Deutschlands kritische Infrastruktur so anfällig – und wie lässt sie sich besser schützen?«

Professor Michaelis runzelte die Stirn. »Denken Sie an die vier Unterwasserlecks der Nord-Stream-Pipelines. Wenn der Gastransfer nicht zuvor aus politischen Gründen gestoppt worden wäre, hätte diese Sabotage gravierende wirtschaftliche Folgen und Auswirkungen auf unsere kurzfristige Energieversorgung gehabt. Schmerzlich offenbart sich hier die Verwundbarkeit unserer kritischen Infrastruktur. Ein Teil des Problems ist hausgemacht.«

»Die kritische Infrastruktur flächendeckend zu überwachen ist schlicht unmöglich«, widersprach Dr. Starke. »Nehmen Sie das Attentat auf den Bahn-Funk. Die Kabelstränge verlaufen quer durch die Republik.«

»Aber wir brauchen mehr Versorgungssicherheit für die Bevölkerung. Die MIT-Sicherheit ist in Deutschland nicht ausgereift.« Der Abteilungsleiter rümpfte die Nase. »Beim Sabotageakt gegen die Bahn wurde ein Kabelschacht geöffnet, der allein durch das große Gewicht der Abdeckung geschützt war. Die Täter waren nicht nur gut informiert, sondern auch hervorragend ausgestattet. Sie sind mit großem Gerät angerückt.«

»Na ja«, ergänzte Lüder. »Wir haben es auf diesem Gebiet nicht mit Kleinkriminellen zu tun. Davon zeugt ja auch unser aktueller Fall.«

»Umso wichtiger sind Sicherheitsmaßnahmen, die verhindern, dass eine vereinzelte Störung zu einem Totalausfall führt. Der Betrieb muss weiter funktionieren. Es müssen einfach mehrfache Redundanzen vorhanden sein. Das war bei der Bahn nicht gegeben. Es genügte, lediglich zwei Kabel zu kappen. Wie anfällig alles ist, hat ja auch die Aktion des Marner Schülers gezeigt«, äußerte Professor Michaelis. »Aber an vielen Stellen sträubt sich die Wirtschaft. IT-Sicherheitsgesetze schreiben den Betreibern kritischer Infrastruktur zahlreiche Maßnahmen vor. Der Energiewirtschaft zum Beispiel macht die Bundesnetzagentur Sicherheitsvorgaben, von physischen Maßnahmen wie dem Schutz vor unautorisiertem Zutritt über organisatorische Regeln etwa zur Berechtigungsvergabe bis zu Vorschriften zum Betrieb von Serversystemen. Betreiber kritischer Infrastruktur müssen potenzielle Gefahren zudem systematisch analysieren und minimieren. Aber das geht viel zu langsam voran. Die Krux liegt in unserem sonst gut angedachten föderalen System. Und in der allumfassenden, undurchsichtigen Bürokratie. Die Sicherheitsvorgaben unterscheiden sich je nach Branche. Die schlagen es dem Bundesamt für Sicherheit in der Informationstechnik vor. Das erteilt die Genehmigungen. Das ist gut, weil die Branchen ihre spezifischen Themen gut kennen. Die Umsetzung ist aber teuer und aufwendig. Da rückt der Sicherheitsgedanke in den Hintergrund, weil die Wirtschaft sich einfach sträubt. Deshalb läuft alles sehr schleppend.«

»Sie meinen, hohe Sicherheitsstandards, die durchaus möglich wären, wurden verschlafen?«, fragte Lüder.

»Ja«, bestätigte Professor Michaelis. »Der Stand der Technik lässt mehr zu. Die Einschläge kommen näher. Es gibt zu viele Sicherheitslücken in der kritischen Infrastruktur, doch es passiert einfach zu wenig, auch wenn die Energie- und Wasserwirtschaft sich gut gewappnet wähnt. Sie glaubt, dass ein hohes Sicherheitsniveau große, flächendeckende Ausfälle unwahrscheinlich macht. Sie hätten zahlreiche Maßnahmen getroffen, um die Sicherheit bestmöglich zu gewährleisten.«

»Wir müssen zwischen politisch und kriminell motivierten Bedrohungen unterscheiden«, erklärte Dr. Starke und sah Lüder an. »Wir hatten noch keine Gelegenheit, dich zu informieren. Beim Netzbetreiber ist eine Erpressung eingegangen. Der oder die Täter fordern eine siebenstellige Summe in Bitcoins innerhalb von vierundzwanzig Stunden. Sie drohen damit, Strommasten und Einrichtungen der Stromversorgung zu sprengen. Wir haben eine Taskforce gebildet, auch wenn es sich augenscheinlich um Trittbrettfahrer handelt. Wir nehmen es ernst. Das ist aber nicht der einzige Erpressungsversuch. Andere drohen mit Cyberangriffen auf die Infrastruktur. In diesem Punkt würden wir Sie, Professor Michaelis, bitten, uns beratend zur Seite zu stehen.«

»Selbstverständlich«, versicherte der Wissenschaftler und folgte dem Beamten, den der Abteilungsleiter in sein Büro gebeten hatte.

»Bis später«, verabschiedete sich Lüder und ging an seinen Arbeitsplatz.

Dort rief er seine Eltern an.

»Moin, mein Junge«, begrüßte ihn seine Mutter.

»Wie geht es Papa?«, wollte er wissen.

Bei dem Zimmermeister aus dem mittelholsteinischen Kellinghusen waren nicht nur die Augen müde geworden. Lüder hatte seinen Vater, der zeit seines Lebens immer nur »nach Edeka« ging und stolz auf die Promotion seines Sohnes war, immer nur aktiv gekannt. »Man hat dich zum Doktor gemacht«, hatte sein Vater gesagt, »aber ein richtiger Doktor bist du nicht. Der behandelt den Schnöf.«

Jetzt saß sein Vater im Lehnstuhl und sah in seinen geliebten Garten hinaus. Es wäre früher nicht vorgekommen, dass die Wildkräuter sprossen und die Hecke wucherte. Auch der Rasen, auf dem Lüder und seine Schwester die Kindheit verbracht hatten, wies braune Stellen auf. Seine Mutter war den vielfältigen Aufgaben im Haus und auf dem Grundstück nicht mehr gewachsen. Sie versorgte nach besten Kräften ihren Mann und erledigte den Haushalt, aber die Pflege des weitläufigen Grundstücks war zu viel.

»Wenn sich nur das Wetter ändern würde«, klagte Mutter Lüders. »Die Wärme macht Papa arg zu schaffen.«

Lüder versprach, dass er und Margit am Wochenende zu Besuch kommen würden.

»Lass es ruhig angehen«, legte er seiner Mutter ans Herz, bevor er das Gespräch beendete.

Lüder nahm sich einen Schreibblock und begann, darauf Kästchen und Verbindungslinien zu zeichnen. Appelhoff von Nordic Energi hatte versucht zu erklären, dass die Angriffe der kleinen Spedition Harmsen und Söhne galten. Es war ein Zufall, dass auch beim Attentat auf den Tanklastzug das Erfder Unternehmen betroffen war. Dem Familienbetrieb wurde die enge geschäftliche Verbindung zu Nordic Energi zum Verhängnis. Für Harmsen und Söhne und die mit ihm verbundenen Menschen bedeutete es das Aus. Zyniker würden von einem Kollateralschaden sprechen.

Weshalb leugnete man bei Nordic Energi, Ziel der Angriffe zu sein?, fragte sich Lüder. War es Zufall, dass die Klimaaktivisten in Gestalt der AA sich ausgerechnet dieses nur von regionaler Bedeutung scheinende Unternehmen ausgesucht hatten? Aus dem kleinen Tankstellenbetreiber rund um den Kirchturm von Aarhus in Dänemark war ein mittelständisches Unternehmen erwachsen, das sich bis zu den skandinavischen Nachbarn und nach Norddeutschland ausgedehnt hatte. Was war an Nordic Energi so interessant, dass sich die großen Mineralölkonzerne dafür interessierten? Sollte schnelle Beute gemacht werden, als man das Aktienpaket wie einen Wanderpokal an UE Universal Energy Private Equity weitergab? Das waren Heuschrecken. Denen lag nichts an einer gesicherten Energieversorgung, an einem geregelten Betrieb. Das zeigte sich an der geschickt eingefädelten Spaltung von Nordic Energi. Man hatte ohne jedes Gewissen den mittelfristig auslaufenden Betriebsteil, der auf fossile Energie ausgerichtet war, abgespalten. Prompt war der Kurs gefallen. Mit dieser Aktion waren die Kapitalanleger, die in Nordic Energi investiert hatten, um ihr Geld betrogen worden. Gab es einen größeren Investor oder eine Gruppe, die nun auf Rache sann?

Das ergab keinen Sinn, überlegte Lüder. Solche Leute hatten viel Geld verloren, aber alle bisherigen gegen das Unternehmen gerichteten Aktionen würden die Lage nur noch verschärfen.

Die Dänen und ihr deutscher Ableger tummelten sich auf dem Energiemarkt. Sie waren im Geschäft mit fossiler Energie, mit Verbrennerkraftstoffen, aber auch im Gasmarkt tätig. Zugleich hatte man die Fühler nach erneuerbaren Energien ausgestreckt. Wer steckte dahinter? Welche Bedeutung hatte das geheimnisvolle Treffen zwischen dem dänischen CEO von Nordic Energi, dem Chairman des Equity Fund und dem Chinesen im Kieler Grand Hotel Kaiser Wilhelm, auf das sie nur zufällig aufmerksam geworden waren?

Lüder malte ein weiteres Kästchen und beschriftete es mit AA. Die Anti Annihilators wollten jene abstrafen, die durch ihr rücksichtsloses Verhalten den Klimawandel forcierten, die Welt vernichteten. Lüder zog einen dicken Strich durch den Kasten. In Deutschland hatten sich die AA geteilt. Zum einen gab es die Gemäßigten, die mahnten, protestierten, das bevorstehende Verhängnis ins Bewusstsein der Menschen tragen wollten. Die andere Gruppe wollte die Veränderung mit Gewalt erzwingen. Sie stand im Verdacht, an den Attentaten beteiligt zu sein. Offen war die Frage, wer diese Terroristen finanzierte. Und weshalb?

Die Behörden waren entsetzt über die hohe von Nordic Energi ausgesetzte Belohnung. Sie hatte eine Flut von unqualifizierten Denunziationen ausgelöst, denen nachgegangen werden musste und die an anderer Stelle benötigte Kapazitäten band. Indirekt war ihr auch Jan Bötefür zum Opfer gefallen. Außerdem hatte diese Aktion eine wütende Gegenreaktion der AA ausgelöst. Die AA sahen sich als Zielscheibe der Kopfgeldjagd und forcierte daraufhin ihre Aktionen. Wem nützte es?, fragte sich Lüder.

Er fand keine Antwort. Aber vielleicht konnte ihm Lutz Fink weiterhelfen.

Lüder verschaffte sich die Adresse und fuhr nach Rendsburg. Fink bewohnte ein Reihenhaus in einem Vorort. Es war ein älterer Bau mit den für diese Region typischen Backsteinen. Nach dem Klingeln öffnete eine kleine, dralle Frau und sah ihn fragend an. Er stellte sich vor und bat darum, Herrn Fink zu sprechen.

»Einen kleinen Augenblick«, sagte die Frau und schloss wieder die Haustür.

Kurz darauf erschien Lutz Fink. Der Manager war hemdsärmelig und trug saloppe Freizeitkleidung. Er sah Lüder aus großen Augen an und fragte: »Sie?«

»Ich habe noch ein paar Fragen an Sie«, erklärte Lüder.

»Kommen Sie rein.«

Fink trat zur Seite und bat Lüder auf die Terrasse. Der handtuchschmale Garten war klein. Fink musste dort unter einem Sonnenschirm gesessen und gelesen haben. Er zeigte auf ein Glas mit Eiswürfeln und Strohhalm.

»Einen Cocktail?«, fragte er und ergänzte: »Alkoholfrei.« Ohne die Antwort abzuwarten, bat er seine Frau: »Schatz. Kümmerst du dich darum?« Dann lehnte er sich zurück und schlug lässig die Beine übereinander. »Was führt Sie zu mir?«

»Mich würde interessieren, weshalb man Sie kurzfristig freigestellt hat.«

Fink räusperte sich. »Freigestellt? Sie meinen, gefeuert. Dazu bedarf es bei Managern keiner Begründung. Es gibt verschiedene Dissonanzen zwischen mir und der dänischen Mutter. Das war nicht immer so. Mit Erik Faarup Nordby bin ich immer gut ausgekommen. Ein feiner Kerl, aber leider auch nicht mehr als eine Marionette. Er kann kaum noch eigenständige Entscheidungen treffen. Die großen, strategischen basieren auf Vorgaben aus England. Dort versteht man nichts vom eigentlichen Geschäft, aber das ist auch nicht deren Ziel.

Es geht um mehr. Um viel mehr. *Money. Money. Money.* Das wird nicht in der Zukunft verdient, sondern jetzt. Nehmen Sie die Natur. Da gibt es den Löwen. Den König der Savanne. Sollte man meinen. Das gilt nur so lange, bis er einem Rudel Hyänen in die Fänge gerät. Die zerfleischen ihn. Das Weiterschieben von Aktien, das Ausschlachten funktionierender Betriebe ohne Rücksicht auf die dort tätigen Menschen, das hat mit vernünftiger Wirtschaft nichts mehr zu tun. Sie haben sich gefragt, weshalb seitens Nordic Energi eine so hohe Belohnung ausgesetzt wurde? Das war eine Idee der Dänen, Nordbys. Er ist traditionsbewusst und glaubt, dem Ende der fossilen Energieträger noch etwas entgegensetzen zu können. Einerseits will man auf den Zug der Zeit aufspringen und investiert gewaltig in die erneuerbaren Energien. Ich bin nicht involviert, habe aber gehört, dass man sich hier die Unterstützung der Chinesen sichern möchte. Die sind kapitalkräftig und, ob wir es wahrhaben möchten oder nicht, uns auch technologisch überlegen. Nordby stemmt sich gegen den chinesischen Einfluss. Er versucht, Stimmen gegen das wilde Wachstum der Windenergieanlagen zu sammeln, und möchte eine Koalition mit den Gegnern der Verspargelung der Landschaft eingehen. Wenn Sie mich fragen … Seine Tage sind gezählt.«

Fink lehnte sich entspannt zurück. »Sehen Sie in mir nicht den Gutmenschen. Ich werfe auf vieles einen kritischen Blick. Deutschland baut ab. Wir sind nicht mehr das Volk, das wir einmal waren, das mit hochgekrempelten Ärmeln der Welt ein Vorbild an Fleiß und Innovation ist. Ganz im Gegenteil. Man lacht über uns. Wenn wir etwas in Angriff nehmen, klappt es selten. Sie kennen die Stichworte: Stuttgart 21, der Flughafen Berlin-Bandenburg, ein Desaster für deutsche Ingenieurskunst. Bei uns benötigt man mehr für die Planung als für die Fertigstellung. Die ungezügelte Regelungswut ist ein großes Hemmnis. Die unsinnige Bürokratie verursacht überhöhte Kosten. Die Gewerkschaften stellen überzogene

Forderungen, der Nachwuchs sieht auf die Work-Life-Balance, und ansonsten ist alles verboten, was nicht ausdrücklich erlaubt ist. Opa kannte früher den Spruch ›Pünktlich wie die Eisenbahn‹. Und heute? Wir sind die Lachnummer Europas. In der heutigen Welt wird fast alles über Software gesteuert. Aus deutschen Laboren … Das funktioniert oft nicht im ersten Go. Unsere Bundeswehr? Die läuft mangels Munition mit dem Gewehr übers Schlachtfeld und ruft laut ›Bumm‹, weil die überbordende Beschaffungsbürokratie es nicht gebacken bekommt.«

»Sehen Sie es nicht zu kritisch?«, fragte Lüder.

Fink musterte Lüder aus zusammengekniffenen Augen. »Ich? Es krankt an allem. Natürlich dürfen wir auch den Egoismus zahlreicher Unternehmen nicht vergessen. Den Artikel 14 des Grundgesetzes, ›Eigentum verpflichtet‹, kennen die meisten nicht. Wohnungsunternehmen, Autokonzerne, Tech-Giganten. Wann wurde zuletzt über Besitz und Verantwortung diskutiert wie jetzt? Das gilt auch für die Verantwortung in Hinblick auf den Klimawandel.« Fink holte tief Luft. »Der ist bei uns längst angekommen. Sie haben es selbst in den letzten Tagen erlebt. Ich möchte nicht wissen, welche indirekten Opfer es gegeben hat. Alte. Kranke. Unsere Regierung unternimmt trotz großer Ankündigungen nicht genug. Die Maßnahmen in Landwirtschaft, Energie und im Verkehr sind nicht ausreichend. Und die fossile Infrastruktur wird weiter ausgebaut.«

»Ich bin erstaunt, solche Worte aus Ihrem Mund zu hören«, sagte Lüder.

Fink lachte auf. »Es ist ein Tanz auf dem Drahtseil. Wir haben die Freiheit zu entscheiden, ob wir links oder rechts abstürzen wollen.« Er hob beide Hände mit den Handflächen nach oben und wog sie gegeneinander ab. »Ein Weiter-so kann es nicht geben. Das sage ich als Familienvater. Und Großvater. Aber eine totale Umkehr katapultiert uns in die Steinzeit zurück. Fazit: Ich weiß es nicht. Ich bin ratlos.«

Lüder nahm einen Schluck vom erfrischenden Cocktail. »Welche Vorzüge hat Gruschke Ihnen gegenüber?«

Fink ließ seinen Blick zum wolkenlosen Himmel schweifen, als würde er dort die Antwort finden. »Gruschke«, setzte er bedächtig an, »ist ein Windhund. Ein Speichellecker. Vor allem aber ein Wadenbeißer. Ein dressierter Hofhund, der bei Bedarf von der Kette gelassen wird und, wenn er von seinem Einsatz zurückkommt, mit einem Leckerli belohnt wird.«

»Ist Appelhoff der kommende Mann? Er spielt sich zumindest so auf.«

Fink schüttelte nahezu amüsiert den Kopf. »Der ist gut für die zweite Reihe, auch wenn er es anders sieht. Nein. Vom Management wird er gar nicht wahrgenommen.«

Lüder fragte, ob Fink noch etwas Wesentliches anmerken wolle.

»Ich bin lange genug im Haifischbecken mitgeschwommen. Jetzt reicht es. Ich habe das Privileg, für das Alter ausgesorgt zu haben. Meiner Frau und mir reicht dieses Haus. Der Rest ist Vergangenheit.« Er wünschte Lüder viel Erfolg bei den Ermittlungen.

Im LKA herrschte Aufregung. Lüder traf Brötje auf dem Flur und erkundigte sich, was los war.

»Der Durchbruch«, erklärte der Oberkommissar mit glänzenden Augen. »Unseren Experten vom KTI ist ein Meisterstück gelungen. Erinnern Sie … äh, du dich an die Zeitung, die dank Windstille am Tatort gefunden wurde, als der Tanklastwagenfahrer erschossen wurde?«

Lüder bestätigte es. »Es war eine Ausgabe der Westfälischen Nachrichten. Ein Riesenfehler der Täter. Es hat uns unter anderem zu Harald Rüschenschmidt geführt, dem Halter des Tatfahrzeugs.«

»Ein Riesenfehler? Das müssen blutige Amateure gewesen sein.«

»Niemand ist perfekt. Und manche Verbrechen wurden

nur aufgeklärt, weil die Täter unvorstellbare Fehler begangen haben.«

»Oder die Fähigkeiten der Polizei unterschätzten«, sagte Brötje. »Die haben sich nicht vorstellen können, dass eine Zeitung nicht nur regionale Nachrichten enthält, sondern auch Namen wie eine Schlagzeile enthalten kann. Man muss es nur zu lesen verstehen. Und das kann unser KTI. Frau Dr. Braun und ihrem Team sei Dank.«

»Haben die Leute eine Telefonnummer auf den Zeitungsrand gekritzelt?«

»So einfach war es auch nicht. Aber beim Lesen hat man keine Vorsicht walten lassen. Es ist gelungen, Spuren zu extrahieren. Und die konnten zugeordnet werden. Zum Glück handelt es sich nicht um die große Unbekannte.«

»Eine Frau?«

Brötje nickte lachend. »Die Frauenquote. Claudia Sandmann, die in unseren Dateien noch ein Dutzend anderer Namen trägt. Bleiben wir bei ihrem Geburtsnamen.«

»*Die* Sandmann?«

»Ja. Sie gehört zu den meistgesuchten Frauen in Deutschland. Komisch. Wenn Frauen schwerkriminell werden, ist es häufig auf dem Feld des Terrorismus. Dabei hatte die Sandmann eigentlich gute Anlagen. Sie stammt aus einer gutbürgerlichen Familie aus Moers und hat nach dem Abitur mit dem Studium der evangelischen Theologie begonnen. Bis dahin war sie unauffällig. Man hat nie klären können, weshalb sie plötzlich aus dieser Spur ausgebrochen ist. Offenbar war sie in Kontakt mit Umweltschützern gekommen und hat ein intensives Umweltengagement gezeigt. Das ist nicht verwerflich. Dabei ist sie aber in die rechte Szene abgedriftet. Das eine hat nichts mit dem anderen zu tun. Insofern bleibt dieser Schritt ein Rätsel.«

»Wie alt?«

»Neununddreißig. Die Tante ist dick im Geschäft. Die muss nicht nach Malle reisen, sondern hat ihren Ballermann stets bei sich. Die hat eine solche Latte an Vorstrafen.« Brötje breitete seine Arme aus und zeigte eine Strecke, die jedem Hobbyangler beim Andeuten eines übergroßen Fangs zur Ehre gereicht hätte. »Mit Ausnahme von Vergewaltigung gibt es wohl nichts, was ihr noch nicht zur Last gelegt wurde. Und bei Letzterem wäre ich mir auch nicht sicher.«

»Die Sandmann wird wegen diverser Straftaten gesucht. Bundesweit. Sie gilt als gewaltbereit und steht mittlerweile vorherigen Terroristengenerationen in nichts nach.«

Brötje nickte zustimmend. »Sie hat Geldautomaten gesprengt ohne Rücksicht, ob Menschen, die über der Bank wohnen, verletzt werden. Das ist leider geschehen. Obwohl es eigentlich aufgrund von Sicherheitsmaßnahmen kaum noch lohnt, war sie an Banküberfällen beteiligt. Aber auch an Überfällen auf Supermärkte und andere Institutionen, wo es noch Bargeld im größeren Umfang gibt. Über Kleinigkeiten wie Körperverletzung, Widerstand gegen Vollstreckungsbeamte, Landfriedensbruch und so weiter rede ich gar nicht. Sie gehörte einem rechtsradikalen Netzwerk an, wobei immer wieder der Verdacht aufkam, dass sie dabei nicht von politischen Ideologien getrieben wurde. Das Netzwerk wurde zerschlagen, aber ihr gelang es, unterzutauchen. Seitdem ist sie als Profikillerin unterwegs.«

»Das ist eine außergewöhnliche Karriere«, stellte Lüder fest. »Gibt es Beweise für die Taten?«

»Ja. Zumindest hinsichtlich der Spuren. Demnach könnten fünf Morde auf ihr Konto gehen. Mit dem Fahrer des Tanklasters sechs. Wenn wir unterstellen, dass sie auch am Sprengstoffattentat beteiligt war, sind es noch mehr Opfer.«

»Welche Verbindungen hat Claudia Sandmann zu den AA?«, fragte Lüder.

»Das ist eine der Fragen, die wir noch nicht geklärt haben.«

»Wie jene, wer die Anschläge finanziert«, sagte Lüder. »Ich werde mit Dr. Starke sprechen, damit wir die Fahndung nach der Sandmann einleiten können.«

»Sie hat das nicht allein gemacht. Wer sind ihre Komplizen?«, fragte Brötje.

Lüder nahm Blickkontakt zum Oberkommissar auf. »Mikkel. Wir wissen manches noch nicht.«

Dann suchte er den Abteilungsleiter auf. Dr. Starke versprach, sich um die Fahndung nach der Frau zu kümmern, und berichtete, dass das KTI auch die Zeitung untersucht hatte, die auf dem Parkplatz gefunden wurde.

»Dieses Detail erzählt uns wieder ein wenig mehr über die Vorgehensweise«, sagte Dr. Starke. »Die Sandmann hat sich Beyrouti mit gezückter Waffe genähert. Eiskalt. Dabei hat sie die Pistole mit der Zeitung verdeckt und durch das Blatt hindurchgeschossen. Das war mehr als heimtückisch. Man hat am Papier Schmauchspuren und das Schussloch analysieren können.«

»Ich werde mit der Kripo Münster sprechen«, schlug Lüder vor. »Vielleicht sind die dortigen Kollegen mit Harald Rüschenschmidt weitergekommen.«

»Rüschenschmidt?«, fragte der Abteilungsleiter.

»Der Halter des Tatfahrzeugs.«

Es dauerte eine Weile, bis Lüder Hauptkommissar Baumkötter in der Leitung hatte.

»Ich war im Haus unterwegs«, entschuldigte sich der Münsteraner. »Nun bin ich ein wenig irritiert. Wieso Kiel? Ich habe bisher mit KHK Große Jäger aus Husum zu tun gehabt. Ein waschechter Westfale. Zumindest dem Namen nach. Sprachlich hat er sich schon bei euch da oben assimiliert, scheint es.«

»Einer unserer Besten«, erklärte Lüder. »Die Polizei in Schleswig-Holstein ist anders organisiert als bei euch. Das liegt auch daran, dass in NRW die Hälfte der Deutschen wohnt.«

»Na ja, nicht ganz. Ein paar leben auch woanders. Zur Sache. Rüschenschmidt hatte zunächst behauptet, nicht zu wissen, wer seinen BMW ohne sein Einverständnis gefahren hat. Seine Einlassung war eine Melange aus tumber Lüge und gespielter Unwissenheit. Wir haben uns einen Durchsuchungsbeschluss beschafft und sein Haus auf den Kopf gestellt. Dabei hat er geflucht wie ein Bürstenbinder. Er wollte uns in Regress nehmen, weil es für ihn als Geschäftsmann von wirtschaftlichem Nachteil ist, wenn die Polizei massiv über seine Wohnung herfällt. Damit nicht genug. Wir haben auch die Nachbarn befragt.« Lüder vernahm ein leises Lachen durch die Leitung. »Es gibt wohl kaum einen neugierigeren Menschenschlag als den Münsterländer. Nein! Das nehme ich zurück, aber die Auskunftsbereitschaft war schon phänomenal. So haben wir erfahren, dass oft eine Frau bei Rüschenschmidt zu Besuch war. Anscheinend hat sie teilweise dort auch gewohnt. Aufgrund von Beschreibungen vermuten wir, dass es sich um –«

»Claudia Sandmann handelt«, fiel ihm Lüder ins Wort.

»Jaaaa. Woher wisst ihr das?«

»Wir sind über einen anderen Weg darauf gekommen.«

»Prima, wenn wir die gleiche Idee haben. Also! Wir haben Spuren im Haus gefunden, die noch ausgewertet werden. Wir hatten schon berichtet, dass Rüschenschmidt Kontakt zur rechten Szene und zu den Reichsbürgern und anderen Verschwurblern hat. Und die Sandmann ist … Aber das wisst ihr ja selbst. Wir haben Rüschenschmidt in die Mangel genommen. So ganz klar geworden ist uns nicht, wie eng das Verhältnis zur Sandmann ist – oder war. Irgendwo gibt es dort eine Einigkeit im Geist. Ganz sicher auch ein intimes Verhältnis. Ich bin mir nicht sicher, ob das Rüschenschmidt mehr antörnt als sein Stolz über den fahrbaren Untersatz. Der gut motorisierte BMW X5, der für die Straftaten benutzt wurde, scheint seine große Liebe zu sein. Jedenfalls hat er laut gejault, was für eine Schweinerei es von der Sandmann ist, sein Auto zu missbrauchen. Und dann auch noch für solche Verbrechen, von denen er sich ausdrücklich distanziert. Als ordentlicher Bürger – ja, so hat er sich wirklich bezeichnet – will er alles tun, um den Behörden behilflich zu sein. Er kann damit anfangen, indem er uns nachweist, wo er sich zur Tatzeit aufgehalten hat, haben wir ihm vorgehalten. Da haperte es schon. Da konnte er sich plötzlich nicht mehr erinnern. Wie dem auch sei. Rüschenschmidt verdient sein Geld mit Immobilien. Wir haben ihm vorübergehend die Möglichkeit geschaffen, sich mit der Liegenschaft in unserer Gartenstraße vertraut zu machen.«

»Was verbirgt sich da?«, fragte Lüder.

»Ein historisch wertvolles und denkmalgeschütztes Gebäude, das zweitälteste deutsche Gefängnis. Dort wollen alle Knackis hin. Der Bau ist stark einsturzgefährdet. Das erleichtert den Jungs das Ausbrechen. Einmal gegen die Wand anlehnen, und du bist draußen.«

»Gehören Kescher zur Standardausrüstung der Münsteraner Polizei, um die Leute wieder einzufangen?«

»Guter Vorschlag«, befand Baumkötter. »Wir haben in Rüschenschmidts Hütte auch nach Hinweisen gesucht, die auf geplante Taten oder Ähnliches hinweisen. Nix. Nullo. Wenn's was Neues gibt – man sieht sich. Ciao.«

Wertvolle Hinweise fanden sich an anderer Stelle. Der Hamburger Staatsschutz hatte mit einem Großaufgebot die Wohnung von Nicolaus Grcic durchsucht. Ein Teil der Beamten war damit beschäftigt, Leute auf der Straße vor dem Haus aufzuhalten, die gegen »Willkürmaßnahmen« protestierten. Es war eine spontane Aktion. Das Erscheinen der Polizei war Grund genug, um den Unmut gegen solche Aktionen kundzutun. Zum Glück blieb es bei verbalen Entgleisungen. Es gab eine Personenfeststellung, als sich eine ungepflegte Erscheinung an ein Einsatzfahrzeug stellte, um sich unter dem Gejohle anderer daran zu erleichtern. Lautstark war auch das Gebrüll, als die Beamten später, in Körben verstaut, Beweismaterial aus dem Haus trugen.

Es war ein mühsames Unterfangen, die wahllos in der Wohnung verteilten Papiere, losen Zettel und die Daten auf dem Notebook zu sichten und auszuwerten. Aber die Mühe lohnte. Grcic schien nicht nur verbal gegen die Energiewirtschaft zu wettern, sondern war in konkrete Anschlagsplanungen eingebunden. Die Aktionen sollten der Infrastruktur gelten. Strommasten sollten gesprengt, Fernwärme- und Gasleitungen zerstört und die Telekommunikation unterbrochen werden. Es fanden sich konkret benannte Ziele, die erstaunlich gut ausgearbeitet schienen.

Grcic und die noch unbekannten Helfer hatten die Pläne nahezu akribisch ausgearbeitet. Anfahrts- und Fluchtwege waren ebenso benannt wie Risiken durch in der Nähe liegende Bebauungen. Hier ging es den Tätern nicht um den Schutz Unbeteiligter, sondern um die Minimierung der Entdeckung. Ein Abschnitt war auch den Cyberangriffen auf die IT-Systeme von Nordic Energi, Netzbetreibern und Stromversorgern gewidmet.

Lüder überflog die erste, noch recht grobe Einschätzung. Das war ein großes Vorhaben, das die Hamburger dort gefunden hatten. Das konnte unmöglich von Grcic allein geplant worden sein. Dahinter steckte eine größere und gut strukturierte Organisation. Er hatte auch Zweifel, ob alles nur der vorgeschobenen Sorge um die Folgen des Klimawandels galt. Die Entdeckung in Hamburg war gewaltig. Dort waren komplexe Attentate geplant worden. Vermutlich würden die Behörden und die politisch Verantwortlichen lange benötigen, um das aufzuarbeiten.

Besondere Aufmerksamkeit weckte bei Lüder ein angedeutetes, aber nicht perfektioniert dargestelltes Szenario, das ein Attentat auf die Förderung fossiler Energie zum Inhalt hatte. Das deckte sich mit der Ursprungsforderung der AA, die sich gegen den Ausbau dieser Art wandte.

Das größte deutsche Ölfeld Mittelplate lag in der Nordsee vor der Dithmarscher Küste am südlichen Rand des einzigartigen Nationalparks Wattenmeer. Es war durch die gleichnamige Bohr- und Förderinsel erschlossen. Von dort führte eine Pipeline ans Festland. Das Nassöl wurde in einer ersten Aufbereitung von Wasser, Sand und anderen Fremdstoffen getrennt. Das Wasser wurde zur Aufrechterhaltung des Lagerstättendrucks zurückgepumpt, während ein Teil des Öls per Pipeline nach Brunsbüttel befördert wurde und der andere Teil der Raffinerie in Heide zugeführt wurde.

Heide. Von dort waren die beiden Tanklastwagen der Spedition gestartet.

Lüder lief ein kalter Schauder den Rücken hinunter. Die Terroristen hatten offenbar vor, diese Pipeline zu sprengen. Das würde eine Umweltkatastrophe ungeheuren Ausmaßes auslösen. Die Pipeline führte durch Deutschlands größtes Kohlanbaugebiet. Nicht nur das. Dort gab es Natur pur. Lüder schüttelte immer wieder den Kopf. Er verstand es nicht. Wie konnten Klimaaktivisten, die sich angeblich die Rettung der Welt auf die Fahnen geschrieben hatten, eine solche Katastrophe wollen?

Nein! Der Klimaschutz war nur ein Vorwand. Davon war er überzeugt. Aber welche Motivation steckte hinter diesen Terrorakten?

Er benötigte eine halbe Stunde, bis er im Ministerium für Energiewende, Klimaschutz, Umwelt und Natur einen Termin bekam. Der Staatssekretär selbst hatte sich bereit erklärt, ihn zu empfangen.

Das Umweltministerium hatte seinen Sitz im Norden der Landeshauptstadt. Staatssekretär Hartmut de Witt konnte von der äußeren Erscheinung seine Herkunft von einem Dithmarscher Bauernhof nicht leugnen, wenn man es nicht als Vorurteil ansah. Die stämmige Figur, der bullig wirkende Kopf mit dem ungesund anmutenden rötlichen Teint, der den Hochdruckpatienten verriet, und die Goldrandbrille vor den grünblauen Augen erweckten den Eindruck von Dynamik.

Die kurz geschorenen rotblonden Haare gingen in einen gepflegten Dreitagebart über.

De Witt wirkte nervös. »Der Minister ist in Kanada«, eröffnete er die Begegnung. »Zu Gesprächen über die Möglichkeiten, unsere Energieversorgung zuverlässig sicherzustellen.«

»Kanada?«, fragte Lüder mit einer hochgezogenen Augenbraue.

De Witt nickte. »Wir sitzen auf einem Pferd, das am besten in zwei Richtungen gleichzeitig traben sollte. Meine Partei und besonders deren Nachwuchsorganisation fordern zu Recht die konsequente Energiewende. Wir sägen an dem Ast, auf dem wir sitzen, wenn wir nicht radikal umdenken. Die anvisierten Ziele reichen nicht mehr aus. Da muss mehr geschehen. Das ist die eine Seite. Andererseits katapultieren wir uns in die Steinzeit zurück, wenn wir plötzlich ohne Energie dastehen. Dann bricht alles zusammen. Nicht nur unsere Wirtschaft, auch unser Wohlstand und die Existenz der Bevölkerung da draußen. Es ist ein Dilemma, in dem wir uns bewegen. Uns, den Politikern, ist es aber noch nicht gelungen, das den Menschen klarzumachen.«

»Und eine Lösung haben Sie auch nicht parat«, ergänzte Lüder.

»Nein. Leider nicht.« De Witts Augenlider flackerten nervös. »Was bringen Sie für eine Lösung der brenzligen Situation mit? Wir sind vom Innenministerium über die offenbar konkret anmutenden Attentatspläne der Terroristen informiert worden.«

Der Staatssekretär zeigte sich tief enttäuscht, als Lüder ihm erklärte, dass die neue Lage so aktuell sei, dass die Gremien der Sicherheitsbehörden noch über die einzuleitenden Maßnahmen zu befinden hätten.

»Ja, was wollen Sie denn von mir?« De Witt griff sich einen Kugelschreiber und drehte ihn zwischen den Fingern.

»Ich suche nach den Hintermännern, den Finanziers.«

»Ach so. Aber was hat das mit uns zu tun?«

»Sie können mir etwas über die Zusammenhänge erklären.«

»Da gibt es die unterschiedlichsten Akteure, die mit ihren Wünschen und Vorstellungen aufeinanderprallen«, begann de Witt. »Sie haben es mitbekommen, wie dramatisch sich der Klimawandel heute schon zeigt. Die Energiewende braucht viel Land. Sehr viel. Wo sollen die ganzen Windräder und Solaranlagen gebaut werden? Nehmen Sie Schleswig-Holstein. In zunehmendem Maße formiert sich der Widerstand von Anwohnern und der Tourismusbranche. Oder der Landwirtschaft. Die hat inzwischen Existenzängste. Selbst Biobauern unterliegen im Wettbewerb um Flächen solventen Investoren.«

Lüder war hellhörig geworden. »Um welche Investoren handelt es sich? Um Investments in erneuerbare Energien?«

»Das ist ein lukrativer Markt«, erwiderte de Witt. »Ein Milliardengeschäft. Der Staat hat viele Anreize geschaffen, um die Umwandlung der Energiegewinnung zu forcieren. Manche verdienen sich dumm und dösig. Wer zur rechten Zeit am richtigen Ort saß, gehört zu den Gewinnern. Aber das ist alles gar nichts im Vergleich zu dem, was da noch kommt.«

»Lockt das auch ausländische Investoren?«

De Witt musterte Lüder, als würde er die Frage nicht verstehen. »Wir sind ein wirtschaftsliberales Land, das keine Abschottung wie andere Nationen betreibt.«

»Spielen Sie auf China an?«

Der Staatssekretär nickte versonnen. »Na klar. Nehmen Sie den Bau von Windenergieanlagen. Da spielten wir ganz vorne mit. Und heute? Alles tot. Und die Module für Solaranlagen? Das kommt alles aus China.«

»Nennen Sie mir Beispiele für chinesische Engagements.«

De Witt lachte auf. »Die gehen das subtiler an. Sie haben gesehen, dass die Politik nach dem russischen Desaster kritischer geworden ist. Man sucht andere Wege.«

»Hm«, überlegte Lüder laut, »indem man sich zum Beispiel an europäischen Unternehmen beteiligt?«

Sein Gegenüber spitzte die Lippen. »Das ist eine denkbare Vorgehensweise.«

Plötzlich ergab es Sinn, dass sich die vier Manager im Kieler Grandhotel getroffen hatten. Sie einte das Interesse am Energiemarkt. GWI – Guangzhou Wang Industries –, dessen Vice President Qiu Pei-Ming und Sir William Walsh, Chairman des Hedgefonds, hatten möglicherweise über das Investment in erneuerbare Energien in Nordeuropa gesprochen. Sie wollten sich dabei der Nordic Energi GmbH bedienen. Die Dänen und ihr deutscher Ableger hatten einen ersten Fuß in der Tür, waren aber noch klein genug, um zu lukrativen Bedingungen übernommen zu werden. Die Größe war auch strategisch interessant. Die Großen am Markt nahmen den Newcomer nicht für voll und maßen ihm keine Bedeutung bei. Dass sich der chinesische Gigant dahinter versteckte, war noch nicht publik geworden. Hätten die beiden Leibwächter Qiu Pei-Mings nicht die Unachtsamkeit mit der sichtbar getragenen Waffe begangen, wäre das Treffen womöglich auch geheim geblieben. Erik Faarup Nordby war in dieser Runde fast nur Statist. Die Entscheidungen lagen bei Sir William und Qiu Pei-Ming. Und Gruschke? Lüder hatte keine Erklärung für dessen Anwesenheit. Hatten die AA von dem geplanten Deal erfahren? Von wem? Wollten sie mit ihren Aktionen das Geschäft verhindern? Steckte doch einer der großen Konkurrenten dahinter oder gar eine fremde Macht? Das könnte die Finanzierung der Attentate erklären. Claudia Sandmann hatte sich zu einer Profikillerin entwickelt, und Nicolaus Grcic war in die Szene hineingewachsen.

Lüder schreckte auf. Er war so tief in seine Überlegungen eingetaucht, dass er die Anwesenheit des Staatssekretärs kurz vergessen hatte.

»Herr Lüders?«, fragte de Witt. »Alles in Ordnung?«

»Ja sicher«, erwiderte Lüder. »Sie wollten mir erklären,

wer Interesse an einem Engagement im deutschen Energiemarkt haben könnte.«

»Da gibt es viele.«

»Nordic Energi?«

De Witt nickte. »Sicher. Die haben auch erkannt, dass der Handel mit fossiler Energie nicht zukunftsträchtig ist. Die Dänen sind in vielen Punkten weiter als wir. Das liegt auch daran, dass das Gesetzgebungsverfahren dort unkomplizierter ist. Wenn das Parlament ein Vorhaben per Gesetz beschließt, ist in bestimmten Fällen der Klageweg dagegen ausgeschlossen. Das erspart unter Umständen einen langjährigen Weg durch die Instanzen der Justiz. Wir haben zum Beispiel an unserer Nordseeküste das UNESCO-Weltnaturerbe Wattenmeer. Es reicht aber nur noch ein wenig weiter in Richtung Norden. Die Dänen haben sich mehr Freiheiten gelassen und nutzen es weidlich aus. Sie haben heute schon Hunderte von Windenergieanlagen in Nord- und Ostsee. In Planung ist eine neue, künstliche Insel achtzig Kilometer nördlich von Jütland mit zweihundert Windenergieanlagen. Ein Teil der Energie soll dort direkt in Wasserstoff umgewandelt werden. Nordic Energi will ein Stück vom Kuchen abhaben. Bisher scheiterte es aber am notwendigen Kapital.«

»Und wenn man an die Mittel herankäme?«, wollte Lüder wissen.

»Dann sind sie mit Sicherheit dabei.«

»Auch in Deutschland?«

De Witt malte gedankenverloren Strichmännchen auf einen Notizblock. »Wir müssen etwas tun, wenn wir nicht vom Ausland abhängig werden wollen. Energie ist für alle Länder wichtig. Und wenn man uns nicht aus politischen Gründen den Saft abdreht, so könnte man uns über den Preis in den Würgegriff nehmen. So gibt es Überlegungen, unter anderem in der Meldorfer Bucht einen riesigen Windpark zu errichten. Das hätte den Vorteil, dass alle bei Onshore-, also an Land errichteten Anlagen sich ergebenden Bedenken nicht zum Tragen kämen.«

»Könnten wir uns in neue Abhängigkeiten begeben?«

»Deshalb ist es wichtig, mit vertrauensvollen Partnern zusammenzuarbeiten. Zum Beispiel mit europäischen.«

Und wenn sich hinter denen Dritte verbergen?, überlegte Lüder. Laut sagte er: »Ein gewaltiges Projekt. Aber mit dem Windpark auf See ist es nicht getan. Irgendwie muss der Strom auch an Land transportiert werden.«

»Nicht nur dorthin. Uns mangelt es an der Infrastruktur. Die großen Stromverbraucher sitzen im Süden Deutschlands. Wir müssen Stromautobahnen bauen. Dagegen tut sich nicht nur Widerstand auf. Die Südländer haben den größten Energiehunger. Aber sie wollen keine Leitungen. Ja, wie denn?«, ereiferte sich der Staatssekretär. »Glauben die wirklich, man könne den Strom via Internet zu ihnen expedieren? Wir hatten einen kompetenten Netzbetreiber hier im Norden. Die Holländer sind ausgestiegen, nachdem sie erkannt hatten, dass sie die gewaltigen Investitionen nicht stemmen können. Sie müssen schon Onkel Dagobert sein, um es schultern zu können.«

»Oder über die nötige Investitionskraft verfügen«, warf Lüder ein.

»Oder das.«

Waren die Chinesen um Qiu Pei-Ming wirtschaftlich potent genug?, fragte sich Lüder. Die Heuschrecken um Sir William würden kaum Interesse an einer langfristigen Kapitalanlage zeigen. Sie hatten Nordic Energi aufgekauft, das Unternehmen auf nicht nachvollziehbare Weise aufgeteilt, den Teil ohne Perspektive als minderwertige Hülle den Investoren überlassen und beabsichtigten nun, den zukunftsträchtigen Part an die Chinesen abzutreten. Und die hätten über Nordic Energi Zugang zum lukrativen deutschen Energiemarkt. Da braute sich Ungeheuerliches zusammen. Aber welche Verbindung gab es zu den AA und den Attentaten?

De Witt sah demonstrativ auf seine Armbanduhr. »Ich habe Ihnen schon zu viel Zeit eingeräumt«, stellte er mit leicht anklagender Stimme fest. »Wir schieben ungemein viele Probleme und offene Fragen vor uns her. Hinzu kommt, dass in unserem föderalen System viel Egoismus herrscht. Nordrhein-Westfalen will seine Braunkohle weiter ausbeuten und die Kohlekraftwerke damit füttern. Es geht um Arbeitsplätze. Unstrittig ist die Klimaschädlichkeit. Deshalb soll das CO_2 als Zwischenlösung unter der Erde verpresst werden. Und wo? Nicht bei ihnen, sondern in Nordfriesland. Bayern will die Atomkraftwerke weiterbetreiben, weigert sich aber beharrlich, auch nur in die Überlegungen, wo der Atommüll eingelagert werden kann, einbezogen zu werden. Wir haben nicht mehr viel Zeit. Der Klimawandel legt keine Pause ein. Es ist keine Zeit, sich zurückzulehnen und abzuwarten. Während manche untätig sind und auf die Work-Life-Balance verweisen, sollten wir bedenken: Die herannahende Katastrophe arbeitet durch. Die hat keine Work-Life-Balance.« Der Staatssekretär holte tief Luft. »Der verzweifelte Versuch, den Klimawandel aufzuhalten, erfordert, dass wir uns selbst nicht als Staaten oder Nationen mit unseren eigenen Wünschen und Forderungen betrachten, sondern als menschliche Bewohner eines gemeinsamen Raums.« De Witt stand auf. »Ich wünsche Ihnen viel Erfolg bei Ihren Ermittlungen.«

Auf der Fahrt zurück ins LKA beschäftigte Lüder der Gedanke, ob die Chinesen sich wirklich über den Umweg Nordic Energi in den lukrativen deutschen Energiemarkt einkaufen wollten. Wenn die geschäftstüchtigen Technokraten aus dem Reich der aufgehenden Sonne etwas in Angriff nahmen, dann gründlich. Sie würden sich nicht mit einer Handvoll Windräder begnügen, sondern eine marktbeherrschende Position einnehmen. Ihr Geschick, aber auch ihre Beharrlichkeit hatten sie schon an zahlreichen Plätzen in der Welt bewiesen. Sie hatten afrikanischen Staaten Danaergeschenke erwiesen. Vordergründig sah es aus, als würden sie in die Infrastruktur der Entwicklungsländer investieren. Damit sicherten sie sich aber Zugriffe auf Ressourcen, die diese Länder aus eigener Kraft nicht heben konnten. Das ging einher mit politischem Einfluss. Ein weiteres Beispiel war die neue Seidenstraße. Darunter war der Auf- und Ausbau internationaler Handels- und Infrastruktur-Netze zwischen China und vielen anderen Ländern zu verstehen. Alles geschah unter Chinas Leitung. Und Kontrolle! Es war eine grandiose Marketingidee der Chinesen, das Ganze als Förderung der Infrastruktur zu tarnen. Die ärmeren Länder gerieten dabei in eine Schuldenfalle und mussten in der Folge Rohstoffe und Ressourcen an die fernöstliche Großmacht verkaufen oder verpachten. Es war Chinas erklärtes Ziel, zur Weltmacht Nummer eins aufzusteigen.

Lüder lächelte, als er sich an ein Bonmot erinnerte. Als Deutschland mit der ewigen Verzögerung beim Bau des Berliner Flughafens zum Gespött der Welt wurde, schlug jemand vor, die Chinesen mit der Fertigstellung zu beauftragen. Die hatten abgelehnt. Es würde sich nicht lohnen, für ein Wochenende in die deutsche Hauptstadt zu kommen.

Auf der Dienststelle erfuhr er, dass die Fahndung nach Claudia Sandmann und Nicolaus Grcic bundesweit angelaufen war. In Pinneberg hatten sich drei Dutzend Klimaaktivisten aufgemacht, gegen die Erderwärmung zu protestieren. Sie marschierten langsam durch die Straßen der Kreisstadt und behinderten den Verkehr. Auf Transparenten outeten sie sich als AA-Anhänger. In Kiel wollten sich Klimaaktivisten zwecks Blockade des Theodor-Heuss-Rings auf die Fahrbahn kleben. Bevor sie ihr Werk vollenden konnten oder die Polizei eintraf, hatten erboste Autofahrer sie ergriffen, von der Fahrbahn gezerrt und ihnen handfeste Prügel angedroht, wenn sie ihr Vorhaben erneut versuchen sollten. Die Demonstranten beklagten die gegen sie gerichteten Drohungen. Sie selbst würden sich strikt gegen jede Form von Gewalt aussprechen. Sie waren auch enttäuscht, als die Beamten vor Ort nicht zur Diskussion über den Klimawandel bereit waren.

Lüder nahm Kontakt zu Geert Meenchen auf. Zu dem Verfassungsschützer bestand seit Langem ein vertrauensvolles Verhältnis. Lüder konnte sich darauf verlassen, dass Meenchen Informationen, die er ihm anvertraute, für sich behielt. Das galt auch für die Überlegungen hinsichtlich möglicher chinesischer Pläne.

»Interessant«, murmelte Meenchen. »Mich wundert aber, dass solche Gedankenspiele noch nicht in Berlin gereift sind. Dort gibt es Thinktanks, die solche Varianten doch durchspielen müssten.« Meenchen bestätigte, dass das Energiethema allgegenwärtig war. Der Verfassungsschutz beschäftigte sich auch damit. »Es war zu erwarten«, erklärte Meenchen, »dass der Gasmangel von rechten Kreisen zur Polemisierung genutzt wird. Die Themen sind wie Wanderpokale. Zunächst war es der Euro mit all seinen Schattierungen, dann kamen die Flüchtlinge. Ihnen folgte der Islam im Allgemeinen. Jetzt die Energiekrise. Irgendetwas ist immer.«

»Wie gut, dass der Verfassungsschutz ein Auge darauf hat«, bestätigte Lüder. »Die Anti Annihilators – sind das Rechtsextremisten?«

»Schwer zu sagen«, meinte Meenchen. »In England haben sie sich radikalisiert. Und das vor dem Hintergrund, dass die in Sachen Umweltbewusstsein oft gescholtenen Briten sich ehrgeizige Ziele in Sachen Energiewende und Klimaschutz gesetzt haben. Man will den Kohlenstoffdioxidausstoß radikal reduzieren. Der Elektrizitätssektor soll sogar CO_2-frei werden. Um das zu erreichen, wird ein hoher Mindestpreis je Tonne auf die Produktion von Kohlendioxid erhoben.« Meenchen sog hörbar die Luft tief ein. »Man will damit von den emissionsintensiven Kohlekraftwerken auf Gas umsteigen. Sie setzen auf Windparks, Wellen- und Gezeitenkraftwerke und intensivieren die Stromerzeugung aus regenerativen Quellen. Niemand auf der Welt erzeugt mehr Strom in Offshore-Windparks als die Briten.«

»In Anbetracht solcher Anstrengungen wundert es mich, dass sich dort militante Gegner wie die AA etabliert haben. Das Bemühen der Regierung wird nicht goutiert. Aber blicken wir auf Deutschland. Bei uns gibt es zwei Ausrichtungen der AA. Den Gemäßigten liegt der Klimaschutz am Herzen. Sie haben sich von den Terroristen losgesagt. Bei der Terrorgruppe kann ich nicht mehr erkennen, dass sie sich für den Klimaschutz einsetzen. Wenn wir wüssten, wer sie finanziert, könnten wir auch die Motivation für die Verbrechen verstehen.«

»Wenn ich mich einmal weit aus dem Fenster lehne …« Meenchen legte eine Pause ein. »Wer könnte der Nutznießer sein?«

Lüder holte tief Luft. »Die Chinesen«, sagte er.

Meenchen stimmte ihm zu. »Und es wird um einen hohen Einsatz gespielt.«

Der Verfassungsschützer hatte recht, dachte Lüder nach dem Telefonat. Während einige gewissenlos an ihre eigenen Vorteile dachten, an Profit, ging es für andere ums nackte Überleben. Inselstaaten im Pazifik drohten dem steigenden Meeresspiegel zum Opfer zu fallen, Ökosysteme zusammenzubrechen, und die Menschheit gefährdeten in zunehmendem Maße Naturkatastrophen. Nicht nur das. Was würde geschehen, wenn sich ungeahnte Massen auf den Weg machen würden, weil ihre Heimat unbewohnbar geworden war? Lüder schauderte. Welche Lasten hinterließ seine Generation den Kindern? Die Anti Annihilators – die Antivernichter – hatten sich zum Ziel gesetzt, jene abzustrafen, die gedankenlos die Vernichtung unser aller Lebensräume aufs Spiel setzten. Fraglich war die Wahl der Mittel. Unrecht durfte nicht mit Unrecht bekämpft werden. Und geradezu pervers war es, wenn die, die vorgaben, sich für den Klimaschutz einzusetzen, zu bezahlten Killern im Auftrag jener wurden, denen die Zukunft der Welt gleich war.

Auf seinem Rechner traf eine neue Nachricht aus Münster ein. Die dortige Kripo hatte Harald Rüschenschmidt weiterverhört. Der Immobilienmakler war dem Druck nicht mehr gewachsen gewesen und hatte gestanden, Claudia Sandmann nicht nur als Geliebte und gelegentlichen Gast in seinem Haus zu kennen. Auch Nicolaus Grcic sei ihm bekannt. Der AA-Aktivist habe Sandmann und Rüschenschmidt öfter im Münsterland aufgesucht. Man habe dort diskutiert und Pläne gemacht, wie man Aktionen starten könne, um auch mit außergewöhnlichen Mitteln und Maßnahmen zur Umkehr in Sachen Klimawandel hinzuarbeiten. Ihm, Rüschenschmidt, sei klar geworden, dass es nicht mehr um eine Ideologie ging, sondern dass etwas anderes dahinterstecken musste. Was, das habe sich ihm nicht erschlossen. Als er nachhakte, habe Grcic ihm erklärt, dass es für seine Gesundheit von Vorteil sei, wenn er sich heraushalte. Man habe ihn in seinem eigenen Haus schließlich ausgesperrt. Claudia Sandmann habe ihr Verhalten ihm gegenüber geändert. Sie habe ihn von sich gewiesen und hemmungslos in Rüschenschmidts Haus mit Grcic sexuellen Verkehr gepflegt. Die Frau habe ihm auch ihre Pistole gezeigt und auf ihn gezielt. Kalt lächelnd habe sie eine Stelle zwischen seinen Augen anvisiert und abgedrückt. Das trockene Klick habe ihn zu Tode erschreckt. Unter diesen Drohungen hatte er den beiden auch seinen BMW überlassen. Immerhin konnte er Angaben zu einigen anderen Personen machen, die an diesen Treffen teilgenommen hatten. Es waren insgesamt fünf weitere, eine Frau und vier Männer. Einer, Tim, war Engländer. Die Münsteraner hatten ihn als Timothy Abrahams aus Birmingham identifiziert. Der Gründer der AA war Lüder bekannt. Er war irgendwann in den terroristischen Untergrund abgewandert. Diesem Weg war ein Teil des deutschen AA-Ablegers gefolgt.

Sie hatten nun Gewissheit. Für die Taten war eine international agierende Terrortruppe verantwortlich. Diese Erkenntnis hatte sich auch in der Leitung des LKA durchgesetzt, erfuhr Lüder, als er den Abteilungsleiter aufsuchte und Dr. Starke seine Gedanken vortrug.

Die außergewöhnliche Hitzewelle war einem herrlichen Sommertag gewichen. Auch abends war es noch angenehm warm. Viele Menschen nutzten das gute Wetter für Freizeitvergnügen. Die Außengastronomie war umlagert, die Eisdielen erzielten Rekordumsätze. Lüder hatte in einem Beitrag gehört, dass die Getränkehersteller und Brauereien Verluste der letzten Jahre zwar nicht ausgleichen, aber doch ein wenig abbauen konnten. Margit hatte sich für den Abend mit Dorle, einer Kollegin, verabredet. Die Frau hatte vor Kurzem eine Trennung vom Partner durchlebt und freute sich auf den Austausch von Frau zu Frau. Sicher gab es einige Dinge, die sie sich von der Seele reden wollte. Sinje war … irgendwo. Der Teenager empfand es als Gängelei, sich zu jedem Schritt äußern zu sollen. Sinje hatte auch kein Verständnis dafür, dass es für ihn und Margit nicht um die Kontrolle, sondern einfach nur um die elterliche Sorge ging. Lüders Frau hatte ihm das Abendessen zubereitet. Er freute sich auf die selbst gemachte Gazpacho. Sie wollte wissen, ob er am nächsten Tag viele Besprechungen zu absolvieren habe, und erkundigte sich auf diese Weise, wie viel frischen Knoblauch sie in das Essen mischen durfte.

»Ist egal«, hatte er geantwortet und gelächelt. »Nicht zu wenig.«

Dazu gab es frisches Fladenbrot. Das bezogen sie von den Nachbarn. Es blieb Phongs Geheimnis, woher er es bekam. Jedenfalls war es unvergleichlich im Verhältnis zu jenem Brot, das in Supermärkten angeboten wurde.

Lüder hatte es sich auf der Terrasse gemütlich gemacht und sich aus dem Kühlschrank ein Alsterwasser besorgt. Er drehte die beschlagene Flasche in der Hand. »Radler«, stand auf dem Etikett. Sein Vater hätte sich jetzt wieder über die falsche Bezeichnung ausgelassen.

Lüder ließ seinen Blick über die Fassade des älteren Einfamilienhauses gleiten. Die Fenster müssten gestrichen werden. Das diente aber nur der Optik. Es gab vieles am Gebäude zu richten. Vordringlich waren sicher die energetischen Maßnahmen. Ein Berater, den die Lüders um eine Einschätzung gebeten hatten, schätzte die erforderlichen Investitionen im sechsstelligen Bereich. Darin waren nicht einmal die Kosten für eine neue Heizungsanlage enthalten, die nach Vorstellung der Politik bestimmte Mindestanforderungen erfüllen musste.

Man hörte immer wieder von Menschen, die sich die Belastungen für die eigenen vier Wände nicht mehr leisten konnten, seien es die für sie untragbaren Bewirtschaftungskosten oder die durch die Grundsteuerreform gestiegenen Belastungen.

Wie würde er sich fühlen, wenn Margit und er dieses Haus verlassen müssten? Hier waren die Kinder groß geworden, hier hatte sich ein wesentlicher Teil seines Lebens abgespielt. Er lächelte in sich hinein. Sein Vater hatte immer gemahnt, dass zu einem Haus auch ein gepflegter Garten gehörte. Im heimischen Kellinghusen hatte der Senior stets Wert auf ein tadelloses Erscheinungsbild rund um das Haus gelegt und bei seinen Besuchen am Hedenholz Hand angelegt, bis ihn altersbedingt die Kräfte verließen. Margit bemühte sich, neben Beruf und Familie auch dem Garten Aufmerksamkeit zu schenken, aber das nur mit mäßigem Erfolg. Lüders Argument, ein bisschen Naturbelassenheit würde nicht schaden, konnte sie nichts abgewinnen. Immerhin korrespondierte der Garten mit dem unbebauten Areal jenseits des Gartenzauns. Auch dort wucherte es. Wilde Natur. Von der schmalen Straße, dem Aubrook, die dort entlangführte, war nichts zu sehen.

Ach Margit, dachte er. Automatisch tauchte seine Hand in die Hosentasche, und er holte das kleine hölzerne Herz hervor, das sie ihm als Talisman geschenkt hatte. Das fein polierte Holz war ein Handschmeichler. Er ließ es gedankenverloren durch die Finger gleiten.

Plötzlich entglitt es ihm und fiel auf die Waschbetonplatten der Terrasse. Lüder bückte sich und angelte nach dem Herzen, als ihn ein lautes Klirren erschreckte. Er hatte Mühe, es zuzuordnen. Es waren nur Bruchteile von Sekunden, bis er mit einem seitlichen Blick wahrnahm, dass die große Wohnzimmerscheibe ungefähr auf der Höhe, auf der sich eben noch sein Kopf befunden hatte, ein Loch aufwies. Von ihm gingen wie bei einem Spinnennetz lauter feine Risse aus. Es sah aus wie das Eis im kleinen Wasserlauf hinter dem elterlichen Haus, wenn sie es im Winter mit Steinen bombardiert hatten. Das Loch, das selten die Eisfläche durchbrach, und die Risse, die sich auf der Eisfläche verteilten.

Als erfahrenem Polizeibeamten war ihm bewusst, dass auf ihn geschossen worden war. Ein gezielter Schuss. Der Schütze, der aus dem zugewucherten Gelände jenseits des Grundstücks auf ihn angelegt hatte, würde es nicht bei dem einen Versuch belassen. Aus der gebückten Haltung heraus stemmte sich Lüder ab und hechtete kraftvoll mit einem Satz in Richtung der offenen Terrassentür. Der Schwung ließ den Gartenstuhl umkippen. Er war auf der Schwelle, als der zweite Schuss abgegeben wurde. Lüder spürte, wie das Geschoss ein Stück unterhalb des ersten gegen die Mauer unter dem Fenster prallte.

Mit Riesensätzen hastete er durch das Wohnzimmer, erreichte die Tür zum Flur und sprang, mehrere Stufen gleichzeitig nehmend, die hölzerne Treppe ins Oberschoss empor. Durch den Schwung prallte er schmerzhaft mit der Schulter gegen den Türrahmen des Schlafzimmers. Er riss die Nachttischschublade auf, in der er seine Dienstwaffe aufbewahrte, wissend, dass dies nicht der korrekte Ort dafür war. Das traf allerdings auch auf den kleinen, einfachen Tresor zu, der im Kleiderschrank verborgen war.

Auf dem Weg zurück ins Erdgeschoss lud er automatisch

die Walther P99Q durch. An der Zimmertür blieb er stehen und lugte um die Ecke ins Wohnzimmer, ob der oder die Täter seine Abwesenheit für eine Annäherung genutzt hatten. Es war nichts zu erkennen. Lüder kramte sein Handy aus der Hosentasche hervor und wählte die Eins-Eins-Null. Als sich die Leitstelle meldete, gab er einen kurzen Lagebericht durch, nannte die Anschrift und wies darauf hin, dass die Täter bewaffnet waren und sich im Areal zwischen dem Hedenholz und dem Aubrook aufhielten.

Dann konzentrierte er sich wieder auf den Garten. So weit sein Blick reichte, war nichts zu entdecken. Im Kriechgang durchquerte er den Raum und lugte um die Mauer unterhalb des Fensters nach draußen. Nichts. Wahrscheinlich waren die Angreifer geflüchtet. Sie konnten sich ausrechnen, dass Lüder Verstärkung angefordert hatte. Bald würde es hier von Einsatzkräften wimmeln. Der Disponent in der Leitstelle würde sich die Örtlichkeit auf dem Bildschirm ansehen und die Streifenwagen so lenken, dass sie mögliche Fluchtwege abschnitten.

Lüder wartete noch einen Moment. Nichts rührte sich. Vorsichtig tauchte er aus der Hocke auf. Keine Reaktion. Das Ganze geschah in Intervallen. Zwischen den einzelnen Bewegungen ließ er sich Zeit. Schließlich stand er und wagte einen Schritt auf die Türschwelle. Es blieb ruhig. Dann trat er in den Garten. Einzig die Stille eines schönen Sommerabends war um ihn. Er besah sich die Schäden, die die Geschosse angerichtet hatten. Die große Thermopenscheibe hatte einen glatten Durchschuss.

In die Stille des Abends mischten sich die auf- und abschwellenden Töne der Martinshörner. Kurz darauf wimmelte es von Polizisten. Uniformierte trampelten durch das Haus, bevölkerten Terrasse und Garten und durchkämmten, für ihn unsichtbar, das Areal hinter dem Grundstück. Ein ergrauter Erster Hauptkommissar, der die Leitung vor Ort innehatte, informierte ihn, dass die Fahndung eingeleitet wurde. Man hatte einen Zeugen gefunden, der von einem Ford Kuga sprach, in Feuerwehrrot, der sich vom Aubrook aus in Richtung Hasseer Straße entfernt hatte. Dort verlor sich die Spur. Das Fahrzeug war ihm wegen der überhöhten Geschwindigkeit aufgefallen.

Später trafen der Kriminaldauerdienst und die Spurensicherung ein. Die Beamten nahmen die Spuren auf, fanden das Geschoss, das die Scheibe durchschlagen hatten, im Polster der Couch und das deformierte zweite im Blumenbeet, wohin es nach der Kollision mit dem Mauerwerk abgeprallt war. Die Beamten suchten auch nach den möglichen Schusspositionen jenseits der Grundstücksgrenze und setzten dabei modernste Technik ein. Schließlich fanden sie den Standort des Schützen. Sie stellten fest, dass es sich um zwei Personen gehandelt haben musste.

»Eine Person könnte eine Frau gewesen sein«, meinte einer der im weißen Schutzanzug gekleideten Experten. »Oder es war ein Mann mit kleinen Füßen.«

»Hat die vermeintliche Frau geschossen? Können Sie das erkennen?«, wollte Lüder wissen.

»Mutmaßlich ja«, erwiderte der Spurensicherer. »Man erkennt es an der Art des Eindrucks im Erdreich. Der Schütze positioniert sich und stemmt sich in den Boden, um einen festen Stand zu haben und sich gegen den Rückschlag zu wehren. Wenn ich noch eine Vermutung äußern darf …«

Lüder forderte ihn auf.

»Es war ein Gewehr, aber eins mit kurzem Lauf. Es musste bis zu dieser Position getragen werden. Zudem ist es schwierig, eine Flinte mit einem langen Lauf aus der Hand heraus abzuschießen. Wenn Sie mich fragen … Das waren Profis.«

Davon war Lüder überzeugt. Er war sich zudem sicher, dass es sich bei der vermutlichen Schützin um Claudia Sandmann handelte. Er tastete nach dem hölzernen Herzen in seiner Tasche. Der Talisman hatte ihm möglicherweise das Leben gerettet. Der Einsatzleiter des Kriminaldauerdienstes informierte ihn zwischendurch, dass der rote Ford Kuga, dessen Kennzeichen unbekannt war, wahrscheinlich am Vorabend in Eckernförde gestohlen worden war. Zumindest war ein solches Fahrzeug dort entwendet worden.

Lüder zog sich in eine stille Ecke zurück und überließ es den Experten, die notwendigen Verrichtungen auszuführen. Er fand Zeit, zu überlegen, wie er Margit und der Familie den Anschlag erklären sollte. Er fürchtete sich davor, dass Margit einen gesundheitlichen Rückschlag bekommen könnte. Sie hatte lange unter den Folgen der Entführung gelitten, die vor ihren Augen erfolgt war. Sollte er behaupten, Jugendliche hätten mit einem Luftgewehr wahllos herumgeballert und ihr Haus sei ein zufälliges Ziel gewesen? Sie war lange genug die Frau eines Polizisten, um zu wissen, dass ein Luftgewehr nicht eine solche Wirkung erzielen würde. Außerdem würde es das Vertrauensverhältnis zwischen ihnen zerstören, wenn Margit den wahren Sachverhalt aus den Medien erfahren würde. Eine solche Lüge würde sie ihm nie verzeihen. Seine Gedanken kreisten unablässig um dieses Thema. Er kam zu dem Schluss, dass er von einer ernsten Warnung sprechen wollte, die ihm galt, auch wenn er es besser wusste. Man hatte versucht, ihn zu ermorden. Automatisch fuhr seine Hand wieder in die Hosentasche und ertastete das hölzerne Herz.

NEUN

Vom Küchenfenster aus hatte Lüder den älteren Mann beobachtet, der mit einem an der Leine zerrenden Hund vor seinem Grundstück auf und ab ging und mit unverhohlener Neugierde auf das Haus sah. Als Lüder hinausging, sprach ihn der Mann an.

»Guten Morgen.« Er zeigte in eine unbestimmte Richtung. »Ich wohne dahinten. Sagen Sie mal: Was war denn gestern Abend los? Das war ja ein Großangebot an Polizei. Stimmt es, dass hier herumgeballert wurde?«

Lüder zuckte nichtssagend mit den Schultern.

»Sie sind doch Polizist, nicht?«

»Kann sein«, antwortete Lüder einsilbig.

»In welchem Revier? Ich habe Sie noch nie in Uniform in einem Streifenwagen gesehen. Doch nicht bei uns in Kiel, oder?«

»Die Polizei ist in vielen Bereichen tätig.«

»Sie sind aber keiner der Leute, die nur am Schreibtisch hocken? Das wundert mich immer wieder als Steuerzahler. Man sieht heutzutage kaum noch Polizisten auf der Straße. Früher liefen die Schupos noch durch die Straßen und kannten ihren Bezirk. Heute ist die Polizei nie da, wo sie gebraucht wird. Zum Beispiel gestern Abend. Da haben sich die jungen Leute wieder auf die Straße gesetzt und wollten sich festkleben. Die spinnen doch. Blockieren alles. Oder zerstören Kulturgüter wie Bilder und so.« Der Mann riss an der Leine, weil der Hund sich davonmachen wollte. »Kistenmacher ist mein Name. Herbert. Sie sind Herr …« Er sah an Lüder vorbei. »Lüders, nicht wahr? Steht am Briefkasten.«

Als Lüder nicht antwortete, wiederholte er. »Lüders. Also die randalierenden Jugendlichen. Die haben keine Ahnung, was körperliche Arbeit bedeutet. Die wollen den Motor verbieten und auf Muskelkraft setzen. Die glauben, die Wärme kommt einfach aus der Wand. Die Generation Zentralheizung. Die mussten als Kinder nie die Briketts aus dem Keller bis in den fünften Stock schleppen. Zu Fuß. Ohne Fahrstuhl. Sonst hätte es einen kalten Hintern gegeben. Und den Hinweis auf den Mülltonnen, ›keine heiße Asche einfüllen‹ ... Damit können die auch nichts anfangen. Die leben im Luxus, ohne ihn wahrzunehmen. Wir hatten keine Waschmaschine und erst recht keinen Trockner, keine Spülmaschine. Mein Vater hat sich nass rasiert. Und Mutter hat inzwischen den Kaffee aufgegossen. Da war nix mit diesen Superautomaten, die Kaffee in allen Varianten automatisch ausspucken. Pfui Spinne. Dabei schmeckt das Zeug überhaupt nicht.«

»Herr Kisten. Ich habe es eilig.«

»Kistenmacher. *Macher!*«, betonte der Mann und redete ungeniert weiter auf Lüder ein. »Leute wie ich sollen zu Fuß durch die Stadt laufen. Nix mit dem Auto bis zum Geschäft fahren. Die schleppen ihre Wasserkisten auch nicht durch die Fußgängerzone nach Hause. Die trinken gar kein Wasser, sondern diese Dings ... Powerdrinks. Und die Dosen schmeißen sie dann in die Grünanlagen. Diese durch den Wohlstand versauten Luxuskinder haben noch nie in ihrem Leben geschwitzt. Vielleicht in der Muckibude. Aber sonst?«

Hatte Kistenmacher vielleicht ein bisschen recht?, ging es Lüder durch den Kopf. Er erinnerte sich an einen Zeitungskommentar, in dem die kritische Jugend als Entschleuniger, Natureinklangsfetischisten, Work-Life-Balancierer und Latte-macchiato-Jonglierer abgetan wurde. Dort wurde festgestellt, dass Elektrobohrer, Motorsägen, Fahrstühle und Lkw nicht erfunden wurden, um das Biotop des dreifach gefächerten Wildlurchs oder das Habitat der fluoreszierenden Zwerglaus zu stören, sondern um unter der Last des Alltags leidenden Menschen das Leben zu erleichtern, es lebenswerter und die Welt freundlicher zu gestalten. Wenn diese

Generation an einem nebligen Herbsttag im Kieler Dauerregen das Lastenfahrrad den Berg hochgeschoben hatte, würde sie begreifen, weshalb Opa froh war, ein Auto zu besitzen. Stimmte es, dass jede Generation das Recht besaß, aus ihrer eigenen Dummheit zu lernen und Leiden und Mühsal die besten Lehrer waren?

Lüder sah demonstrativ auf die Uhr. »Ich muss jetzt«, sagte er entschieden, wünschte Kistenmacher einen schönen Tag und ging zu seinem Auto.

»So etwas Unhöfliches«, empörte sich der Mann in seinem Rücken.

Lüder war froh, dass er Margit nicht begegnet war, als er im LKA eintraf. Es würde schwer genug werden, ihr unter die Augen zu treten. Natürlich waren die Ereignisse des Vorabends Thema im LKA. Lüder musste sofort ins Büro des Abteilungsleiters kommen, und Dr. Starke ließ sich ausführlich berichten, während er Lüder mit ernsten Blicken betrachtete.

»Diese Tat reiht sich in die anderen ein«, stellte er schließlich fest. »Die Täter schrecken vor nichts zurück. Du hast viel Glück gehabt, dass der Anschlag misslungen ist.«

»Ich mache mir viel mehr Sorgen um meine Frau. Hoffentlich erleidet sie keinen gesundheitlichen Rückschlag.«

»Das ist richtig«, stellte Dr. Starke fest. »Im Grunde kommt es nicht oft vor, dass gezielte Mordanschläge auf Angehörige von Ermittlungsbehörden vorgenommen werden. Hm, vermutlich durch eine gekaufte Profimörderin. Die ist nicht billig. Wer bezahlt das? Und wie hoch sind die Tarife für einen Auftragsmord?«

»Ich hoffe, ich bin denen einiges wert«, meinte Lüder sarkastisch. »Ob die Dame sich jetzt ärgert, dass ein lukratives Geschäft geplatzt ist?«

»Sei nicht so optimistisch. Sie wird es wieder versuchen.«

»Hoffentlich. Jetzt bin ich gewarnt.«

»Die Vorteile liegen bei der Gegenseite. Du weißt nicht, wann sie es versuchen. Du brauchst Zeugenschutz.«

Lüder schüttelte energisch den Kopf. »Das kommt nicht in Frage. Wir verstecken uns nicht, auch wenn es erneut eine Zumutung für meine Familie bedeutet. Ich würde es ihr gern ersparen. Zunächst werde ich das KTI aufsuchen. Mit etwas Glück können die Experten für Schusswaffen und Schusswaffenspuren schon etwas sagen.«

Er hatte Glück. Der Techniker erklärte, dass man nicht nur das Geschoss, sondern dank neuester Technik auch die Patronenhülsen gefunden hatte. Es war immer wieder erstaunlich, was in den Laboren des KTI ausgewertet werden konnte. Mit modernsten Methoden, Geräten und wissenschaftlichem Know-how gelang es den Fachleuten des Instituts oft, gerichtsfeste Beweise zu erbringen.

»Mit dieser Waffe wurde nach unserer Recherche noch keine andere Tat ausgeführt. Die Datenbanken geben nichts her. Vermutlich – es gibt noch ein paar letzte Vorbehalte – handelt es sich um eine topmoderne Waffe, ein Heckler und Koch G95K.«

»Donnerwetter«, staunte Lüder. »Das ist Hightech. Spezialkräfte der Bundeswehr sind damit ausgerüstet. Ich habe gehört, dass dieses Gewehr ein optimaler Kompromiss zwischen Handlichkeit und Wirkung ist.«

»Ein Kurzhub-Gasdrucklader im Kaliber fünf Komma fünf sechs Mal fünfundvierzig mit einer werkzeuglos verstellbaren Gasverstellung für Signaturdämpfer.« Der Experte war ins Schwärmen gekommen. »Ich frage mich, woher die Leute diese Waffe haben.«

»Das frage ich mich auch«, stimmte Lüder zu und bedankte sich für die schnelle und präzise Arbeit. Er kehrte in sein Büro zurück und schloss entgegen seiner sonstigen Gewohnheit die Flurtür.

Margit hatte sich gemeldet. Die Stimme auf dem privaten

Handy klang mehr besorgt als zornig. Er räusperte sich mehrfach, dann rief er zu Hause an.

»Hallo«, sagte Margit kurz angebunden. »Sag mal … Was ist hier passiert?«

»Tja«, erwiderte er. »Da siehst du, welche Bedeutung du nicht nur für mich hast. Kaum bist du nicht da, ist Stimmung.«

»Stimmung? Da sieht mehr wie ein fauler Budenzauber aus. Hast du Rotwein getrunken und danach Schießübungen im Garten veranstaltet?«

Lüder atmete tief durch. »So ungefähr. Nur, dass ich nicht herumgeballert habe. Das waren ein paar Bekloppte.«

»Soso. Und die zielen *rein zufällig* auf unser Haus?«

»Na ja … Also …«, stammelte er und suchte nach den richtigen Worten. »So ganz zufällig war es nicht. Die haben sich wohl geärgert, dass ich ihnen zu viele Strafmandate verpasst habe.«

»Lüder!« Wenn sie ihn in diesem Ton beim Vornamen nannte, folgte keine Liebeserklärung.

»Also«, setzte er an. »Es gibt Leute, denen gefällt es nicht, womit wir uns aktuell beschäftigen. Die glauben, uns mit solchen hirnrissigen Warnungen erschrecken zu können.«

»Nur erschrecken?«

»Ja.«

»Und weshalb bist du die Zielscheibe und nicht Jens Starke? Dein Kollege Gärtner? Oder das Brötchen, wie du ihn zu Hause nennst?«

»Weil –«

»Lüder!«, unterbrach sie ihn. »Als Jurist ist dir bekannt, dass auf die jetzt folgende Falschaussage Strafe steht. Lass es lieber.«

»Ach, mein Liebes.«

»Bei diesen Außentemperaturen sind warme Worte nicht willkommen. Und ein wenig Säuseln … Das würde ich mir vom Wind wünschen, nicht von dir. Nicht heute. So! Ich werde jetzt versuchen, einen Glaser zu finden. Du bekommst es doch nicht auf die Reihe.«

Lüder holte tief Luft. Die Situation schien entschärft. Er fand noch ein paar liebe Worte und legte erleichtert auf. Dann ging er ins Geschäftszimmer, um sich bei Edith Beyer einen Kaffee zu holen. Während er vorsichtig die ersten Schlucke zu sich nahm, klingelte das Telefon auf Edith Beyers Schreibtisch.

Sie nahm ab, warf einen Blick auf das Display und sagte: »Hallo, Karin.« Während sie lauschte, sah sie Lüder an. »Ja. Der ist gerade hier.« – »Gut. Ich richte es aus.«

Karin Mittendorf-Kriechbaum war ihr Pendant im Vorzimmer von Jochen Nathusius.

»Das Büro vom Vize. Sie möchten bitte mal rüberkommen«, sagte Edith Beyer.

Lüder hob den Kaffeebecher leicht an. »Gleich.«

Edith Beyer schüttelte den Kopf. »Es scheint dringend zu sein.« Sie zeigte auf die Ecke ihres Schreibtisches. »Stellen Sie den Becher dahin.«

Er nahm das Angebot an und ging zum Büro des stellvertretenden Leiters des LKA. Am Besprechungstisch saßen der Leitende Kriminaldirektor, Jens Starke und ein Mann, den Lüder auf Anfang fünfzig schätzte. Er hatte einen hellgrauen Blazer über der Lehne des Stuhls abgelegt. Unter den Ärmeln des krawattenlosen blauen Hemds zeichneten sich dunkle Schweißflecken ab. Das schüttere dunkle Haar ging in einen gepflegten Bart über, der bis zum Hemdkragen reichte. Er sah Lüder durch die dunkelgelbe Brille entgegen. Neben seinem Stuhl stand ein schwarzer geöffneter Aktenkoffer.

Jochen Nathusius stand auf und stellte Lüder vor. »Kriminalrat Dr. Lüders, der mit besonderen Ermittlungen zu diesem Fall betraut ist. Das ist Herr Kreuzfeldt vom Wirtschaftsministerium in Berlin.«

Kreuzfeldt blieb sitzen. »Berthold Kreuzfeldt. Ministerium für Wirtschaft *und* Klimaschutz«, korrigierte er mit einem Seitenblick auf den Vize.

Lüder nahm Platz.

»Es geht um die Ereignisse der jüngsten Zeit, die wir mit Sorge betrachten.«

»Wir auch«, fügte Lüder an. Der Mann war ihm unsympathisch. Nathusius machte eine dämpfende Handbewegung.

»Ich muss nicht betonen, dass die Frage der Energiesicherheit für unsere Wirtschaft eine herausragende ist«, setzte Kreuzfeldt an. »Es wäre eine zusätzliche Erschwernis, wenn es einen Zusammenhang zwischen diesem bedeutsamen Komplex und den terroristischen Geschehnissen hier im Lande gäbe.«

»Es betrifft nicht nur Schleswig-Holstein«, sagte Lüder.

»Die Taten haben hier stattgefunden. Wir sind gut informiert. Hinweise führen auch nach Nordrhein-Westfalen und Hamburg. In den Medien wird oft der Vorwurf der mangelnden Kooperation der Länder untereinander kolportiert. Deshalb wollen wir, dass sich die Bundesanwaltschaft dieser Dinge annimmt.«

»Moment«, unterbrach ihn Lüder. »Es gibt eine konstruktive Zusammenarbeit mit den Behörden der beiden anderen Länder.«

»Darf ich meine Ausführungen fortsetzen?«, fragte Kreuzfeldt pikiert und sah Nathusius an. »Für die Verfolgung des übergeordneten Terrorismus ist der Generalbundesanwalt die geeignete Instanz. Er bedient sich dazu des BKA. So entstehen keine Reibungsverluste, wenn mehrere Landesbehörden gleichzeitig, parallel und unabgestimmt daran arbeiten. Aber deshalb bin ich nicht hier. Das ist ein Nebenkriegsschauplatz. Es würde den Interessen der Bundesrepublik entgegenwirken, wenn der Eindruck entstünde, der von rechten Reichsbürgern initiierte Terror stehe in irgendeinem Zusammenhang mit der kritischen Situation unserer Energiesicherheit.«

»Diesen gibt es«, sagte Lüder und ließ sich auch durch Dr. Starkes vorsichtiges Hüsteln nicht von seinem Einwand abbringen. »Sie sind doch auch für den Klimaschutz zuständig, oder?«

»Was bezwecken Sie mit Ihrer Frage?«

»Vordergründig scheinen sich viele Interessengruppen dem Kampf gegen die Erderwärmung zu widmen. Es fällt uns – noch – schwer, die Idealisten von denen abzugrenzen, die unter dem Vorwand des Gemeinwohls ihre ureigenen Vorteile suchen. Jeder scheint gegen jeden anzutreten. Gewerkschaften bangen um Arbeitsplätze, insbesondere englische Arbeitnehmerorganisationen treten gegen die AA an und erweisen sich als wenig zimperlich. Und bei uns wurden viele politische Fehler gemacht. Deutsche Technologien auf dem zukunftsträchtigen Markt wie Fotovoltaik und Windanlagenbau sind nach Asien abgewandert. Unsere Politik sieht ebenso besorgt wie machtlos auf die asiatische Wirtschaftsmacht, die durch kreative Ideen wie die neue Seidenstraße und erdrückende Investitionen in der Dritten Welt auch ökonomisch an die Weltspitze drängt.«

»Die Welt ist globalisiert«, dozierte Kreuzfeldt. »Niemand kann mehr provinziell vor sich herwurschteln. Wir sind alle aufeinander angewiesen. Nehmen Sie Dänemark. Ihnen sagt Nordic Energi etwas? Die dänische Regierung hat uns um Unterstützung bei der terroristischen Bedrohung eines ihrer Unternehmen gebeten. Nordic Energi –«

»Welches?«, fiel ihm Lüder ins Wort und wies darauf hin, dass man das Unternehmen aufgespaltet hatte.

Kreuzfeldt schenkte ihm einen missbilligenden Blick, ohne darauf einzugehen. »… hat erfolgversprechende Projekte in der Vorbereitung: Windparks in der Nordsee, Stromgewinnung in Namibia. Dazu gehört auch die Gewinnung von grünem Wasserstoff. Der dafür erforderliche hohe Bedarf an Strom soll kostengünstig in Afrika gewonnen werden.«

»Das sind gewaltige Investitionen. Wer soll die aufbringen?«

»Sehen Sie«, meinte Kreuzfeldt belehrend, »das sind die großen Herausforderungen, vor denen wir stehen.«

»Die Dänen sind kreativ und innovativ, aber ihnen fehlt das Kapital.«

»Deshalb gilt es, eine globale Allianz zu schmieden. Multilateral. Wir sind in dieser Hinsicht zuversichtlich, denn Deutschland ist ein attraktiver Standort und zuverlässiger Partner.«

»Mit China?«, fragte Lüder.

Kreuzfeldt sah ihn fast böse an. »Ich sprach von dänischen Interessen.«

Lüder erklärte, dass hinter Nordic Energi ein Hedgefonds stand, der jetzt Kasse machen und seine Anteile an den chinesischen Milliardär Wang Xiaogang verkaufen wollte.

Der Berliner öffnete den Mund. Er unternahm gar nicht erst den Versuch, seine Überraschung zu verbergen. »Wie kommen Sie auf diese Idee?«

»Es ist *keine* Idee. Ich habe mit Qiu Pei-Ming gesprochen.«

Kreuzfeldt hatte den Mund immer noch geöffnet. »Dem Vice President?«

»Einer von mehreren.«

»Sie haben ... Wo?«

»Hier in Kiel.«

Kreuzfeldt beugte sich vor. »Das müssen Sie erläutern.«

»Es war eine illustre Runde. Daran haben auch Sir William Walsh vom Hedgefonds und der CEO von Nordic Energi, Erik Faarup Nordby, teilgenommen.« Eberhard Gruschke unterschlug er. Der Deutsche schien ihm zu unbedeutend.

»Um was ging es?«

»Um lukrative Geschäfte. Gewaltige Geschäfte.«

Kreuzfeldt atmete tief aus. Dann legte er die gefalteten Hände vor sich auf die Tischplatte. »Das ist topsecret«, erklärte er und sah die drei Kieler Polizisten der Reihe nach an. »Uns sind Informationen zugespielt worden, die eine solche Möglichkeit nicht ausschließen. Das Ganze hat ein außerordentliches politisches Gewicht. Ich muss Ihnen nicht erklären, dass es Fehleinschätzungen in der früheren Energiepolitik gab. Man glaubte, in Russland einen verlässlichen Partner zu haben, der sich immer vertragstreu verhält. Sie kennen den Ausgang der Geschichte. Wir haben daraus gelernt.«

Lüder schüttelte den Kopf. »Das verstehe ich nicht. Sind die Chinesen zuverlässiger?«

»Unser Partner ist ein skandinavisches Unternehmen.«

»Augenwischerei«, fuhr Lüder dazwischen. »Da stecken die Chinesen dahinter.« Ihn traf ein finsterer Blick des Berliners. »Sie haben sich nicht nur als Staat, sondern auch als Privatunternehmen innerhalb kürzester Zeit in vielen Bereichen erfolgreich etabliert. Sie haben die Chancen der erneuerbaren Energien erkannt und wollen nach der Eroberung der Technologien auch an deren Einsatz und Ausbeute teilhaben. Sie haben ihre Nase in die Stromproduktion gesteckt und sich in Windparks engagiert.«

»Es gibt internationale Verpflichtungen, die CO_2-Emission zu reduzieren. Gleichzeitig müssen wir dafür Sorge tragen, dass unser Energiebedarf auch in Zukunft gedeckt ist. Und er wird steigen. Dazu muss man kein Prophet sein. Das Ganze ähnelt der Quadratur des Kreises. Das ist nur im globalen Verbund möglich. Mit der Meldorfer Bucht bietet sich ein Gebiet an, das ideal für die Aufnahme eines großen und leistungsfähigen Windparks ist. China hat viel zu bieten. Nicht nur technologisch.«

»Das klingt schon sehr konkret«, mischte sich Nathusius ein.

»Das Thema ist sehr komplex und hochsensibel. Kehren wir zum Ausgang unserer Überlegungen zurück. Wer steckt hinter den Terroranschlägen? Das sollte man genau prüfen, ohne voreilige Schlüsse zu ziehen oder sie gar in Verbindung mit der Volksrepublik China zu bringen.« Kreuzfeldt schenkte Lüder einen langen, intensiven Blick. »Unbeschadet unterschiedlicher Auffassung in Sachen Demokratie und Menschenrechte.«

»Wir haben hier gravierende Straftaten aufzuklären«, widersprach Lüder.

Kreuzfeldt stand auf. »Es ist alles gesagt«, erklärte er. »Denken Sie bei allem, was Sie unternehmen, an die Interessen der Bundesrepublik.«

»Wir haben eine unabhängige Justiz«, sagte Lüder.

Der Berliner winkte ab. »Interpretieren Sie nichts Falsches.« Es klang fast wie eine Warnung. »Meine Aufgabe war es nur, Sie zu informieren. Alles andere werden wir mit der Landesregierung klären.« Er schlüpfte in sein Sakko, griff sich den Aktenkoffer und verneigte sich leicht in Nathusius' und Jens Starkes Richtung. Lüder ließ er unbeachtet. »Meine Herren.« Dann ging er zur Tür, begleitet vom aufmerksamen Vize.

Als die beiden den Raum verlassen hatten, schüttelte Dr. Starke heftig das Haupt. »Du hast die richtige Wahl getroffen, als du dich entschieden hast, Beamter zu werden. Als Diplomat oder gar Politiker wärst du zum Scheitern verurteilt.«

Lüder zeigte Richtung Tür. »Habe ich den Typen richtig verstanden? Wollte er uns klarmachen, dass wir bei unseren Ermittlungen die Augen im übergeordneten Interesse schließen sollen, wenn wir auf die Chinesen als Drahtzieher stoßen? Was sind schon ein paar unschuldige Opfer, wenn wir dafür die künftige Energieversorgung nicht gefährden?«

»Das hat niemand gesagt«, versuchte Dr. Starke zu beschwichtigen.

Nathusius kehrte zurück. »Ich glaube, jeder von uns denkt sich seinen eigenen Teil«, sagte er knapp. »Zum einen gibt es die Staatsräson. Wir haben aber auch eine unabhängige Justiz. Und niemand steht über Recht und Gesetz. Das ist alles, was es dazu zu sagen gibt.«

Lüder verstand den Vize. Wir lassen uns nicht beirren. Wir machen weiter, hatte Nathusius gemeint. Damit waren er und Dr. Starke entlassen.

Von seinem Büro aus erkundigte sich Lüder, ob es Neuigkeiten bei der Fahndung nach Claudia Sandmann und Nicolaus Grcic gab. Leider nicht. Dann lief er durchs Haus und suchte Friedjof. Er fand den Büroboten in der Poststelle.

»Hallo, Friedhof«, begrüßte er ihn mit einem freundschaftlichen Schlag auf die Schulter. »Gibt es Neues von unserer gemeinsamen Freundin?«

»Von Meliss–«, setzte Friedjof an.

»Genau von der«, fiel ihm Lüder ins Wort.

»Ah ja. Okay. Alles in bester Ordnung. Die ist zur Kur. Das bekommt ihr gut. Besonders die dortige Küche ist für sie ein Highlight.« Friedjof lachte verschmitzt. »Die haut rein wie ein Scheunendrescher.«

»Das ist ein Riesenkompliment für den Koch.«

»Oder für die Köchin«, antwortete Friedjof.

Mit einem zweiten Klaps auf die Schulter verabschiedete sich Lüder wieder.

Die Münsteraner Kripo hatte sich gemeldet. In einem erneuten Verhör hatte Harald Rüschenschmidt einen weiteren Namen genannt. Tobias Engel, der an den Treffen in seinem Haus teilgenommen hatte. Rüschenschmidt war empört, weil man ihn, seiner Aussage nach, in seinen eigenen vier Wänden temporär vor die Tür gesetzt hatte. Deshalb konnte er nichts über den Inhalt der Treffen sagen. Engel kam, so vermutete er, aus Hamburg. Die Münsteraner hatten daraufhin Kontakt mit dem Staatsschutz der Hansestadt aufgenommen.

Engel war kein Unbekannter. Er war durch radikale Äußerungen, Verwendung verfassungsfeindlicher Symbole und verschiedene Gewaltdelikte den Ermittlungsbehörden bekannt. Gegen ihn waren mehrere Strafverfahren anhängig. Nach dem Hinweis aus Münster hatten ihn die Hamburger in seiner Wohnung aufgesucht und dort mehrere illegal gehaltene Waffen, die dazugehörige Munition sowie ein kleines Labor gefunden, mit dem man Sprengsätze herstellen konnte. Er sollte einem Ermittlungsrichter vorgeführt werden, der einen Haftbefehl ausstellen sollte. Die gefundenen Gegenstände befanden sich bei der Hamburger Kriminaltechnik. Man würde Kontakt zum Kieler KTI aufnehmen und abgleichen, ob Engel die in Schleswig-Holstein verwendeten Sprengsätze gebastelt hatte.

Lüder versuchte, Friedjofs Festnetznummer anzurufen. Niemand nahm ab. Er suchte den Büroboten erneut auf. »Ist bei euch niemand zu Hause?«

»Doch«, erwiderte Friedjof. »Aber ich habe den beiden Mädchen eingeschärft, weder die Tür zu öffnen noch ans Telefon zu gehen, solange Melissa unter unserem Schutz steht.«

»Gut gemacht, Friedhof«, lobte ihn Lüder.

Friedjof strahlte. »Klar doch. Schließlich arbeite ich doch im LKA.«

Er zog sein Handy hervor und stellte den Kontakt zu Franzi her. Dann reichte er das Gerät an Lüder weiter. Der bat darum, Melissa Zumpe an den Apparat zu holen. Die junge Frau sprühte vor Begeisterung über ihren Aufenthalt bei Franzi und Friedjof. Sie versicherte, es habe sich schnell eine Freundschaft entwickelt und ginge es nach ihr, würde sie gern dort wohnen bleiben. Beide seien warmherzig. Und überhaupt. Sie hatte noch nichts von Kiel kennengelernt, aber das, was Franzi ihr vorschwärmte, hatte sie so begeistert, dass sie an die Förde umziehen wollte.

Lüder hörte amüsiert zu. Dann wollte er wissen, ob Melissa Zumpe den Namen Tobias Engel kannte.

»Ja«, antwortete sie spontan. »Der Engel ist ein richtiger Bengel. Ich kenne ihn von den AA. Ein Scharfmacher. Er ist einer von der Sorte, die der Meinung sind, man muss tüchtig draufhauen. Und wenn man einen Bullen erwischt, gibt es doppelte Punkte. Er hat mal ein Bild gezeigt, ich glaube, das war bei der Erstürmung des AKW Brokdorf oder so. Da hat ein Demonstrant mit einem Holzpfosten auf einen am Boden liegenden Polizisten eingeschlagen. Außerdem hat er sich damit gebrüstet, dass er von jemandem gehört hat, der in Rheinland-Pfalz zwei Bullen umgelegt hat. ›Und?‹, hatte er herumgetönt. ›Das kann sogar eine Frau.‹«

»Hat er das so gesagt?«, fragte Lüder nach.

»Ja. Wir waren erschrocken. Jan Bötefür hat ihn einen Schwachkopf genannt. So etwas, meinte Jan, soll man nicht einmal im Spaß sagen. Ernsthaft und energisch gegen den Klimawandel protestieren – ja. Das ist unser Anliegen. Aber nicht so.«

Lüder trug Melissa Zumpe auf, weiter Vorsicht walten zu lassen.

Das KTI hatte festgestellt, dass die für den Mord an Tawfiq Beyrouti verwendete Waffe vor drei Jahren auch für die Ermordung von zwei Streifenbeamten in Rheinland-Pfalz eingesetzt worden war. Die Täter waren bis heute unbekannt. Es klang so, als wäre Claudia Sandmann auch für diese Morde verantwortlich.

***

Anders Brinch war ein glücklicher Mensch. Lag es daran, dass er Däne war? Angeblich gehörten die Dänen zu den glücklichsten Europäern. So wies es der alljährliche Glücksatlas aus, wie auch immer man es messen konnte. Anders Brinch war glücklich, weil er ein fröhlicher und erfolgreicher Mensch war. Er hatte eine wunderbare Familie und einen Beruf, der ihn zufriedenstellte. In jeder Hinsicht. Brinch betrieb mit seiner Frau in Ringkøbing ein Haushaltswarengeschäft, in dem sie auch ein bescheidenes Sortiment an Geschenkartikeln, Accessoires und Kerzen führten. Sie stellten bald fest, wie interessiert die deutschen Urlauber an diesen Artikeln waren. Für die Gäste war auch das dänische Design ein Teil der Hygge, des legendären Bestandteils der dänischen Kultur, des Kerns der dänischen Tradition und Lebensweise, des Inbegriffs einer gemütlichen und herzlichen Atmosphäre.

Die deutschen Kunden fragten nach dem landestypischen Angebot und bedauerten, diese Sachen in ihrer Heimat nicht kaufen zu können. Brinch hatte die Idee, diese offenkundige Marktlücke zu schließen, und baute im Laufe der Zeit einen schwungvollen und ertragreichen Handel mit den begehrten Artikeln nach Deutschland auf. Das Geschäft lief gut. Der Laden in Ringkøbing war immer noch gewinnbringend, aber die Erlöse aus dem Export nach Deutschland hatten Brinch wohlhabend gemacht. Das zeigte sich in den Wohnverhältnissen, aber auch im Auto, das er fuhr. Das silbergraue Mercedes-T-Modell E400 d 4Matic verfügte über Fahrleistungen auf Sportwagenniveau. Der Reihensechszylinder beschleunigte in fünf Komma sechs Sekunden auf einhundert Stundenkilometer. Brinch genoss es, in Deutschland auf manchen Strecken die Leistung des Wagens ausreizen zu können. Zumindest auf kurzen Teilstrecken. Sobald er bei Ellund die Grenze passierte, reduzierte er die Geschwindigkeit auf das hier vorgeschriebene Tempo. Es war dem Respekt vor der Politi und den drastischen Strafen in Margrethes Reich geschuldet.

Brinch hatte gute Geschäfte getätigt. Er war sehr zufrieden. Nun freute er sich auf die Rückkehr nach Hause. Auf dänisches Essen. Auf dänisches Leben. Auf Hygge.

Er pflegte gute Kontakte zu seinen Kunden. Nach nordischer Sitte kam man schnell zum vertraulichen Du. Dazu gehörte auch der obligatorische Kaffee, den man gemeinsam trank. Und es waren zahlreiche Kunden, die Brinch heute besucht hatte. Der Kaffee tat seine Wirkung. Was zugeführt wurde, musste auch wieder ins Freie.

Es waren noch etwa sieben Kilometer bis zum Grenzübergang. Ein Stück dahinter gab es eine Tankstelle mit Toilette.

Die wollte er ansteuern. Aber mit jedem Kilometer wurde es drängender. Was wäre, wenn sich am Grenzübergang ein kleiner Stau gebildet hatte, weil die Dänen – wieder einmal – kontrollierten? Allein der Gedanke ließ das Problem ins Unermessliche wachsen. Es half nichts. Brinch hatte den Kaffee in Deutschland getrunken. Nun musste er auch hierbleiben.

Er nahm Gas weg, reihte sich auf der rechten Spur ein und steuerte den Rastplatz Altholzkrug Ost an. Hier standen mehrere Lkw, nahezu ausschließlich Dänen. Brinch fuhr langsam an den Lastern vorbei. Am Ende der Abstellmöglichkeiten befand sich das Toilettenhäuschen. In seiner Heimat war es eine Selbstverständlichkeit, dass die Orte für das menschliche Bedürfnis kostenfrei waren. In Deutschland wurde man auf den sauberen Raststätten mit einem Vermögen für den Besuch bestraft, die kostenlos benutzbaren Einrichtungen hingegen waren eine unerträgliche Zumutung.

Brinch stellte seinen Mercedes kurz hinter einer sanften Kurve auf dem Randstreifen ab und sah sich um. Ein Stück weiter vorne standen zwei Pkw. Mit einem Blick über die Schulter schlug er sich zwecks Erleichterung in die Büsche, begleitet von einem leicht schlechten Gewissen. Aber die Natur, nein, der Kaffee ließ keine andere Lösung zu. Als er wieder zu seinem Auto zurückkehrte, sah er sich erneut um. Bei den zwei Fahrzeugen vor ihm standen jetzt zwei Männer. Einer hatte ihn entdeckt und musste seinen Begleiter auf Brinch aufmerksam gemacht haben. Der zweite drehte sich auch in seine Richtung. Brinch hob kurz die Schultern in die Höhe. Es sollte ein »Sorry« bedeuten. Dann sah er zwischen den Männern und dem abgestellten Fahrzeug eine Person auf dem Boden liegen. Als er die Büsche aufgesucht hatte, war noch kein Mensch zu sehen gewesen. Hatte dort jemand gesundheitliche Probleme? Konnte er helfen? Vermutlich nicht. Die beiden Männer hatten sich der Situation angenommen.

Brinch stieg in sein Auto, startete den Motor und fuhr

langsam in Richtung Ausfahrt des Rastplatzes. Als er sich näherte, sah er, dass es sich bei den Männern um Ausländer handelte. Ein Lächeln huschte über sein Gesicht. Er war ja auch Ausländer. Aber die beiden waren Asiaten. So beschloss er, doch anzuhalten. Er hielt auf sie zu, als er sah, wie einer von ihnen in die Tasche seines Sakkos griff, einen Gegenstand hervorzog und ihm entgegenstreckte. Brinch traute seinen Augen nicht. Er blinzelte und sah noch einmal hin. Halluzinierte er? Es war eine Waffe.

Der Mann streckte den Arm aus, neigte leicht den Kopf und visierte Brinch über den Lauf der Pistole an. Brinch erschrak. Angst durchfuhr ihn. Instinktiv drückte er das Gaspedal durch. Augenblicklich reagierten die dreihundertdreißig PS. Es schien, als würden die Räder auf dem Asphalt durchdrehen. Dann griffen sie, und der Wagen schoss pfeilschnell vor, direkt auf den Schützen zu. Im letzten Moment riss Brinch das Lenkrad herum, gleichzeitig hechtete der Mann zur rechten Seite. Brinch lenkte dagegen. Das Fahrzeug taumelte ein wenig. Hoffentlich bricht es nicht aus, dachte er. Dann hatte sich der Mercedes gefangen und spurtete in rasender Geschwindigkeit auf die Ausfahrt zu. Brinch wusste nicht zu sagen, wie hastig sein Blick in den Rückspiegel war, aber er sah, wie die Männer zu einem der Autos sprangen. Das alles spielte sich gefühlt innerhalb eines Herzschlags ab. Aus den Augenwinkeln hatte er gesehen, dass auf dem Randstreifen ein dunkler BMW und ein anderes rotes Fahrzeug standen, vermutlich ein SUV.

Brinch hatte Probleme, sich zu konzentrieren. Sein Herz raste. Sein Blutdruck war in die Höhe geschossen. Erst als er sich auf die Autobahn eingefädelt und dabei einem Sattelschlepper gefährlich nahe gekommen war, normalisierte sich seine Atmung zumindest so weit, dass er wieder kontrolliert Luft holen konnte. Noch immer pochte es in seinen Schläfen. Krampfhaft umklammerte er das Lenkrad. Die Knöchel traten weiß hervor. Was war das eben?, überlegte er. Hatte er das wirklich erlebt? Wie sollte er reagieren? Auf dem nächsten Rastplatz anhalten und die Polizei verständigen? Gab es noch einen Rastplatz? Am Standstreifen anhalten und von dort aus Hilfe anfordern? Oder an der nächsten Abfahrt die Autobahn verlassen?

Er durchdachte die Alternativen und wäre fast aus Unachtsamkeit auf einen Lkw aufgefahren. Es war nicht mehr weit bis zur Grenze. Dort gab es Polizei, die er informieren konnte. Er passierte die letzte Abfahrt vor der Bundesgrenze und warf einen Blick in den Rückspiegel, um auszuscheren und den Lastwagen zu überholen, als er sah, wie sich ein rotes Auto von hinten näherte und rücksichtlos andere Fahrzeuge nötigte. Das musste der Wagen der beiden Asiaten sein.

Panik erfasste ihn. Die hatten es auf ihn abgesehen. Weshalb? Er hatte nichts gesehen, nichts Geheimnisvolles mitbekommen. Ob es mit der am Boden liegenden Person zusammenhing? Brinch setzte zum Überholen an, trat erneut das Gaspedal durch, diesmal kontrollierter, aber beherzt. Der Mercedes reagierte sofort und trug ihn in Richtung des rettenden Grenzübergangs. Ein Stück weiter bemühte sich ein Laster, einen Kollegen noch vor der Bundesgrenze zu überholen. Er war nur unmerklich schneller, blockierte aber die Überholspur.

Brinch sah immer wieder in den Rückspiegel. Das rote Auto näherte sich rasend schnell. Es wuchs förmlich im Spiegel. Was würden die Asiaten unternehmen? Ihn rammen? Auf ihn schießen? Bevor sie rechts neben ihm auftauchen konnten, zog Brinch auf die Hauptfahrspur. Der rote Wagen wechselte nach links. Kurz entschlossen steuerte Brinch auf den Randstreifen, legte eine Hand auf die Hupe und ließ das Horn nicht mehr los. Er vibrierte am ganzen Körper, als er an dem Lkw vorbeifuhr.

In diesem Moment tauchte der Grenzübergang auf. Leuchtanzeigen über den Fahrbahnen wiesen die Autos in die Fahrspuren ein. Brinch fuhr zusammen, als der Lkw neben ihm sein tiefes Horn ertönen ließ und nach rechts zog. Für Lkw war die Grenzpassage über andere Spuren geregelt. Knapp entkam er einer Kollision und hielt auf die kleinen Häuschen zu. Immer noch drückte er die Hupe. Dann trat er auf die Bremse und brachte den Mercedes direkt bei einem dort stehenden Uniformierten zum Stehen.

Inzwischen waren andere Beamte auf ihn aufmerksam geworden. Der dänische Zoll, aber auch Polizei kam herangesprintet. Im Laufen riss einer die Maschinenpistole in die Höhe. Ein Stück hinter ihm sprinteten zwei Bundespolizisten heran. Die Uniformierten umringten den Mercedes, während Brinch sich aus dem Wagen schälte, nach hinten zeigte und sagen wollte, dass er verfolgt wurde. Ihm versagte die Stimme.

Mehrfach setzte er an, bis er schließlich in seiner Muttersprache stammelnd und zusammenhanglos hervorbrachte: »Verfolgt. Schießen. Auto. Da.«

»Ein roter Ford Kuga?«, fragte ein Bundespolizist.

Brinch nickte. »Ja. Ähhh, weiß nicht. Glaube schon. Rot. Doch. Rot.«

»Ein solches Fahrzeug ist kurz vor dem Übergang verbotenerweise auf die Gegenfahrbahn gewechselt und entfernt sich Richtung Süden«, erklärte der Bundespolizist. »Wir haben die Verfolgung aufgenommen.«

Ein dänischer Polizist reichte ihm ein Glas Wasser, das er in kleinen Schlucken austrank. Er beruhigte sich ein wenig und begann, stockend zu berichten. Davon, dass er noch eine kurze Pause einlegen wollte und dass dort plötzlich zwei Männer standen und eine Person auf dem Boden lag.

Ob er gesehen habe, was mit der Person geschehen war, wollten die Polizisten wissen. Nein. Er war kurz abgelenkt. Womit? Er hatte sein Auto verlassen, um sich die Beine zu vertreten. Wohin? Nur so. Mit dem Rücken zum Geschehen. Als er wieder zurückkam, da … Aber das hatte er schon erzählt.

Das deckte sich mit den ersten Berichten vom Rastplatz,

sagte einer der Grenzpolizisten, die sie gerade erreichten. Die Beamten wurden aufgefordert, den Übergang zu schließen und die Passage nur nach gründlicher Kontrolle zu gestatten. Es sei Vorsicht geboten. Auf dem Rastplatz war ein dunkler BMW in Flammen aufgegangen. Lkw-Fahrer waren hinzugekommen und hatten eine Frau aus der Gefahrenzone gezogen, die vor dem Auto lag. Sonst wäre sie möglicherweise mit verbrannt. Eine Viertelstunde später traf die Meldung ein, dass die Frau tot war. Der aus Flensburg herbeigerufene Notarzt hatte es festgestellt.

Es verging eine weitere Viertelstunde, bis die Meldung im LKA eintraf und Lüder erreichte. Zu diesem Zeitpunkt kannte man schon die Identität der Toten: Claudia Sandmann. Sie trug einen Luxemburger Pass auf dem Namen Franziska Seerbrock bei sich. Später würde sich dieser als Fälschung herausstellen. Der Notarzt war überrascht, als er bei der Untersuchung auf dem Rastplatz feststellte, dass bei der Frau eine Pistole im Gürtel oberhalb des Gesäßes steckte. Einer der anwesenden Polizisten identifizierte sie als Glock 17.

Lüder zog sich in sein Büro zurück. Nun zeigten sich die Zusammenhänge, die sie schon länger vernutet hatten. GWI – Guangzhou Wang Industries des sagenumwobenen Wang Xiaogang – steckte dahinter. Qiu Pei-Ming repräsentierte den Weltkonzern als einer der Vizepräsidenten und spann die Fäden. Der Konzern war sicher auch für die Volksrepublik China von Bedeutung. Über ihn gewann man Einfluss auf wirtschaftliche Entwicklungen, die Infrastruktur und, von zunehmender Bedeutung, die Energiewirtschaft. Länder, die auf diesen Gebieten noch nicht zu den großen und mächtigen gehörten, konnten so kontrolliert werden. Die großen Industrie- oder bedeutenden aufstrebenden Nationen orientierten sich an den Gesetzen des Marktes. Deutschland war ohne Zweifel eines der lukrativsten Ziele für Unternehmen wie GWI. Und wer maßgeblichen Zugriff auf die Energieversorgung hatte, konnte auch politischen Druck ausüben. Wenn man es auch noch subtil anging und mit der Empfänglichkeit der Bürger für klimapolitische Themen spielte, war die Grundlage für eine kompakte Einflussnahme gegeben. Nordic Energi sollte das trojanische Pferd sein, mit dem man unverfänglich in den deutschen Markt vorstoßen konnte. Dänen. Den Nachbarn vertrauten die Deutschen. Und mit den AA wurde eine Organisation finanziert, die als Befürworter von Klimaschutzmaßnahmen Zuspruch bei den Menschen fand.

Für Lüder schloss sich der Kreis, als ihm klar wurde, wer die Terrororganisation finanzierte. Bei allen strategischen Überlegungen der Chinesen hatte man aber Fehler gemacht. Man war ungeduldig geworden und hatte kurzfristige Erfolge gefordert. Die sollten durch bezahlte Auftragsmörder forciert werden. War der Kontakt über Timothy Abrahams hergestellt worden? Es fehlten noch einzelne Puzzleteile.

Die Fahndung nach dem roten Ford lief auf Hochtouren. Eine weitere Stunde verstrich, bis er gefunden wurde. Ein Autofahrer hatte sein Fahrzeug in einem Waldstück zwischen Wallsbüll und Osterby abgestellt. Als er nach einem kurzen Spaziergang dorthin zurückkehrte, wurde er von zwei asiatisch aussehenden Männern empfangen, so schilderte er die Situation. Neben seinem Auto, einem weißen Hyundai i30, stand ein roter Ford Kuga. Die Männer sprachen ihn auf Englisch an. Seine eigenen Fremdsprachenkenntnisse seien schlecht, sagte er. Deshalb verstand er auch nicht, was sie von ihm wollten. Einer bedrohte ihn mit einer Pistole und streckte fordernd eine Hand aus. »*Car – car*«, habe er immer wieder gesagt, bis der Autofahrer ihnen seine Autoschlüssel aushändigte. Um ihren Forderungen Nachdruck zu verleihen, hatten sie ihm mit dem Griff der Pistole auf die Handfläche geschlagen und dabei mehrere Knochen gebrochen. Er verstand auch nicht, weshalb sie ständig »*Mobile phone*« – oder so ähnlich riefen. Sie hätten nur »Handy« sagen müssen, als sie das Telefon forderten. Es hatte eine Weile gedauert, bis der Mann nach der Flucht der beiden Asiaten Hilfe fand. Die herbeigerufene Streife erkannte den Ford als gesuchtes Fluchtfahrzeug und informierte die Flensburger Kripo. Von dort wurde die Spurensicherung in Marsch gesetzt.

Hauptkommissar Jürgensen verzichtete bei seinem Eintreffen auf jegliches Lamentieren über die Auffindesituation. Dieses vorgespielte Wehklagen behielt er sich für Einsätze in Nordfriesland vor, wenn er bei Kälte und Nässe einen Leichenfund in einem nordfriesischen Sielzug zu analysieren hatte und Große Jäger präsent war.

Der Tag war schon fortgeschritten, aber Lüder versuchte sein Glück bei Nordic Energi in Rendsburg. Dort waren nur noch wenige Mitarbeiter anwesend. Lüder fragte nach Gruschke. Das »Herr« verkniff er sich. Man ließ ihn zehn Minuten vor der Tür warten, bis die Angestellte erneut erschien und ihn bat, ihr zu folgen.

»Sie schon wieder?«, fragte der Manager patzig. »Wir haben Wichtigeres zu tun, als uns ständig Ihren Belästigungen auszusetzen. *Hard working generates money.* Aber das weiß ein alimentierter Staatsdiener nicht. Wir haben ohnehin noch einen *fight* offen. Ihr Übergriff, als ich mit wichtigen Gästen konferierte, ist noch nicht *finished.*«

Lüder lachte laut auf. »Sie? Konferierten? Ich habe mich gefragt, wie Sie sich in diese Runde verirrt haben. Ich kann mir vorstellen, dass der Chinamann und die englische Oberheuschrecke Sie als Mundschenk engagiert hatten.«

Gruschke lief knallrot an. »Jetzt reicht es aber. Ihre Impertinenz ist unsäglich.«

»Oooohh«, sagte Lüder spitz. »Sie überraschen mich. Sie kennen sogar ein paar lateinisch angefärbte Vokabeln. Ich dachte, Ihr Wissen reduziert sich auf ein paar Brocken Anglizismen.«

Gruschke holte tief Luft, doch bevor er zur Antwort ansetzen konnte, gebot ihm Lüder mit erhobener Hand Einhalt. »Stopp. Ich bin nicht hier, um mit Ihnen verbale Scharmützel auszufechten. Es geht um Mord und Terrorismus. Und Sie verraten mir augenblicklich, wer bei Ihnen für die Logistik zuständig ist.«

»Muss ich Ihnen antworten?«

»Wir können auch das ganz große Rad drehen. Das volle Besteck hervorholen. Den Hammer schwingen lassen. Ihre Entscheidung. Also los.«

Der Manager fuhr sich mit der Hand über die Stirn. »Weshalb wollen Sie das wissen?«

»Das wollen Sie nicht wissen. Es würde Sie nur beunruhigen.«

Gruschke seufzte. »Wir haben eine eigene Abteilung dafür.«

»Wer ist verantwortlich?«

»Die Logistik-Managerin ist Dorothee Leutersdorf.«

»Ich möchte mit ihr sprechen.«

»Ich weiß nicht, ob –«

»Natürlich ist sie noch im Haus«, unterbrach ihn Lüder. »Ich könnte jetzt durch die Räume gehen und laut ihren Namen rufen. Ist Ihnen das lieber?«

Gruschke griff zum Telefon und tippte eine Kurzwahl ein. Als sich am anderen Ende der Leitung jemand meldete, sagte er, ohne seinen Namen zu nennen: »Leutersdorf. Zu mir. Sofort.«

Wenig später erschien eine Frau mit kurzen grauen Haaren. Sie wirkte müde und abgespannt. Dunkle Schatten lagen unter ihren Augen. Die Wangen waren eingefallen.

»Sie haben mich gerufen?«, sagte sie zu Gruschke, nachdem sie Lüder ein Kopfnicken geschenkt hatte.

»Er da«, erwiderte Gruschke und wies auf Lüder.

Lüder stellte sich vor. »Ich möchte wissen, wer für die Disposition der Anlieferung an die Tankstellen zuständig ist«, fügte er an.

»Meine Abteilung«, erwiderte Frau Leutersdorf und zuckte nervös mit den Augen.

»Wer arbeitet die Lieferpläne aus und erteilt die Fahraufträge?«

Die Frau lächelte. »Das macht der Computer. Die Zapfsäulen sind mit unserem IT-System verbunden. Wir erhalten von dort kontinuierlich die Verkaufsmengen. Daraus errechnet der Computer, wann welche Menge neu anzuliefern ist. Diese Werte gehen dann an die Spedition.«

»Das geschieht alles automatisch ohne menschliche Beteiligung?«

»Na ja«, sagte Frau Leutersdorf. »Meine Mitarbeiter werfen schon einen Blick darauf.«

»Und greifen ein?«

»Fast nie. Das Programm arbeitet präzise. Wir haben gute Erfahrung damit gemacht.«

»Können Sie mir eine Namensliste erstellen, wer Zugriff auf diese Informationen hat?«

»Ja. Sich–«, setzte Frau Leutersdorf an, wurde aber von Gruschke unterbrochen.

»Das kommt nicht in Frage. Datenschutz.«

Lüder winkte ab. »Wir schützen noch viel mehr als die Daten. Also. Ich bitte um die Liste.«

»Nein. Niemals«, widersprach Gruschke.

»Shut up«, kanzelte ihn Lüder ab.

Gruschkes Gesicht erstarrte zu einer Maske. Er hielt die Luft an. Mit halb geöffnetem Mund starrte er Lüder an.

»Da wäre noch etwas«, schob die Frau nach und warf dem Manager einen prüfenden Blick zu. »Vor zwei Wochen ist Herr Appelhoff zu uns gekommen und verlangte Zugang zu den Daten.«

»Appelhoff? Was will er mit den Informationen?«

»Das habe ich ihn auch gefragt. Er sprach von Untersuchungen der Organisationsstruktur.«

Lüder wandte sich Gruschke zu. »Was meint er damit?«

Der Manager ließ die Schultern fallen. »Keine Ahnung. Davon höre ich jetzt zum ersten Mal. Ich habe so etwas nicht in Auftrag gegeben.«

»Danke«, brach Lüder das Gespräch ab. »Das reicht mir.«

»Wo wollen Sie hin?«, rief ihm Gruschke hinterher, als Lüder sich umdrehte und auf die Suche ging.

Die Bauweise, dass im Inneren nur Glaswände die Arbeitsräume voneinander trennten, erleichterte es ihm. Appelhoff saß drei Zimmer weiter an seinem Schreibtisch und tat, als würde er intensiv an seinem Rechner arbeiten. Lüder hatte zuvor aber registriert, dass der Mann ihm und seinem Besuch bei Gruschke die ganze Aufmerksamkeit zugewandt hatte.

»Moin«, sagte Lüder, als er eintrat. »Kommen Sie.«

Appelhoff erhob sich. »Ich verstehe nicht«, sagte er leise.

»Das war klares Hochdeutsch und kein Denglisch, wie es Ihr Vorturner gern benutzt.«

»Ja aber ... Wohin? Zu Herrn Gruschke?«

»In die Obhut der Polizei.«

»Ich ... Weshalb?«

»Wegen Verrat.«

»Verr...?«, stammelte Appelhoff und sah suchend an Lüder vorbei Richtung Bürotür.

In Appelhoffs Gesicht zuckten die Muskeln. Die Augen verengten sich. Sein Körper nahm Spannung auf. Plötzlich sprang er los. Lüder überraschte es nicht. Das ganze Verhalten Appelhoffs war auf diese Reaktion ausgerichtet. Und es war unüberlegt. Lüder stand zwischen ihm und der Tür. Als der Mann in einem leichten Bogen an ihm vorbeisprinten wollte, streckte Lüder den linken Arm und das Bein vor. Appelhoff stolperte in ihn hinein und wurde durch den eigenen Schwung umgerissen. Ohne Lüders Arm wäre er durch den Raum gesegelt. So fiel er, noch leicht abgebremst, zu Boden. Lüder kniete sich auf ihn, bog den Arm auf dem Rücken und angelte Einmalfesseln aus seiner Tasche. Er zog kurz am Arm, sodass Appelhoff aufstöhnte. Lüder wollte ihm damit zeigen, dass Widerstand schmerzhaft sein könnte. Der Mann ließ sich die Handfesseln ohne Gegenwehr anlegen. Als er mit Lüders Unterstützung wieder stand, sah er Lüder ungläubig an.

»Ich …«, begann er, brach aber sofort ab.

»Sie wollten flüchten, weil Sie sich vor meinem bösen Blick gefürchtet haben«, stellte Lüder grinsend fest. »Nun geht es in die Landeshauptstadt.«

Appelhoff zerrte an den Handschellen. »Muss das sein? Was sollen die Mitarbeiter denken? Sie ruinieren meine Karriere.«

»Darüber würde ich mir keine Gedanken machen«, antwortete Lüder. »Die ist schon perdu.«

Dann führte er ihn unter den neugierigen Blicken der Belegschaft aus dem Haus. Selbst Gruschke schwieg, als sie auf dem Weg zur Treppe an ihm vorbeikamen.

Appelhoff blieb zunächst stumm. Dann begann er zu fragen, was ihm vorgeworfen wurde, ergänzt um die Beteuerung, es sei ein Irrtum und er sei sich keiner Schuld bewusst.

»Jaja«, stellte Lüder fest. »Die Worte kenne ich. Das sagen sie alle. Sehen Sie sich lieber unser schönes Holstein an. Der Anblick dürfte Ihnen für längere Zeit entzogen werden.«

Im LKA brachte ihn Lüder in sein Büro, befreite ihn von den Handfesseln und forderte ihn auf, Platz zu nehmen. Appelhoff sah sich um und schüttelte sich leicht.

»Nicht so komfortabel wie Ihres, aber es hat den Vorzug, dass es einen Ausgang gibt, den ich immer benutzen kann. So.« Lüder lehnte sich zurück. »Weshalb haben Sie sich von den Terroristen einfangen lassen?«

Appelhoff wich Lüders Blick aus. »Terroristen?«, versuchte er sich unwissend zu stellen.

»Unterlassen Sie es, solche Spielchen mit mir zu versuchen.«

Der Mann fuhr sich mit der Zunge über die Lippen. »Ich habe nichts davon gewusst.«

»Sie haben stets versucht, alles abzuwiegeln. Zunächst waren es Streiche. Es galt der Spedition Harmsen und Söhne, aber nicht Nordic Energi. Sie wollten die Polizei heraushalten. Glauben Sie wirklich, kaltblütiger Mord interessiert uns nicht?«

»Wirklich. Ich habe nicht gewusst, dass der Lkw-Fahrer ermordet werden sollte.«

»Sie haben die Informationen über diesen Transport, aber auch den zweiten weitergegeben.«

»Ohne zu ahnen, was dahintersteckt. Sonst hätte ich es nie gemacht. Sie haben keine Vorstellung davon, wie ich mich gefühlt habe, als mir klar wurde, wer mich missbraucht hat.«

Lüder forderte ihn auf, Einzelheiten zu berichten. Natürlich wusste Appelhoff, dass es hinter den Kulissen gärte, dass es Interessenten für die Übernahme des Unternehmens gab.

»Ich habe aber keine Einzelheiten erfahren. Das Ganze war geheim«, betonte er. »Mir war aber klar, dass es so nicht weitergehen konnte mit der Firma. Das ist ein Auslaufmodell. So wie Fink und Gruschke. Ich war überrascht, als man mich auf der Straße ansprach. Es wirkte wie zufällig.«

»Wer hat Sie kontaktiert?«

»Ein Engländer.« Nach Lüders Aufforderung beschrieb er Timothy Abrahams. »Der glänzte mit angeblichem Insiderwissen. Und er wusste vom Hedgefonds, der hinter unserer dänischen Mutter stand. Das waren Informationen, die nicht einmal als Gerücht kursierten.« Abrahams wusste auch von Appelhoffs Tätigkeit und Funktion. Um zu beweisen, dass er wirklich »etwas bewegen« konnte, sollte er die Logistikdaten preisgeben. »Das würde zeigen, sagte der Engländer, dass ich nicht nur auf meine Abteilung blicke, sondern im Unternehmen globaler aufgestellt bin.«

»Hat man Ihnen Geld für den Verrat geboten?«

»Nein, aber Perspektiven für die Zukunft. Wie gesagt – Fink und Gruschke sind Auslaufmodelle. Es wäre für mich an der Zeit, den nächsten Karriereschritt zu planen. Das ist verlockend.« Er fiel wie ein kaputter Sitzsack in sich zusammen.

»Karriere in einem Unternehmen, das in einem todgeweihten Wirtschaftszweig tätig ist?«

»Nein«, sagte Appelhoff und erzählte von den Ideen im Hintergrund, vom Engagement eines überaus potenten Partners, der über unbegrenzte finanzielle Mittel verfüge und auch Investitionen meistern könne, vor denen andere kapitulierten. Er geriet fast ins Schwelgen, als er von den Visionen einer Energieversorgung sprach, die allen Anforderungen des Klimawandels entsprach.

Lüder wollte wissen, ob diese Versorgung auch gewährleistet sei oder ob es Probleme bei bestimmten Wetterlagen geben könne.

Appelhoff versicherte, man müsse der Technik vertrauen. Es gebe hoffnungsvolle Ansätze, Energie aus grünem Wasserstoff zu generieren. Und die Entwicklung von modernen Speichermedien würde auch große Fortschritte machen.

»Das klingt sehr euphorisch.«

»Zum Glück gibt es Manager wie mich, die mit klarem Blick in die Zukunft sehen«, warf er sich in die Brust. »Es sind nur wenige. Bisher. Aber diese Spezies wird die *leadership* übernehmen.«

»Das Ganze aber nicht, um der Menschheit zu helfen.«

»Wirtschaftlicher Erfolg war immer eine Triebfeder. Und wer Ideen hat, soll auch vom Erfolg profitieren.«

»Und wenn es nicht schnell genug geht, wird nachgeholfen?«

Appelhoff sah Lüder fragend an.

»Es wird gemordet. Opfer sind Unschuldige. Kollateralschäden?«, ließ er es zynisch klingen. »Das alles tangiert Sie nicht?«

»Ich habe nichts damit zu tun und distanziere mich von jeder Art von Gewalt.«

»Haben Sie geglaubt, man erreicht seine Ziele durch die

Verteilung von Honigbonbons? Sie haben selbst erwähnt, um was es hier geht. Um unendlich viel Geld und Macht. Die Chinesen wollen in der Meldorfer Bucht und vor der Nordseeküste einen riesigen Windpark bauen. Dazu bedienen sie sich der Nordic Energi als Vehikel. Jedenfalls des Teils, den man abgetrennt hat. Und der Hedgefonds ist das Werkzeug dafür. Ich kann mir vorstellen, dass der Preis gefallen ist, nachdem Nordic Energi in den Fokus der Öffentlichkeit geraten war. Wer will sich mit einem Unternehmen identifizieren, das von Attentaten betroffen ist? Wir wissen, dass das Fass Öl billiger wird, wenn die Öffentlichkeit erfährt, dass der Sultan Blähungen hat.«

»Von alldem habe ich nichts gewusst«, beteuerte Appelhoff mit leiser Stimme.

»Das glaube ich Ihnen sogar«, meinte Lüder und deutete mit Daumen und Zeigefinger einen winzigen Spalt an. »Sie sind so ein kleines Licht, auch wenn Sie davon träumen, an den Hebeln der Macht zu sitzen. Oder zumindest an den Fleischtopf zu gelangen. Gewürfelt wird in diesem Spiel an anderen Stellen. Sie waren nur ein nützlicher Idiot.«

Appelhoff schlug die Augen nieder und knetete seine Finger. Lüder vermutete, dass ihn die Worte »nützlicher Idiot« mehr getroffen hatten als die Erkenntnis, dass der Polizist recht hatte.

»Kann ich gehen?«, fragte er.

Lüder verneinte. »Dafür wiegen die gegen Sie erhobenen Anschuldigungen zu schwer. Sie haben an den Vorbereitungen mehrerer Morde mitgewirkt. Hinzu kommen noch andere Straftaten. Wir werden Sie hierbehalten. Wollen Sie einen Anwalt kontaktieren?«

Appelhoff schüttelte resigniert den Kopf. »Ich möchte meine Frau anrufen.«

Lüder schob ihm das Festnetztelefon hin.

Der Mann wählte, wartete und sagte dann: »Hier ist Sönke. Es ist etwas dazwischengekommen. Ich komme später.«

Ohne weitere Erklärungen beendete er das Gespräch. Lüder empfand nur Verachtung dafür, dass er selbst jetzt nicht offene und ehrliche Worte gegenüber seiner Frau fand, die in der Nacht sorgenvoll auf ihn warten würde. Dann ließ er ihn abführen.

Lüder besorgte sich einen Becher Kaffee und war froh, ein paar Minuten mit Edith Beyer über das Wetter sprechen zu können. Das Wetter – nicht das Klima. Als er in sein Büro zurückkehrte, meldete sich das Telefon. Lüder nahm das Gespräch an und lauschte einer sonoren Stimme.

»Ich esse mit Begeisterung Mettbrötchen.«

Lüder lachte. »Moin, Herr Dr. Diether. Weshalb auch nicht. Man nennt es auch Feuerwehrmarmelade, weil die freiwillige Feuerwehr diesen Belag bei ihren Treffen zu schätzen weiß. Das gilt aber nicht für den Einsatz.«

Der Rechtsmediziner brummte etwas Unverständliches. »Jedem Beruf billigt man zu, das zu essen, was dem Menschen schmeckt. Nur wir sollen Pietät wahren. Sollen wir während des Arbeitstages auf das Essen verzichten? Rechtsmediziner dürfen demnach weder Blutwurst noch Leberkäse essen. Wie steht es mit Nierenragout? Haxe? Bei unseren süddeutschen Kollegen kommen auch noch Milz, Herz und Lüngerl hinzu. Und Brägen.«

»Letzteres müssen Sie nicht extern zuführen. Davon haben Sie selbst genug«, kommentierte Lüder die Ausführungen des Arztes, der gern schwarze Kommentare von sich gab.

»Schmeichler. Nun wollen Sie exklusiv hören, welchen Tod die Frau auf dem Rastplatz an der A 7, kurz vor der dänischen Grenze, gestorben ist. Sicher ist, dass es sich um einen Exitus totalis handelt.«

»Ich liebe Ihren Humor. Ein Exitus ist immer total«, meinte Lüder.

»Bei uns ja. Aber es gibt spirituelle Betrachtungsweisen, die etwas anderes behaupten. Denken Sie an die Wiedergeburt. Also! Nach meinen Informationen war die Lady, die man mir auf den Tisch gelegt hat, eine Art Sterbehelferin. Sie hat andere Menschen ins Regenbogenland befördert. Allerdings für die Opfer immer unfreiwillig. Ein Profikiller. Pardon. Gegendert: eine Killerin. Der Volksmund sagt zu Recht: Wer einen solchen Job ausübt, dem wird es irgendwann einmal das Genick brechen. Manchmal liegt der Volksmund richtig.«

»Können Sie das bitte für einen Juristen übersetzen?«

»Oje. Nun habe ich mich schon klar und deutlich ausgedrückt. Und der Jurist begreift es immer noch nicht.« Dr. Diether stöhnte laut auf. »Man hat der Trulla das Genick gebrochen. So etwas kann vorkommen, zum Beispiel bei einem Unfall oder einem Sturz. Manche überleben es fast unbeschadet, andere erleiden gravierende Verletzungen mit schlimmen Folgen wie Querschnittlähmungen. Man kann sich das Genick auch selbst brechen, zum Beispiel wenn man sich erhängt. Das muss aber richtig gemacht werden. Sonst tut es weh. Übrigens gibt es auch Profis, die anderen das Genick brechen. Geschieht das im Staatsauftrag, nennt man die Leute Henker. Im vorliegenden Fall hoffe ich, dass kein Staatsauftrag vorlag.«

»Herr Diether! Können Sie mir mit einfachen Worten sagen, was die Todesursache ist?«, bat Lüder.

»Sagen Sie mal ... Machen Sie gerade den Schäuble?«

»Bitte?«

»Den hat die Fernsehkamera einmal dabei erwischt, wie er in einer wichtigen Bundestagsdebatte Sudoku spielte. Haben Sie mir nicht zugehört? Man hat der Sandmann das Genick gebrochen. Das war jemand, der das gelernt hat. Gelernt. Ich hoffe nicht, dass ihr Mörder es trainiert hat. Er ist von hinten an sie herangetreten. Da gibt es einen Griff, den Spezialisten lernen. Sie packen den Kopf mit beiden Händen, halten den Delinquenten aber mit den Unterarmen so, dass er seinen Körper nicht mitdrehen kann. Dann – zack. Mit einem Ruck drehen Sie den Kopf so weit, dass es kräftig knackt. Es muss ja nicht so weit sein, wie unsere in Mathematik nicht so bewanderte Außenministerin es einmal bei einer Dreihundertsechzig-Grad-Wende benannte.«

»Danke«, sagte Lüder.

»Immer wieder gern. Leider ist es so, dass unsere geschätzte lockere Plauderei stets voraussetzt, dass jemand unfreiwillig sein Leben ausgehaucht hat. In diesem Fall hat es offenbar einen schlimmen Finger getroffen. Oder muss man hier von einer Fingerin sprechen?«

Mit einem Lachen legte Lüder auf. Er glaubte, Claudia Sandmanns Mörder zu kennen. Es war einer der sogenannten Bodyguards Qiu Pei-Mings. Für ihn war es ein weiterer Beweis dafür, wer hinter den Terroraktionen steckte. Unter dem Vorwand, sich für den Klimawandel einzusetzen, initiierte und finanzierte Qiu Pei-Mings Company die Verbrechen. Die AA waren nur ein Vehikel. Hatten sich Leute wie Grcic vor deren Karren spannen und radikalisieren lassen? Oder wussten sie schon vorher von den Terrorplänen und waren darin involviert? Claudia Sandmann hingegen war eine bezahlte Mörderin. Sie tötete für Geld. Und deshalb musste sie jetzt sterben, nachdem sie ihren mörderischen Job erfüllt hatte. Für ihre Auftraggeber war sie wertlos geworden.

Was für ein Gedanke, überlegte Lüder. Konnte ein Mensch, auch wenn er ein Mörder war, wertlos sein? Ja. Es kam sicher oft vor, dass ein Menschenleben so bewertet wurde.

Lüder suchte das KTI auf. Er bewunderte stets die Mitarbeiter des Kriminaltechnischen Instituts. Mit Engelsgeduld, Akribie und großem Wissen lieferten sie oft die entscheidenden Beweise für das Gerichtsverfahren oder für Hinweise, die zum Täter und zu seiner Vorgehensweise führten. Das galt auch für die bei Claudia Sandmann gefundene Waffe. Die Glock 17 konnte als Mordwaffe, mit der Tawfiq Beyrouti getötet wurde, identifiziert werden.

»Die Waffe hat sechs Züge«, hatte der Techniker erklärt.

»Und Rechtsdrall. Trotz aller Präzision bei der Herstellung hat jede Waffe ihren individuellen Fingerabdruck. Mit dieser Pistole wurden auch die beiden Polizisten im Hunsrück erschossen. Sie brachte dem zivilen Wachmann eines Waffenlagers der US-Streitkräfte und zwei türkischstämmigen Geschäftsleuten in Köln-Mülheim den Tod. Es handelt sich hier im wahrsten Sinne des Wortes um eine Mordwaffe«, stellte der Waffenexperte fest.

»Wissen wir, woher die Waffe stammt? Wie sie in den Besitz der Sandmann gekommen ist?«, wollte Lüder wissen.

Der Techniker zeigte ein leichtes Lächeln. »Das verrät uns die Technik nicht. Und im System findet sich keine Information dazu. Kollege Computer schweigt. Ich fürchte, hier hilft auch künstliche Intelligenz nicht weiter.«

Lüder streckte anerkennend den Daumen in die Höhe. »Ohne euch blieben manche Rätsel ungelöst.«

»Danke«, sagte der Techniker.

Es waren nur wenige Schritte bis zur Spurensicherung. Man hatte die von Klaus Jürgensen im Ford Kuga gesicherten Spuren analysiert und festgestellt, dass sie mit den von den beiden Leibwächtern Qiu Pei-Mings im Kieler Grandhotel Kaiser Wilhelm aufgenommenen Spuren identisch waren. Damit war bewiesen, dass einer der beiden Leibwächter des Chinesen für den Tod von Claudia Sandmann verantwortlich war. Trotzdem war es schwierig, die Verstrickungen zu entwirren, nachzuweisen, dass die im Ursprung idealistisch geprägte Umweltorganisation von einer ausländischen Macht unterwandert worden war, die sich ihrer für eigene Zwecke bediente.

Mikkel Brötje tauchte im Türrahmen auf. »Stör ich?«, fragte der Oberkommissar und betrat den Raum. »Ich komme mir vor wie ein PC-Junkie. Meinen Kindern verbiete ich, nur am Handy oder Tablet zu sitzen. Und was mache ich?« Er grinste. »Aber spannend ist es schon. Die AA haben sich gemeldet. Auf Tick-Tack.« Er wischte sich mit der flachen Hand vor der Stirn hin und her.

»Du meinst TikTok?«

Erneut zeigte Brötje die Handbewegung. »Genau genommen Tok-Tok. Die sind nicht ganz schussecht. Aber zur Sache. Die AA haben etwas gepostet. Sie wettern gegen die postkoloniale Ausbeutung. Das ist der harmlose Teil. In einem zweiten Post werden Fotomontagen gezeigt. Der Umweltminister und Staatssekretär de Witt hängen an einem Galgen. Genauer genommen an einem Strick, der am Ast eines vertrockneten Baums festgebunden ist. Im Hintergrund ist eine Savanne zu sehen. Ein Bild wie aus einem schaurigen Italowestern. Aus dem Off sagt eine Stimme: ›Ihr seid die Nächsten. Bereitet die Hölle vor, in die euch Millionen Menschen zwangsweise folgen müssen. Oder fragt jene, die unschuldig in den letzten Tagen vorausgegangen sind. Wir sind so gnadenlos wie ihr.‹« Brötje sah Lüder fragend an. »Das sind zwei voneinander abweichende Aussagen. Wie sollen die Menschen im Land das verstehen, dass unter dem Label ›AA‹ zwei unterschiedliche Gruppierungen segeln? Die Gewaltfreien werden doch mit in diesen Terroristenstrudel hineingezogen. Sie schreiben von der postkolonialen Ausbeutung. Dagegen wehren sie sich. Das Thema schweigen die von den, so nehmen wir an, Chinesen finanzierten Terroristen tot. Für uns ergibt sich ein weiterer Schauplatz mit blutigen Auseinandersetzungen. Wir sehen es an der Ermordung Jan Bötefürs.«

»In diesem Drama gibt es zahlreiche Akteure, die nicht alle an einem Strang ziehen. Das spiegelt auch die gesamte Situation wider. Für das uns alle betreffende Problem des Klimawandels gibt es keine alle befriedigende Lösung.«

»Immerhin kommen wir in kleinen Schritten voran. Die Wasserschutzpolizei hat Timothy Abrahams eingefangen.«

»Die Wasserschutzpolizei?«

Brötje grinste. »Habe ich gehört. Die königliche Alsterpolizei.«

»Oh Mikkel«, stöhnte Lüder. »Du meinst die Royal Ulster

Police in Nordirland. Die gibt es aber nicht mehr. Heute ist es der Police Service of Northern Ireland.«

»Ist doch egal. Die Eier-Polizei hat den Typen in Belfast erwischt. Dort hockt er hinter irischen Gardinen.«

»Mensch Mikkel. Du hast wohl eine Baumschule besucht.«

Brötje winkte ab. »Ich heiße Brötje und nicht Dröge. Lass uns doch ein wenig Heiterkeit aufkommen. Allmählich zerbröselt das Terrornetzwerk.«

»Leider nur in der Peripherie«, gab Lüder zu bedenken. »Das Zentrum gerät zwar in den Lichtkegel. Aber …«

»Es ist ärgerlich, dass wir nicht jedem in die Waden beißen können«, klagte Mikkel Brötje. »Wir stoßen nicht nur an die Ländergrenzen, sondern auch an andere. Die Vernunft endet dort, wo der Mammon regiert, hemmungslose Gier jeden Gedanken an das Allgemeinwohl erschlägt. Aber auch dort, wo politischer Opportunismus die Oberhand gewinnt.«

Lüder nickte versonnen. »Auf diesem Gebiet haben uns de Witt, aber auch Berthold Kreuzfeldt aus Berlin eindrucksvolle Beispiele gezeigt. Manche Politiker sichten nur die Vorteile für ihre überschaubaren Wirkungskreise.« Lüder sah auf die Armbanduhr. »Ich folge jetzt ihrem Beispiel und mache Feierabend.«

Margit zeigte sich erfreut über sein Erscheinen und spannte ihn sogleich für Verrichtungen im Haushalt und Garten ein. Letzterer erhielt aber nur eine bedingte Aufmerksamkeit. Es war immer noch recht warm. Sie wollten den Tagesausklang auf der Terrasse genießen. Seine Frau lächelte, als er die Stühle so platzierte, dass sie die vom Glaser mit einer Notverglasung geflickte Scheibe im Rücken hatten. Margit hatte beschlossen, heute nicht zu grillen. Sie hatte einen erfrischenden Salat zubereitet. Nach dem Essen saßen sie mit Blick in den Garten. Lüder überhörte großzügig Margits Ermahnungen, dass es dem Stück Grünfläche guttun würde, wenn sich eine pflegende Hand seiner erbarmte.

Der Abend war schon fortgeschritten, als es an der Haustür klingelte.

»Nanu?«, zeigte sich Lüder erstaunt und hielt Margit zurück, die öffnen wollte. Er ging selbst zur Tür und erschrak, als er des Besuchers ansichtig wurde. Die Überraschung währte nur kurz. Ehe der Gast reagieren konnte, machte Lüder einen Satz vorwärts, packte den Mann mit der linken Hand an dessen rechten Oberarm, griff ihn in den Nacken und schleuderte ihn über das vorgestreckte Bein zu Boden. Die Aktion kam so überraschend, dass jede Gegenwehr ausblieb. Der Mann blieb reglos auf dem Absatz vor der Haustür liegen. Lüder kniete auf seinem Rücken. Dann rief er Margit. Sie erstarrte im Hausflur, als sie die beiden auf dem Boden liegen sah, holte dann aber auf Lüders Anweisung ein Paar Einmalhandfesseln aus seiner Jackentasche. Lüder legte sie dem Besucher an, half ihm auf die Beine und führte ihn um das Haus herum in den Garten. Dort stieß er ihn in einen Stuhl, nachdem er ihn auf Waffen kontrolliert hatte, reckte sich und ließ sich außer Reichweite in seinem Stuhl nieder.

»Das ist aber eine Überraschung«, stellte er fest. »Nicolaus Grcic. Mit Ihnen habe ich nicht gerechnet. Es wird Sie nicht wundern, wenn ich Sie nicht herzlich willkommen heiße. Ich nehme an, Sie kannten den Weg, obwohl Sie bei Ihrem letzten Besuch von der Rückseite gekommen sind.« Lüder zeigte zum Grundstücksende. »Wenn Sie damals erfolgreich gewesen wären, säßen wir uns heute nicht gegenüber.«

Grcic schluckte heftig. »Ich – habe – nicht – geschossen«, stammelte er. »Weder auf Sie noch auf andere.«

»Sie sind ein Gutmensch und wollen mir heute einen Freundschaftsbesuch abstatten.«

Lüder traf ein tiefer, traurig wirkender Blick.

»Ich bin da in etwas hineingerutscht.«

»Ganz durch Zufall und ohne jede Absicht«, lästerte Lüder.

Sein Gegenüber blies die Wangen auf. »Durch Dummheit. Abgrundtiefe Dummheit.« Grcic schüttelte sich und versuchte, die hinter dem Rücken gefesselten Hände freizubekommen. »Geht das nicht ohne?«

»Bei Ihrem Kaliber nicht. Also! Was wollen Sie von mir?«

»Schutz.«

»Bitte?«

»Ich sagte schon, ich bin da in etwas hineingeraten. Tiefer, als ich wollte. Ich habe es nicht überblickt. Zunächst war ich von der guten Sache überzeugt, nachdem ich in England Kontakt zu den AA gefunden hatte. Und ich war geschmeichelt, als man mir zutraute, in exponierter Position in Deutschland tätig zu werden. Es sah alles groß und zielführend aus. Und als Claudia mich auch noch umgarnte, war ich zu weit auf dem falschen Weg abgebogen.«

»Bei Rüschenschmidt, in dessen Haus in Buldern?«

»Ja. Ich fühlte mich als jemand, der plötzlich etwas war. Erst später habe ich gemerkt, dass es gar nicht mehr um die gute Sache, den Klimaschutz, ging.«

»Sondern um – was?«

»Das habe ich nicht verstanden. Ich war mittendrin. *Action.* Mich erfasste eine Kombination aus Neugierde, einem Funken Abenteuerlust, aber auch Angst. Sie glauben nicht, wie dreckig es mir ging, als man mich zwang, mitzumachen. Ich musste die Tatfahrzeuge fahren.«

»An welchen Verbrechen waren Sie beteiligt?«

Grcic biss sich auf die Lippe, dass Bluttropfen hervorquollen. »Am Mord an dem Tankwagenfahrer. Wir waren zu zweit, Claudia und ich. Sie saß auf dem Beifahrersitz und erteilte mir Anweisungen. Zunächst sollte ich hinterherfahren.«

»Moment«, unterbrach ihn Lüder. »Ab wo sind Sie dem Tankwagen gefolgt?«

»Kurz hinter der Raffinerie in Heide. Claudia wusste genau, wann er das Gelände verlassen sollte. Sie hatte eine exakte Beschreibung des Wagens und kannte das Kennzeichen.

Das galt übrigens auch für den anderen Tankwagen, der bei Bredstedt …« Grcic brach ab und wich Lüders Blick aus.

Die Informationen stammten von Appelhoff, dachte Lüder. Dessen Verrat ermöglichte den Verbrechern die grausamen Taten.

»Und weiter«, forderte er Grcic auf.

»Sie stieg aus und erschoss den Mann. Eiskalt. Ab diesem Augenblick konnte ich nicht mehr zurück. Ich war auch gezwungen, an der Ermordung Jan Bötefürs teilzunehmen.«

»Wer war daran beteiligt?«

»Die Sandmann und ich. Sie hat alles arrangiert und ihm auch den Abgasschlauch in den Enddarm eingeführt. Ich musste Gas geben.«

Grcic fing an zu würgen. Die Augen quollen hervor. Lüder fürchtete, dass der Mann sich übergeben müsse. Er war sich nicht sicher, ob der Reflex nicht schon bis in die Mundhöhle vorgedrungen war.

»Wer war an dem Bombenanschlag bei Bredstedt beteiligt?«

Grcic sackte in sich zusammen. Der Kopf fiel ihm auf die Brust. Eine Weile herrschte tiefes Schweigen. Kaum hörbar sagte er schluchzend: »Ich. Aber nur als Fahrer. Alles andere hat Claudia Sandmann erledigt. Mit einem solchen Tier war ich intim. Mich ekelt es an, wenn ich daran denke. Es wird mich nie wieder loslassen, wie kaltblütig sie unschuldige Menschen umgebracht hat. Ich glaube, es hat sie jedes Mal unbändige Lust dabei gepackt. Es war nicht nur ein Job, den sie ausgeführt hat. Und dann … Ist es gerecht, wenn sie selbst einen gewaltsamen Tod fand?« Sein Blick suchte Lüders, als würde er dort eine Antwort finden.

Nein! Lüder wusste keine Antwort. Ihm war es fremd, dass Menschen sich so verhalten konnten. Er würde es nie verstehen.

»Weshalb musste Claudia Sandmann sterben?«

Grcic zuckte heftig mit den Schultern. »Ich weiß es nicht.

Ich bin doch nur ein kleines Licht, eine unbedeutende Randfigur. Das alles ist viele Nummern zu groß für mich.«

»Und nun?«

»Ich habe mitbekommen, dass Chinesen hinter der Sache stecken. In wessen Auftrag? Keine Ahnung. Vermutlich ist Claudia dahintergekommen. Das hat sie das Leben gekostet.«

Oder sie hatte zu hoch gepokert? War sich zu selbstsicher, überlegte Lüder. Sie hatte nicht geglaubt, dass auch sie nur ein kleines Licht in diesem Spiel von weltweiter Bedeutung war. Menschenleben galten hier nichts.

»Sind Sie bereit, all das, was Sie mir erzählt haben, zu Protokoll zu geben? Auch Ihre Taten?«

Grcic nickte heftig. »Alles«, versicherte er hastig. »Unter der Bedingung, dass ich geschützt werde. Ich stehe auf der Todesliste ganz oben.«

»Da sind Sie in guter Gesellschaft«, erwiderte Lüder und ließ unerwähnt, dass nicht nur Politiker Todeskandidaten waren, sondern er selbst auch. »Ich werde jetzt eine Streife rufen und Sie abholen lassen.« Lüder lächelte still vergnügt in sich hinein. Brötje hätte jetzt gesagt: »Kollegen. Schickt 'ne Streife zum Angelteich. Ich habe einen dicken Fisch gefangen.«

Der Mann versuchte aufzustehen. »Bin ich da sicher?«

»Ihre Opfer waren auch nicht sicher, obwohl sie im Gegensatz zu Ihnen arglos waren.«

»Ja, aber …«, begehrte Grcic auf. »Ich stelle mich freiwillig.«

»Aber nur, weil Sie Angst haben und um Ihr Leben fürchten.«

»Sie müssen mich beschützen.«

»Dafür sorgen die Kollegen. Wissen Sie, wo die Chinesen abgeblieben sind?«

»Ich glaube, sie halten sich in Hamburg auf und haben dort ein Luxushotel an der Alster gebucht.«

Sie schwiegen, bis die Streife eintraf und Lüder den Beamten die Situation erklärte. Anscheinend wussten sie, mit wem sie es zu tun hatten. Ihre Handgriffe waren von kräftiger Natur.

Als sie gegangen waren, erschien Margit. »War das einer der Typen, die auf dich geschossen haben?«, wollte sie wissen.

»Das ist keiner, den ich in unseren Freundeskreis aufnehmen würde«, wich Lüder aus.

»Dem hätte ich einen Satz Ohrfeigen verpassen sollen.«

Lüder lächelte. »Solche Aktionen überlassen wir in Deutschland der Justiz. Keine Ohrfeigen, aber die Bestrafung im Rahmen der gültigen Gesetze. Und nun widmen wir uns dem Schlaf der Gerechten.«

ZEHN

Der Stapel Zeitungen, den Lüder jeden Morgen bei Dienstbeginn las, blieb heute unangetastet auf seinem Schreibtisch liegen. Beim Betreten des LKA hatte ihn Brötje abgefangen und direkt in das Büro des Abteilungsleiters dirigiert. Lüder schilderte ausführlich den Überraschungsbesuch von Grcic am gestrigen Abend und dessen Geständnis.

»Hältst du es für glaubwürdig?«, wollte Dr. Starke wissen.

»Ich weiß es nicht. Grcic ist sicher nicht aus Reue bei mir erschienen, sondern er hat Todesangst. Ich glaube, er ist tiefer in die Taten verstrickt, als er uns weismachen will. Er weiß, wie gefährlich die Leute sind. Er hat miterlebt, mit welcher Brutalität Claudia Sandmann vorgegangen ist. Wenn er wirklich so geschockt gewesen wäre, wie er vorgibt, hätte er sich schon nach der ersten Tat lossagen und uns aufsuchen können. Die Möglichkeiten wären gegeben gewesen.«

»Wir werden ihn heute intensiv verhören«, erklärte der Abteilungsleiter, »und der Staatsanwaltschaft überstellen. *Unserer*«, fügte er an. »Die mögen dann entscheiden, ob sie den Vorgang an die Bundesanwaltschaft abgeben.« Dr. Starke wollte wissen, wie Lüder weiter vorgehen wolle.

»Ich werde schnell einen kurzen Bericht diktieren«, erklärte Lüder, »und dann mit Herrn Brötje nach den Chinesen fahnden.«

»Gut«, nickte Jens Starke.

Während Lüder die Ereignisse der letzten Stunden formulierte, war Oberkommissar Brötje damit beauftragt, nach der chinesischen Delegation zu suchen, die sich in einem Hamburger Hotel aufhalten sollte.

»Gibt es rund um die Alster noch andere Gebäude oder nur Hotels?«, staunte Brötje. »Das ist ja gewaltig, was sich in der Hansestadt an Edelunterkünften breitgemacht hat. Aber das ist nicht alles. Die haben noch mehr solcher Schuppen. Ich möchte nicht wissen, was Hui Buh für eine Nacht löhnen muss. Selbst mit einem opulenten Wohngeld kommt man damit nicht über die Runden.«

»Warst du erfolgreich?«, wollte Lüder wissen.

»Das war ein schwieriges Unterfangen. Die Läden sind alle sehr diskret. Man könnte glauben, die Hotels werden von der Finanzverwaltung betrieben.«

Lüder lachte. »Die Verschwiegenheit zeigt sich auch beim Bundeskanzler. Sein hanseatisches Erinnerungsvermögen erlischt bereits bei einem Steuererlass im mittleren achtstelligen Bereich. Wir haben es hier mit einem ganz anderen Kaliber zu tun.«

»Ob der Bundeskanzler da auch wieder mitmischt?«, fragte Brötje.

»Das ist nicht unsere Welt«, beschied Lüder. »Auf geht's. Hast du die Adresse?«

Er überließ Mikkel Brötje das Steuer. Das Navi geleitete sie zielsicher über die Autobahn und durch den dichten Verkehr der Elbmetropole. Lüder genoss den Transfer durch die immer wieder beeindruckende Stadt mit ihrer vielfältigen Architektur, dem Grün und der traumhaften Lage an der Alster. Hier trafen sich Urbanität und Lebensqualität.

Sie fuhren vor dem Eingang des Hotels vor. Es entlockte Lüder ein Lächeln, als der livrierte Wagenmeister zunächst zögerte, an ihren Passat heranzutreten. Der Mann war andere Fahrzeugtypen gewohnt. Schließlich überwand er sich und wies auf die Tiefgarage hin.

Das Foyer war durchgestylt, die Innenarchitektur perfekt abgestimmt. Die freundliche junge Frau am Empfangstresen hörte sich die Bitte der beiden Polizisten, einen Verantwortlichen zu sprechen, an, bat um einen Moment Geduld und kehrte mit einem ebenfalls Uniformierten zurück. Der distinguiert wirkende Mann mit den gepflegten grauen Schläfen bat sie ins Backoffice. Das geprägte Namensschild an seinem Dress wies ihn als »Robert« aus. Aus seiner leicht französisch gefärbten Aussprache war nicht zu entnehmen, ob es kunstvoll angeeignet oder seine Muttersprache war. Der Mann war perfekt. Lüder wunderte sich, wie die Mitarbeiter in diesem Durcheinander den Überblick behalten konnten.

Robert erinnerte sich an das Telefonat mit Brötje, ließ sich aber noch einmal die Dienstausweise zeigen, prüfte sie sorgfältig und zog eine Augenbraue in die Höhe. »Kiel?«

Lüder erklärte es ihm.

»Unser Haus ist seinem internationalen Ruf verpflichtet«, erklärte Robert salbungsvoll. »Wir möchten aber auch die Polizei unterstützen. Uns ist sehr an Diskretion gelegen.«

Lüder sicherte zu, dass die Behörden ihr Bestes geben würden. Man sei für die Unterstützung dankbar. Dann präzisierte er das Auskunftsersuchen. Robert nahm vor einem Bildschirm Platz, warf den Beamten noch einen Blick zu und drehte das Gerät so, dass sie nicht auf den Screen sehen konnten.

»Mr. Qiu Pei-Ming war schon öfter bei uns Gast«, erklärte er. »Über den Grund seines Aufenthalts vermag ich nichts zu sagen. Er hat, wie immer, eine Suite gebucht.«

»Was kostet so etwas?«, wollte Brötje wissen.

Robert warf ihm einen schrägen Blick zu. »Variabel«, lautete die unverbindliche Antwort. »Mr. Qiu Pei-Ming war in Begleitung zweier weiterer Herren, für die Classic-Zimmer gebucht waren. Die sind aber …«, Robert stutzte, »… nicht in Anspruch genommen worden.«

»Das heißt, die beiden waren gar nicht hier?«, fragte Brötje. »Und haben trotzdem bezahlt?«

Robert nickte unmerklich. »Der Gesamtbetrag für die Suite und die beiden Zimmer wurde über eine Kreditkarte abgebucht.«

»Über Qiu Pei-Mings?«, unterbrach ihn Brötje.

Roberts mitleidig wirkender Blick streifte den Oberkommissar. »Mr. Qiu Pei-Ming ist Diplomat. Mit solchen Details werden diese Gäste nicht behelligt.«

»Wohin ist Qiu Pei-Ming abgereist?«, fragte Lüder.

»Mr. Qiu Pei-Ming hat unseren Limousinenservice in Anspruch genommen und ist zum Flughafen gefahren.«

»Und die anderen beiden?«, hakte Brötje nach.

Robert verzog keine Miene. »Das vermag ich nicht zu sagen. Die Herren haben unser Haus nicht betreten.«

»Auf welche Namen wurden die Zimmer gebucht?«, interessierte Lüder.

Robert gab etwas auf der Tastatur ein. Danach zeigte sich der Anflug eines Lächelns auf seinem Antlitz. »Shen Fenghan.«

»Dank. Und der Zweite?«

»Shen Fenghan. Beide Zimmer wurden auf diesen Namen reserviert.«

»Humor haben die«, stellte Lüder fest und bedankte sich bei Robert für die Unterstützung.

Am Kassenautomaten lösten sie das Parkticket.

»Haben wir jetzt das Hotel gekauft?«, wunderte sich Brötje über die geforderte Parkgebühr. »Davon kann ich mit meiner Familie eine Woche Familienurlaub buchen.«

Lüder lächelte über diese Übertreibung, übernahm das Steuer und forderte seinen Kollegen auf, Kontakt zur Bundespolizei am Helmut-Schmidt-Airport aufzunehmen. Während Brötje telefonierte und auf die Teilnehmer wartete, zu denen er durchgestellt werden sollte, wunderte er sich.

»Was ist das für ein Verkehr in Hamburg. Die fahren alle in unsere Richtung. Wollen die alle zum Flughafen?«

»Nur die Hälfte. Die anderen kommen zurück. Tühnkopp. In Hamburg ist immer viel Verkehr. Auf allen Straßen.«

Brötje grinste. »Nicht nur dort.« Er wies Lüder den Weg zu einem Parkplatz vor der Bundespolizeiinspektion, direkt neben dem Zoll. »Das ist gewaltig, was man hier aus dem Boden gestampft hat«, staunte er.

»Fliegt ihr nicht in den Urlaub?«, fragte Lüder.

»Wir? Mit Familie? Sieh doch einmal in die Besoldungstabelle, was ein Oberkommissar in Schleswig-Holstein vergütet bekommt.«

»Das sieht hier gewaltig aus«, wich Lüder aus, »das Staunen ist aber noch größer, wenn man den Frankfurter Flughafen sieht.«

Lüder parkte das Fahrzeug, dann suchten sie das Polizeigebäude auf.

»PHK Kasseebohm ist unser Ansprechpartner«, erklärte Brötje. Wenig später standen sie einer etwa vierzigjährigen Beamtin mit einem langen Zopf gegenüber. Sie neigte zu Korpulenz. Vielleicht lag das auch an ihrer eher unterdurchschnittlichen Körpergröße. Dafür war sie mit sehr üppigen Proportionen gesegnet. »Wir wollen zu PHK Kasseebohm«, bat Brötje.

Lüder amüsierte sich, dass der Kollege immer wieder abgelenkt wurde und der Frau nicht durchgängig ins Gesicht sah.

»Steht vor dir«, erwiderte die Polizistin und zeigte auf das Namensschild.

»Oh – Verzeihung«, stotterte Brötje.

»Birgit Kasseebohm, Hauptkommissarin. Ich soll mich um euch kümmern«, stellte sie sich vor und benutzte das kollegiale Du. »Du bist …?«, fragte sie Brötje.

»Äh … Mikkel Brötje. Polizeilicher Staatsschutz Kiel. LKA.«

»Und du?« Sie sah Lüder an.

»Lüder Lüders. Dieselbe Dienststelle.«

»Ihr interessiert euch für einen chinesischen Bürger? Wir haben ihn übers System gecheckt. Qiu Pei-Ming. Er ist gebucht auf einem British-Airways-Flug von Hamburg nach London Heathrow.« Sie sah auf ihre Armbanduhr. »Terminal zwei, Gate C04. Im Augenblick sitzt er aber vermutlich noch in der VIP-Lounge. So einer gibt sich nicht mit den

Check-in-Formalitäten ab. Ganz zu schweigen vom Gepäck.«

»Ich habe gehört, dass der englische König morgens eine gebügelte Tageszeitung bekommt. Außerdem streicht ihm jemand die Zahnpasta auf die Bürste«, warf Brötje ein. »Abgesehen von der Tageszeitung ... So funktioniert es bei uns zu Hause auch. Da macht es meine Frau bei den Kindern.«

»Also – der Tsching Ping, der bleibt zwei Tage in London. Dann fliegt er weiter nach Windhoek in Namibia«, ging Kasseebohm nicht auf Brötjes Familienbericht ein. Sie suchte Lüders Blick. »Was will er da?«

»Ich kann es mir vorstellen. Qiu Pei-Ming ist ein gesuchter Gesprächspartner. Rund um den Globus. Einflussreich und mächtig. Wir hatten einen Vertreter aus dem Bundeswirtschaftsministerium zu Gast.« Er ließ den Namen Kreuzfeldt unerwähnt. »Aufgrund der in Namibia herrschenden klimatischen Bedingungen ist das Land ein begehrter Ansprechpartner bei Überlegungen zur Gewinnung erneuerbarer Energien. Dort scheint die Sonne von einem makellosen Himmel, und es gibt viel Platz. Alles im Überfluss. Es lassen sich riesige Solarfelder errichten. Mit der billig gewonnenen Energie kann man Wasserkraftstoff herstellen. Das ist ein Riesenmarkt. Das wissen die Chinesen natürlich auch.«

Kasseebohm sah Lüder erstaunt an. »Klasse, was du alles weißt. So! Nun sollten wir uns aber auf den Weg machen, wenn ihr noch mit ihm sprechen wollt.«

Sie wartete die Antwort nicht ab, sondern ging voran.

Jeder hatte seine Talente, dachte Lüder. Er hätte sich in dem Gewirr von Gängen, Türen und Treppen nicht zurechtgefunden. Als sie den lichtdurchfluteten, großzügig gestalteten VIP-Bereich erreichten, zogen die drei die Blicke der Anwesenden auf sich. Lüder entdecke Qiu Pei-Ming als Erster. Der Manager saß etwas abseits und las die Times. Vor ihm stand ein Kaffeegedeck. Er war in die Lektüre vertieft und bemerkte die Polizisten erst, als sie vor ihm standen. Lüder erkannte er wieder, Brötje schien ihm gleichgültig, und die uniformierte Polizistin maß er mit einem geringschätzigen Blick. Es hätte Lüder auch nicht überrascht, wenn er Kasseebohm mit einem Fingerschnippen aufgefordert hätte, das Geschirr abzuräumen.

Casual war für Qiu Pei-Ming ein Fremdwort. Der dezente Anzug war ihm auf den Leib geschneidert. Lüder war sich sicher, dass allein die Kosten für das Maßhemd jene weit überstiegen, die er für seinen guten Anzug hatte aufwenden müssen. Qiu Pei-Ming hatte die Beine übereinandergeschlagen und wippte lässig mit den Füßen, die in handgenähten Schuhen steckten. Gelassen sah er Lüder an.

»Moin.«

Qiu Pei-Ming kniff kurz die Augen zusammen. Das Wort war ihm fremd.

»Zàihuì«, versuchte es Lüder.

Qiu Pei-Ming schenkte ihm einen verächtlich wirkenden Blick. »Lassen Sie es«, sagte er von oben herab. »Sie können es nicht. Bleiben Sie beim ›Guten Morgen‹. Was gibt es noch zu besprechen? Ich bin unterwegs nach London.«

»Was wollen Sie dort?«, mischte sich Brötje ein.

Als Antwort erntete er einen nichtssagenden Blick. Dann konzentrierte sich der Mann wieder auf Lüder.

»Wir würden gern mit Ihren beiden Leibwächtern sprechen«, erklärte Lüder.

Qiu Pei-Ming zeigte sich unwissend. Erst als Lüder ihn an den Vorfall in dem Kieler Hotel erinnerte, zuckte er gleichgültig mit den Schultern.

»Ich weiß nicht, wo sie geblieben sind. Ich kenne nicht einmal deren Namen. Um meinen Personenschutz kümmert sich mein Büro. Von dort wird alles organisiert. Es sind Agenturkräfte, die wir bei entsprechenden Spezialagenturen mieten.«

»Und wer sorgt aktuell für Ihre Sicherheit?«

»Zwei Neue«, erwiderte Qiu Pei-Ming. »Auch deren Namen sind mir nicht bekannt.«

Kasseebohm trat an Lüder heran und flüsterte ihm ins Ohr, dass Qiu Pei-Ming und zwei weitere Passagiere gebucht seien. Man habe es anhand der Zahlungsdaten und des Buchungsweges festgestellt. Es handelte sich um einen US-Amerikaner namens Russell Henderson und den armenischen Staatsbürger Jerwand Khatschaturian. »Wir haben deren Papiere und das Gepäck sowie die Personen selbst einer besonders strengen Kontrolle zugeführt. Alles war ohne Beanstandung. Es gibt keinen Grund, restriktiv einzugreifen.«

»Keine Waffen oder vergleichbaren Gegenstände?«, fragte Lüder nach.

»Nichts. Nicht einmal chemisch verwendbare Gegenstände, die man im Flugzeug hätte einsetzen können. Wir kennen inzwischen auch den Trick, dass eine aus mehreren Personen bestehende Gruppe versucht, jeder für sich harmlose Dinge an Bord zu schmuggeln, die dort zu einer gefährlichen Waffe zusammengesetzt werden. Aber nichts. Die beiden Bodyguards sind absolut sauber. Ich möchte denen trotzdem nicht in die Hände fallen. Deren Ausbildung und Erfahrung dürften wirkungsvoller sein als eine halbe Kompanie.«

Lüder stemmte die Fäuste in die Hüften. »Sie hinterlassen eine blutige Spur in Deutschland.«

»Ich?« Gleichgültigkeit zeigte sich auf dem Gesicht des Chinesen.

»Es gibt zahleiche Opfer. Tote und Verletzte. Lassen diese Sie ruhig schlafen?«

Qiu Pei-Ming lächelte undurchsichtig. »Haben Sie einen Überblick, wie viele Menschen täglich sterben, weil sie unterernährt sind? Weil es keine hinreichende Gesundheitsfürsorge gibt? Weil man ihnen Bildung versagt? Warum das alles? Weil Geld fehlt. Was machen die reichen Staaten des Westens?«

»Wir sehen nur auf die Verbrechen, die hier in unserem Land geschehen sind.«

»Das sagen alle. Mit eingeengtem Blick wird nur auf das eigene Wasserloch gesehen. Das große Ganze, die Menschheit, bleibt dabei unberücksichtigt. Kennen Sie die Zahlen? Mittlerweile drängen sich mehr als acht Milliarden Menschen auf unserem Planeten. Wir sind in China vom Rest der Welt verspottet und verurteilt worden, als wir rigoros die Ein-Kind-Politik durchgesetzt haben. Wer stoppt die anderen? Sehen Sie sich die Bevölkerungsexplosion in Afrika an. Diese Hunderten Millionen stehen irgendwann vor Ihrer Tür und drängen nach Europa. Das Mittelmeer – pah –, das ist schon heute kein Bollwerk mehr. Aber diese Massen wollen nicht nur essen und trinken. Sie brauchen auch Energie. Mobilität. Und wer gibt es ihnen? Wenn es nicht ausreichend vorhanden ist, nehmen sie es sich. Es wird eine Welle unvorstellbaren Ausmaßes werden. Die potenziellen Opfer wird niemand zählen können. Und was beklagen Sie? Ein paar unbedeutende Menschen, die zwischen die Mühlsteine geraten sind?«

Brötje reckte sich. Lüder legte dem Oberkommissar vorsichtshalber eine Hand auf den Unterarm.

»Sie geben zu, indirekter Drahtzieher der Morde und Terrorakte gewesen zu sein? Eine so perverse Haltung ist mir noch nie begegnet. Pfui Deibel«, schimpfte der Oberkommissar aufgebracht.

Qiu Pei-Ming legte zwei Finger an den Bügel seiner Brille. »Meine Herren«, sagte er lässig. »Meine Maschine wartet auf mich. Nicht nur der Flieger. Die halbe Welt wartet auf uns. Dort ist man nicht so verbohrt wie hier in Deutschland.« Er griff sich seinen Lederkoffer und verschwand Richtung Gate. Dort wartete der Airbus A319 der British Airways, der Qiu Pei-Ming nach London Heathrow bringen würde.

»Mich regt es auf, dass solche Verbrecher sich alles herausnehmen dürfen und sich unter dem Schutz des Diplomatenpasses davonmachen können. Immerhin wird er nie wieder nach Deutschland einreisen können.«

Lüder schlug Brötje auf die Schulter. »Ach, Mikkel. Das

sind eins Komma vier Milliarden. Da finden sich genug, die seinen Platz einnehmen.«

»Trotzdem«, beharrte Brötje auf seiner Meinung. »Diplomaten dürfen sich alles herausnehmen. Die Toten? Zählen die nicht?«

»Es gibt viele Opfer«, erwiderte Lüder. »Wer zählt jene, die in Folge der Klimakrise mit ihren Dürren und Überschwemmungen, den sich zurückziehenden Küstenlinien und dem Artensterben gestorben sind? Die einen, wie Qiu Pei-Ming und seine Spießgesellen, schlagen Profit aus der Erderwärmung, die anderen stellen sich dem Kampf gegen die Folgen der Erderwärmung. Da fällt es gelegentlich schwer, in den gesetzlichen Grenzen zu bleiben.«

»Ja«, ereiferte sich Brötje. »Wenn ein kleiner Demonstrant im Eifer des Gefechts kurz übers Ziel hinausschießt, bekommt er die volle Breitseite unserer Justiz zu spüren. Und Schwerverbrecher wie Qiu Pei-Ming ziehen fröhlich von dannen.«

»Komm, Mikkel«, sagte Lüder. »Ich verstehe deinen Zorn, aber wir beide können keine Berge versetzen. Auf geht's Richtung Kiel.«

Sie hatten den dichten Hamburger Stadtverkehr hinter sich gelassen und fuhren auf der Autobahn Richtung Norden, als Mikkel Brötje feststellte: »Wissenschaftler haben ausgerechnet, dass die mit enormem Aufwand betriebene und extrem teure Einsparung von CO_2, die wir Deutsche in vierundzwanzig Jahren erreichen wollen, allein durch die Chinesen in nur sechs Monaten ungebremst in den Orbit geblasen wird. Wie soll das weitergehen?«

»Bei dem Erforderlichen dürfen wir nicht vergessen, dass viele Menschen an die persönliche Belastungsgrenze kommen. Nicht jeder hat die Möglichkeit, die geforderten Investitionen in energetische Maßnahmen und klimafreundliche Technik zu stemmen«, erwiderte Lüder.

»Welche Lösung gibt es?«, wollte Brötje wissen.

»Ich weiß es nicht«, sagte Lüder resigniert. »Ich weiß es nicht.«

In Kiel suchte er den Abteilungsleiter auf und erstattete Bericht. Dr. Starke hörte still zu. Dabei rückte er unruhig auf seinem Bürosessel hin und her.

»Es ist unbefriedigend, wenn wir Täter laufen lassen müssen. Man sagt es nicht offen, aber unsere Aktivität hat keine Zustimmung in Berlin gefunden. Man sieht es als unbotmäßige Einmischung in übergeordnete politische Ziele. Wir haben wichtige Investoren vergrault. Das hätte besser abgestimmt werden sollen.«

»Die sollen in das Strafgesetzbuch hineinsehen«, schlug Lüder vor. »Mir soll jemand die Stelle zeigen, an der geschrieben steht, dass wirtschaftliche Interessen schwere Straftaten ungeschehen machen.«

Dr. Starke nagte an der Unterlippe und spielte nervös mit seinen gepflegten Fingern. »Man macht dir Vorwürfe. Du hast dich in der Situation im Kieler Hotel, als du den beiden Bodyguards begegnet bist, die sich später als brutale Mörder erwiesen haben, falsch verhalten. Man drängt darauf, eine Untersuchung gegen dich einzuleiten.«

»Bitte?« Lüder war sprachlos. »Das trifft sich gut«, sagte er. »Ich wollte ohnehin ein Sabbatical nehmen. Meine Familie ist erneut in kriminelle Auseinandersetzungen einbezogen worden. Es war nicht das erste Mal. Ich kann es nicht mehr verantworten.«

»Ja – aber was willst du machen? Du hast eine Familie zu ernähren, laufende Kosten. Noch haben nicht alle Kinder ihre Ausbildung abgeschlossen.«

»Ich weiß es nicht«, gestand Lüder. »Aber ich brauche erst einmal Distanz.« Er lächelte. »Vielleicht setze ich mich hin und schreibe meine Erlebnisse fiktiv nieder. Das wird hoffentlich ein Thriller.«

Jetzt lachte auch Jens Starke. »Das glaube ich nicht. Niemand, schon gar nicht kluge Leser, werden dir abnehmen, dass sich solche Dinge im ruhigen Schleswig-Holstein abspielen.«

Sie wurden durch Lüders Handy unterbrochen. Er sah auf das Display. »Die Bundespolizei vom Hamburger Flughafen«, erklärte er und nahm das Gespräch an. »Hallo, Birgit.«

»Moin moin«, grüßte die Hauptkommissarin. »Ich dachte, es interessiert dich. Auf dem British-Airways-Flug nach London gab es einen Zwischenfall an Bord.«

»Erzähle.«

»Einen medizinischen Notfall. Qiu Pei-Ming hat offenbar einen heftigen Schlaganfall erlitten. Die Maschine ist in London gelandet, und man hat ihn dort in ein Hospital gebracht. Mehr wissen wir nicht.«

Lüder bedankte sich für die Nachricht. Ob der Stress für ihn doch zu groß war? Auch darauf würde er keine Antwort finden.

Dr. Starke stand auf, umrundete seinen Schreibtisch, trat auf Lüder zu und nahm ihn in die Arme. »Es fällt uns schwer, ohne dich auskommen zu müssen. Wir beide hatten nicht nur gute Zeiten miteinander. Ich hätte nicht gedacht, dass ich so etwas einmal sagen würde. Aber du wirst uns – mir – fehlen. Und der Gerechtigkeit in unserem schönen Schleswig-Holstein.«

Dabei schlug er ihm freundschaftlich auf den Rücken. »Mach's gut. Und … Komm wieder.«

Lüder nickte stumm.

»Na denn dann.«

Dichtung und Wahrheit

Die Handlung und alle Figuren sind frei erfunden und haben, mit Ausnahme der Personen der Zeitgeschichte, keine realen Vorbilder. Das gilt insbesondere für die Namen und Beschreibungen der im Roman genannten Unternehmen.

Das Thema dieses Romans liegt uns allen am Herzen. Das hat mich dazu bewogen, ihm gebührende Aufmerksamkeit zu widmen. Wir sind uns einig, dass etwas geschehen muss, dass dringender Handlungsbedarf gegeben ist. Nur über das Wie können wir keinen Konsens erzielen. Die einzelnen Optionen bedingen für diesen oder jenen Verzicht oder Opfer. Hier bricht sich der Egoismus Bahn. Weshalb soll man zurückstecken, zumal die eigene Aktion kaum geeignet ist, das Klima zu retten? Diese Betrachtung gilt für das Individuum, den eigenen kleinen Kosmos, die Region oder das Land, in dem wir leben und zusehen (müssen), wie großzügig andere ihre Verantwortung für die Erde außer Acht lassen, um den Standard der eigenen Lebensqualität zu wahren oder um durch geschicktes Agieren von der Zurückhaltung anderer zu profitieren. Hoffen wir, dass die Menschheit einen Weg findet, sich selbst zu retten.

Ich danke meinem Sohn Malte für seinen kundigen Rat und seine Unterstützung in technischen Fragen, meiner Lektorin Dr. Marion Heister und Birthe für den kritischen Blick auf den Text. Mein Dank gilt auch all jenen, ohne die ein Buch nicht realisiert werden kann: den ungenannten klugen Köpfen im Verlag, bei der Herstellung und dem Vertrieb des Buches, ganz besonders aber meinen Leserinnen und Lesern. Ohne sie wäre alles nichts.

Tod am Kanal
ISBN 978-3-89705-585-8

Der Tote vom Kliff
ISBN 978-3-89705-623-7

Der Inselkönig
ISBN 978-3-89705-672-5

Sturmtief
ISBN 978-3-89705-720-3

Schwelbrand
ISBN 978-3-89705-795-1

Tod im Koog
ISBN 978-3-89705-855-2

Schwere Wetter
ISBN 978-3-89705-920-7

Nebelfront
ISBN 978-3-95451-026-9

Fahrt zur Hölle
ISBN 978-3-95451-096-2

Das Dorf in der Marsch
ISBN 978-3-95451-175-4

Schattenbombe
ISBN 978-3-95451-289-8

Flut der Angst
ISBN 978-3-95451-378-9

Biikebrennen
ISBN 978-3-95451-486-1

Nordgier
ISBN 978-3-95451-689-6

Das einsame Haus
ISBN 978-3-95451-787-9

Stadt in Flammen
ISBN 978-3-95451-962-0

Nacht über den Deichen
ISBN 978-3-7408-0069-7

Im Schatten der Loge
ISBN 978-3-7408-0200-4

Hoch am Wind
ISBN 978-3-7408-0275-2

Das Kreuz am Deich
ISBN 978-3-7408-0393-3

Rache im Sturm
ISBN 978-3-7408-0524-1

Falscher Kurs
ISBN 978-3-7408-0668-2

Das Böse hinterm Deich
ISBN 978-3-7408-0804-4

Das Weiße Haus am Meer
ISBN 978-3-7408-0920-1

Im Moor
ISBN 978-3-7408-1138-9

Unter dunklen Wolken
ISBN 978-3-7408-1333-8

Deichfeuer
ISBN 978-3-7408-1496-0

Das Ostseekartell
ISBN 978-3-7408-1583-7

Jenseits der Marsch
ISBN 978-3-7408-1805-0

Niedersachsen Krimis:

Mord an der Leine
ISBN 978-3-89705-625-1

Niedersachsen Mafia
ISBN 978-3-89705-751-7

Das Finale
ISBN 978-3-89705-860-6

Auf Herz und Nieren
ISBN 978-3-95451-176-1

Tod dem Clan
ISBN 978-3-7408-0438-1

Kurzkrimis:

Eine Prise Angst
ISBN 978-3-89705-921-4